KB236624

# 뱀파이어 레스토랑

# 뱀파이어 레스토랑

リストランテ・
ヴァンピーリ

니레 이츠키 장편소설
김은모 옮김

# RISTORANTE VAMPIRI

열림원

시옥을 운영하는 데도 일손이 필요하다.

# 차례

등장인물


오스발도 ——————————— 리스토란테 옴브렐로의 해체꾼.

루카 ——————————————— 안나의 쌍둥이 오빠.

안나 ————————————— 루카의 쌍둥이 여동생. 행방불명.

에베리스 ——————————— 전 왕녀. 흰색 머리의 살인 청부업자.

마우리치오 ——————————— 옴브렐로의 주방장.

소니아 ———————————————— 옴브렐로의 제과사.

피에르마르코 ——————————— 옴브렐로의 지배인.

도토레 후 ———————————— 거리의 돌팔이 의사.

비앙카 ———————————————— 파르팔라 항공의 경영자.

캔디/테디 ————————— 비앙카를 수행하는 쌍둥이.

프란체스카 ——————————— 루카와 안나의 어머니. 흡혈귀.

# 제1장
## 냉동

# Carne Surgelata

냉동육

　―당신은 믿지 않겠지만 난 흡혈귀를 만나 봤어. 정말이야. 그쪽 나라에서는 뱀파이어라고 하나? 흠, 뭐든지 상관없어. 최대한 당신도 알아들을 수 있는 말로 이야기해 줄게. 다음 열차가 오기까지 아직 시간이 있겠지. 철도 파업 해제에 한나절 가까이 걸리는 경우도 드물지 않거든. 이 나라에 살 서라년 내 충고에 귀를 기울이도록 해. 관습 같은 건 그다음에 배워도 괜찮아. 내내 외지인 티를 내며 살아도 죽지는 않으니까 말이지.

　일단 뭐부터 듣고 싶어? 식자재로 냉동됐던 남자의 시체가 되살아나서 자기가 흡혈귀라고 말했던 부분부터 해 볼까. 난 흡혈귀들 때문에 지독한 꼴을 당하고 죽을 뻔했지만, 냉정하게 생각해 보면 그건 운이 좋고 나쁘고와는 관계없는 일이었어. 애초에 그런 식으로 짜여 있었던 거야.


　리스토란테 옴브렐로*에는 정기 휴일이 없다. 표면상으로는 고급 회원제 음식점이지만, 찾아오는 손님들은 취향이 고약한 귀족이나 자칭 괴짜입네 하는 졸부뿐이었다. 격식을 차린답시고 하도 거들먹거려서 밥맛 떨어지는 가게다. 영업도 윗사람 마음에 달렸고, 우

* 　이탈리아어로 리스토란테는 식당, 옴브렐로는 우산이라는 뜻이다.

리 종업원들을 혹독하게 부려 먹었다. 늦은 밤이나 이른 아침, 모처럼 휴가를 얻어 쉬는 날에도 툭하면 불러낸다.

실은 그날도 쉬는 날이었다. 한낮까지 자다가 경마라도 하러 갈까 했는데, 내 계획과는 상관없이 그 음울한 석조 음식점에 일하러 가야 했으니 얼마나 짜증이 났는지 모른다.

그게 다 그 멍청한 상인이 일을 잘못 처리한 탓이다.

난 검은 가죽 재킷 위에 두툼한 외투를 걸쳤다. 30대도 후반에 접어들면 아무리 몸을 단련한들 냉동실의 추위가 뼛속까지 스미기 때문이다. 밖에서 입던 옷차림에다가 목도리와 장갑을 착용해도 모자랄 정도다. 너무 추우면 알루미늄으로 만든 왼쪽 의족도 상태가 안 좋아진다.

취직했을 때 가게에서 요리복, 요리모, 앞치마 등 근무복을 제공했지만, 나는 그 옷들이 마음에 들지 않았다. 내 잿빛 눈동자와 뻣뻣한 검은 머리에 말쑥한 복장은 어울리지 않고, 어차피 손님 앞에 나서는 건 만찬회나 특별 이벤트가 있을 때뿐이다. 지배인 피에르마르코만 자리를 비우면 뭘 입든 시시콜콜 따지는 놈은 없다. 고지식한 마우리치오는 잔소리를 할지도 모르지만, 그건 큰 문제가 아니었다.

나는 대륙에서 수입한 식칼을 들고 두꺼운 철문을
열었다.

그 순간 말도 안 되게 싸늘한 냉기가 얼굴을 때렸다.
바람은 불지 않지만 냉동실 안은 2월 밤보다 어둡고
춥다. 얼음이나 생선이 담긴 보냉 상자가 벽을 따라 쌓
여 있었다. 그 관은 빽빽하게 보관된 식자재 한복판에
떡하니 놓여 있었다.

지금 돌이켜 보면 그 시점에 이상하다고 의심해야
했다. 평소는 침낭 같은 포대에 넣어서 주는데, 그날은
고급 식자재를 담을 법한 나무 상자에 시체를 넣어서
왔으니까. 하시반 숙취와 우울감에 쑥 잠긴 탓에 그런
데까지는 생각이 미치지 않았다.

실수로 해체되지 않은 인간이 납품된 건 전날 밤이
었다.

발주 용지에는 분명 '냉동·한 마리 구매Carne intera
surgelata'라고 적었다. 그건 보통 가죽과 내장을 제거한
나머지 전체 부위를 구매하겠다는 뜻이지, 아예 통째
로 구매하겠다는 뜻이 아니다. 그런데 그 상인이 아무
손질도 하지 않은 인체를 납품한 것이다.

아아, 상인은 우리가 그냥 그렇게 부를 뿐이고 실은
마피아의 말단 조직원이지만. 은밀히 장기매매도 중개
한다고 들었다. 놈들은 빚을 못 갚는 채무자들에게서

신장이며 골수를 빼앗을 뿐 아니라 이식용 심장을 얻기 위해 부근을 돌아다니는 어린애도 덮친다는 소문이다.

그렇게 살아 있는 인간을 사냥하는 걸 놈들은 ‘밀렵’이라고 표현한다. 인육을 즐기는 자들이 원하는 고기도 이 상인들이 판매한다.

그렇다면 발주부터 납품에 이르는 과정 중 어디에 착오가 있었을까.

아니, 사실 원인은 확실했다. 전부 내 악필 탓이었다. 예전부터 발주 용지의 글씨가 지저분해서 못 읽겠다는 불평을 듣긴 했다. 가게 사람들에게도 ‘어린애 낙서’라는 둥 ‘의사가 적는 처방전’이라는 둥 험담을 들었다. 하지만 이것만큼은 나도 어쩔 수가 없다.

응대한 파스티체라[*] 소니아가 기입했다는 장부에는 900만이라는 숫자가 적혀 있었다. 인육의 시가는 1파운드당 5만인데 아무리 봐도 100파운드하고 조금밖에 안 나가 보이는 시체 한 구에 900만이라니. 백인종이 고급품인 건 알지만 살아 있는 것도 아니니까 바가지를 쓴 것이다. 소니아도 소니아다. 아무리 돌체[**] 말고는 관여하지 않는 제과사라고 해도 그렇지, 이렇게 커다란 냉동 상품이 반입됐는데도 미심쩍게 여기지 않은

* 제과사.
** 디저트

걸까. 하기야 워낙 냉정한 아가씨니까, 묘하다 싶었어도 남의 일이라면서 무관심으로 일관했을 가능성이 크다.

가게에서는 반년에 한 번씩, 6월과 12월에 해체 쇼를 선보인다. 그 외에는 운반에 적합한 크기 또는 원형을 알아보지 못할 정도로 처리한 상태로 구입하고 조리해서 제공한다.

간단히 말해 2월에 형태가 온전히 남아 있는 시체를 가져온들 난감할 뿐이다.

그 사실을 알고 피에르마르코는 옴브렐로의 종업원들에게 "발주를 잘못했든 납품이 잘못됐든 반드시 팔아 치워서 적자를 내지 마." 하고 쉿소리로 고함을 질렀다. "조각내서 낱개로 판매하는 아까운 짓은 하지 말고."라며 주의를 주는 것도 잊지 않았다.

주방장 마우리치오는 아주 복잡한 표정이었지만 그 지시를 받아들였고, 내게 해체 만찬회를 진행하라고 명령했다.

딱하게도 마우리치오는 피에르마르코에게 끽소리도 못 한다. 하기야 그건 다른 사람들도 마찬가지다. 피고용인인 우리에게 지배인은 절대적인 존재라서 대든다는 선택지는 애초에 존재하지 않는다. 그런 비리비리한 애송이야 주먹 한 방이면 입 다물게 할 수 있지만,

다들 그러지 못할 사정이 있어서 한심하게 굽신거릴 뿐이다.

딱 잘라 말하면 돈 문제다.

돈을 벌기 위해 또는 빌린 돈을 갚기 위해 일하는 이상, 돈을 주는 인간의 말에 따라야 한다. 당신도 그 정도는 알리라.

난 마우리치오보다 더 진절머리 난다는 표정을 지었지만 입으로는 "알겠습니다." 하고 대답한 후, 명부에 실린 우수 손님에게 특별한 식자재가 입하됐다는 소식을 알렸다. 예고 없는 알림이었지만 얼추 계산하기에도 서른 명 정도는 가게에 오지 않을까 싶었다.

아무튼 관 같은 나무 상자에 담긴 시체는 머리도 사지도 고스란히 붙어 있었다. 피도 빼지 않은 듯했다. 비닐 포장지에 붙은 접착 용지의 제조 연월란에는 '9A18년 2월Febbraio-9A18'이라고 적혀 있었다. 그야말로 갓 만들어진 시체인 셈이다.

인육은 냉동해도 품질이 빨리 저하된다. 보존 기간은 기껏해야 3개월 정도일까. 그보다 더 지나면 어떤 조리법을 사용해도 퍽퍽하고 질겨서 먹을 게 못 된다고 마우리치오가 그랬다. 난 손질만 하니까 맛은 알 바 아니지만, 마우리치오는 일류 요리사답게 식자재도 엄격하게 관리한다. 어중간한 요리는 손님에게 내지 않는다는 것이 녀석의 신조다. 그 성실한 성격과 틀림없는 실력이 높은 평판을 얻어서 녀석을 더더욱 불행한 길로 몰아넣고 있다. 나나 소니아가 동정하기 이전에 분명 본인도 알 것이다. 그래도 어쩔 도리가 없으니 이런 구렁텅이에서 허우적대는 것이리라.

난 식칼 끝으로 투명한 비닐에 칼집을 내고 포장을 벗겼다. 비닐 속 시체는 흰색 완충재에 감싸여 있었다. 해체하려면 반쯤 해동된 상태가 딱 좋다. 난방 중인 주방이나 객석까지 가져가면 너무 녹지 않을까 걱정됐다.

만약 이 시체가 상하기라도 하면 가게는 바로 망하리라. 어쨌거나 값어치가 900만이나 나가는 고기니까. 나 같은 인간이 변상하려면 직장 두 군데에서 몇 년이나 무급으로 밤낮없이 일해야 할 것이다.

옴브렐로에서 일하는 우리의 몇 년 치 임금보다 이 시체의 고기가 더 비싸다. 그렇다고 부러워하며 죽을 수는 없다. 죽으면 다 끝장이니까. 반대로 생각하면 전부 끝장내고 싶을 때 죽으면 되는 것이다.

어쩐지 손끝에 정신을 집중할 수가 없었다. 그래서 냉동품 해체 쇼에 손님이 얼마나 몰릴지 다시 예상해 보기로 했다.

손님은 대부분 뚝뚝 떨어지는 피를 보길 바라지, 얼어붙은 인간을 잘라 내는 장면을 보러 오는 게 아니다.

덧붙여 한 번 해동한 상품은 2, 3일 안에 다 팔아야 한다. 다시 냉동하면 품질이 확 떨어지고, 마우리치오는 그런 고기를 조리하지 않기 때문이다. 덧붙여 피에르 마르코가 "절대로 적자를 내지 마라."라고 지시한 이상, 단기간에 많은 손님을 모아서 재고를 싹 털어 버려야 한다.

일기예보에 따르면 이날 최고 기온은 7도라고 했다. 통로에 놓아두면 다음날 밤 정도에는 칼이 잘 들어갈까. 그래도 안 된다면 창고에서 전동 톱을 끄집어내야 한다.

시선을 내리니 흰색 완충재 틈새로 금실 같은 머리카락이 보였다.

마우리치오는 "식자재의 얼굴은 보고 싶지 않아."라고 하면서 부위별로 토막 낼 때까지 도망쳐 다니겠지만, 난 납품된 상품이 어떤 녀석인지 흥미가 있었다. 매번 반드시 얼굴과 상처를 보고 상품이 어떻게 살해당했는지 확인한다. 법의학 연구소 사람들만큼은 아니지만, 죽은 이유를 맞히는 데는 자신이 있었다.

관 바로 옆에 쪼그려 앉아 우레탄 완충재를 젖혔다.

돌처럼 딱딱해진 시체가 나타나지 않을까 상상했던 것과는 달리, 뽀얀 피부가 부드러웠다.

추운 냉동실에 있어서 감각이 마비된 탓일지도 모르

지만, 눈앞의 시체에서 체온마저 느껴지는 것 같았다.

완충재 안쪽의 몸통 부분에는 푹신푹신한 흰색 천이 덮여 있었다. 눈에 띄는 상처나 사후 반점인 시반은 없었다. 나이는 20대 중반쯤일까. 나보다 10여 살은 젊어 보이는 남자였다. 어쩐지 이국적인 분위기가 느껴지기도 했지만, 과장 없이 말해서 이목구비가 단정하니 중성적으로 잘생긴 얼굴이었다.

난 시체의 팔을 잡아당겼다. 그 남자의 세공한 사탕 같은 금발이 찰랑찰랑 흔들렸다. 입술은 빛깔을 잃어서 창백했다.

유리를 연상시키는 파란 눈동자가 날 보고 있었다.

뭔가 아주 불길한 예감이 들어서 난 재빨리 남자에게서 눈을 돌렸다. 여기는 평범한 도축장이 아니니까 살아 움직이는 것이 있을 리 없고, 있어서도 안 된다.

"어디." 잠긴 목소리가 들렸다. "여기는 어디야?"

"말도 안 돼……. 뭐야!"

"여기는 어디? 안나는." 완충재에 감싸인 남자는 나를 힐끗 보더니 "어디에 있어?" 하고 입술을 움직였다.

그 입에서 하얀 입김이 흘러나왔다. 시체였던 이 남자는 틀림없이 온도가 있는 호흡을 하고 있었다. 자세히 보니 몸도 바르르 떨고 있었다.

"……잠깐만, 야, 어떻게 된 거야. 왜."

움켜쥔 식칼을 어떻게 해야 할지 망설여졌다. 무의식적으로 공격할 자세를 잡기는 했지만, 살아 있는 인간에게 흉기를 휘둘러 본 지 벌써 몇 년이나 지났다. 살인자였던 시절의 감은 둔해져서 믿을 만한 게 못 됐다. 웃기게도 과거에 서른여섯 명이나 죽였는데도 이 꼴이었다.

금발 남자는 혼란스러워하는 나를 무시했다. 목욕 가운을 입은 상반신을 관 속에서 일으키더니 무표정한 얼굴로 "주목." 하고 명령하듯 말하고 쭉 뻗은 검지를 허공에 대고 옆으로 움직였다.

나는 그 손끝을 눈으로 좇았다.

검지는 길게 수평으로 움직인 후, 지면을 가리키듯 수직으로 아래를 향했다.

내 시선도 바닥으로 떨어졌다.

그 순간 습격당했다.

찌익, 하고 피부가 찢어지는 소리. 찌르기도 전에 식칼을 떨어뜨리고 말았다.

왼쪽 어깨에서 머리로 이어지는 목빗근을 남자가 깨물었다.

머릿속이 흡혈귀에 관한 내용으로 가득 차서 비명을 지르는 것도 잊어버렸다.

왜 그렇게 생뚱맞은 생각을 했느냐 하면, 한 달쯤 전

부터 거리에서 목을 찢기고 피가 다 빠져나간 상태로 죽은 사람이 많이 발견됐기 때문이다. 피해자는 하루에 한 명씩 늘어났지만, 현장에는 핏자국이 거의 남아 있지 않았다고 한다.

나와 밀렵꾼들은 동업자, 즉 옴브렐로같이 인육을 제공하는 음식점이나 인육 노매업자의 소행이 아닐까 의심했지만, 그런 것치고는 시체가 남아 있다는 점이 부자연스러웠다. 세간에서는 '흡혈귀가 출몰'했다고 난리법석이 났다. 아무래도 다른 거리에서도 비슷한 수법으로 다수의 살인 사건이 벌어졌고, 발생 구역이 몇 개월 난위로 이동하는 모양이었다. 즉, 인간에게서 피를 빼앗는 살인귀가 서커스단처럼 이동하다가 마침내 이 거리에도 나타났다는 것이다.

"오스발도." 그때 살짝 열려 있던 냉동실 문 밖에서 누군가 내 이름을 불렀다. 억양 없는 여자 목소리였다. "오스발도, 지배인한테 전화 왔어. 거기서 뭐 하는 거야?" 하고 한 번 더.

"부탁이야, 소니아. 좀 도와…… 아니, 오지 마!"

내가 필사적으로 외치자 내게 들러붙어 있던 남자가 펄쩍 물러났다. 남자는 선명한 붉은색으로 물든 입을 혀로 핥더니 맛없다는 듯 인상을 찌푸렸다.

심장이 터질 것처럼 쿵쿵 뛰었다. 고통은 없었고 그

저 얼떨떨했다. 나는 일어나서 두세 발짝 뒤로 물러나다가, 금속제 의족이 뒷걸음질에 취약하다는 사실을 떠올린 직후에 다리가 꼬여서 바닥에 쓰러졌다.

통로와 냉동실을 구분하는 문이 천천히 열리고 흰색 근무복을 입은 소니아가 고개를 디밀었다. 짧게 자른 빨간 머리가 주근깨 돋은 뺨을 가렸다.

“뭐 하느냐니까?”

소니아는 의아해하는 표정이었다. 소니아는 귀엽게 생겼는데도 늘 무뚝뚝한 얼굴이라 손해를 본다. 허리와 팔이 가늘어 척 보기에도 요즘 아가씨라는 인상이다.

“오지 말라고 했잖아.” 나는 쓴웃음을 지으며 눈짓으로 금발 흡혈귀를 가리킨 후, 간신히 말을 덧붙였다. “마우리치오를 불러와.” 소니아가 이 젊은 식인귀에게서 달아나 도와줄 사람을 불러오기를 바라는 수밖에 없었다.

추워서 죽을 지경이었다. 그런데 깨물린 목은 타는 듯이 뜨거웠다.

눈을 깜박일 때마다 시야가 좁아졌고, 아무 생각도 할 수가 없었다. 갑자기 졸음이 몰려와 의식이 어둠 속으로 떨어져 내렸다. 무덤에 파묻히기 직전 같은 기분이었다.

누레진 천장. 본 적 있는 광경. 뻣뻣한 천의 감촉. 들어 본 목소리.

내가 진료소에 있다는 사실을 알고 안도했다. 아무래도 소니아는 내 부탁대로 마우리치오에게 달려간 모양이다. 아니면 내가 이곳에서 눈을 뜰 리 없었다.

그나저나 진료소에 온 선 얼마 만일까. 지난해에 감기가 심해져서 약을 받으러 왔을 때 이후로 처음인가. 거리상으로는 옴브렐로에서 그리 멀지 않지만, 윤락업소가 늘어선 뒷골목 한복판에 있는 탓에 불량배나 가난뱅이 환자만 모여드는 곳이다. 나도 예외는 아니라서 또 이렇게 신세를 지게 됐다.

당신도 알다시피 이 거리에 제대로 된 의사는 없다. 그래서 돌팔이가 위세를 부리고, 사람들도 그걸 허용한다. 그 돌팔이 의사의 이름은 도토레[*] 후였다.

거슬러 올라갈 필요도 없이 전부 다 전쟁 탓이었다.

4년 전까지 계속된 은익銀翼 전쟁 때문에 나라는 엉망진창이 됐다. 새삼스레 이야기할 일도 아니겠지만, 당신 고향은 괜찮았나? 다른 나라의 정보는 들어오지 않아서 아는 바가 없다. 아무튼 이쪽은 심각했다.

내가 태어난 해에 정신 나간 동쪽의 거대한 군사 국

[*] 의사.

가가 주변 소국의 통치권을 주장한 것이 모든 일의 시작이었다. 서쪽의 대국은 공격당한 소국의 편에 붙어, 동쪽 군사 국가와 무역을 일절 중단하고 경제적인 제재를 가했다. 그러자 구제할 길 없이 어리석은 동쪽의 독재자가 서쪽 국가의 원자력발전소와 수많은 민간인이 일하는 고층 빌딩에 폭탄을 투하하기로 결정했다. 중립을 선언했던 지역은 보급기지가 필요했던 동서 양쪽 국가의 디딤돌로 이용됐고, 그 주부터 모두가 가해자나 피해자 중 한쪽이 됐다. '은익'이라 불리는 폭격기 부대가 하늘을 뒤덮었고, 추락하면 그 기체를 둘러싸고 또 각지에서 분쟁이 벌어졌다. 징병, 무기 개발, 연료 쟁탈전. 내가 알기로 이 전쟁에 관여하지 않은 사람은 전 세계 어디에도 존재하지 않는다. 전쟁이 31년이나 계속되면 그렇게 되는 법이다.

이 나라에서도 군인과 경찰이 대부분 사망했고, 국경이 무너졌으며, 이민자와 난민이 들끓었다. 전쟁이 끝나자 새로운 정부가 권력을 쥐기 전에 신원이고 뭐고 불분명한 자들이 혼란을 틈타 국적과 이름을 위장해 제멋대로 눌러앉았다. 그러는 와중에 수많은 문화가 단절됐다. 판매되는 세계지도 중 뭐가 올바른지도 모를 지경이었다. 법률은 그 이상으로 구멍이 숭숭 뚫렸다. 각자가 그럴싸한 말씨를 습득해 발음을 흉내 냈고, 어떤 사람은 옛날부터 이 나라의 국민임을 드러냈으며, 어떤 사람은 패배한 국가 출신임을 숨겼다. 어쨌거나 차별과 탄압은 사라지지 않아서 전쟁이 끝났는데도 사망자는 계속 늘어났다. 질서가 뭔지 모르는 나조차 평화가 오지 않을 것이라면 차라리 나라가 통째로 망해 버리길 바랄 정도였다. 하지만 그런 소망조차 이루어지지 않았다. 꼴사납게 형태가 무너지면서도 국가는 예전의 번영을 되찾으려고 발버둥 쳤다.

나는 너무 나른한 나머지 몸을 일으킬 수가 없어서 낡은 침대에 누운 채 눈알만 움직여 시끌벅적한 옆쪽을 살펴보았다.

도토레 후는 어설픈 손놀림으로 이마를 닦고, 숱 많은 백발을 긁적였다. 동양 쪽 발음이 섞인 공통어로 "그러니까 치료법은 없다니까요." 하고 정면에 앉은 마우리치오에게 질렸다는 듯이 말했다. "흡혈귀에게 물렸으니, 곧 죽을 겁니다."

"난 죽는 건가." 그렇게 말하고 나니 죽음의 원인을 제공한 흡혈귀의 모습이 눈에 들어왔다. 반사적으로 상반신을 일으켰다. "이봐, 왜 그놈이 여기 있는 거야?"

"아아! 깨어났나, 오스발도. 다행이야."

"다행은 개뿔. 마우리치오, 네 부하는 흡혈귀에게 물려서 죽을 신세인가 봐."

마우리치오는 나보다 네 살 어리지만, 주방장답게 위엄 있는 분위기를 풍겼다. 관록이 넘친다고 해도 되겠다. 어디에 있든 검은 머리에 단정하게 가르마를 타고, 허리를 쭉 편 자세를 유지한다. 주름 하나 없이 꼼꼼하게 다린 셔츠에서는 풀 먹인 냄새가 난다. 노력과 단련을 게을리하지 않고 자신에게 엄격해서, 먼 옛날이었으면 기사가 됐을 부류의 인간이다.

그런 마우리치오가 허튼소리 하지 말라면서 어이없어 했다. "흡혈귀는 공상 속 괴물이야. 실제로 존재할 리 없어. 아무리 도토레 후의 견해라도 그것만큼은 믿을 수 없지. 무엇보다 그를, 루카를 봐 봐. 보통 인간과 뭐가 다르지?"

마우리치오가 가리킨 그 흡혈귀의 이름은 루카인 듯했다.

"마우리치오." 루카가 귀에 쏙 들어오는 목소리로 그를 제지했다. 누가 입혔는지 냉동실에서 봤던 목욕 가운이 아니라 위아래 모두 흰색 요리복 차림이었다.

"내 눈을 봐. 그리고."

"왜?"

"얼른."

마우리치오는 마지못한 표정으로 루카의 말에 따랐다. "남자와 눈을 마주 보다니." 하고 불평을 늘어놓으면서도 자리에서 일어나 자신보다 키가 약간 작은 루카를 내려다보았다.

그리고 눈에 시선을 맞췄다.

"0은 시작 신호야. 그러니까 밤에 깨어날 때 헤아리는 거지. 하나, 둘, 셋, 넷, 다섯, 하고 말이야." 루카는 빠른 어조로 그렇게 말했다. 주문을 외우는 것 같았다. "아침에 잠들 때는 반대로 다섯, 넷, 셋, 둘, 하나."

갑자기 마우리치오가 힘을 잃었다.

떠밀린 석상처럼 뻣뻣한 자세로 넘어질 뻔한 마우리치오를 루카가 재빨리 부축해서 바닥에 안전하게 앉혔다. "애당초 내가 인간이라면 한참 전에 냉동실에서 얼어 죽었겠지."

"엥?" 나는 괴상한 목소리로 외쳤다. "방금 그거 뭐야? 이봐, 마우리치오! 괜찮아?"

마우리치오는 눈을 감은 채 인형처럼 바닥에 축 늘어져 있었다.

"마술 같은 거라고 생각하면 돼." 루카가 아무렇지도 않게 대답했다. 장난스럽게 소리 죽여 웃기까지 했다. 어쩐지 수상쩍은 태도였다. "믿지 않아도 우리는 존재하지."

"흡혈귀와 눈을 마주치면 영원히 잠에 빠진다."

도토레 후가 엄격한 규정을 선포하듯 말했다. 이 영

감님은 조금도 놀라지 않았다.

"영원? 죽는다는 겁니까?"

"영원히 잠들다니 말도 안 돼. 5분만 지나면 의식을 되찾을걸. 그뿐만이 아니지. 우리에 관한 이런저런 말들은 대부분 엉터리야. 그냥 미신이라고."

루카는 몹시 차가운 한숨을 내쉬고 서글픈 눈으로 날 봤다. 그저 깊다는 수준을 넘어서 겨울 호수처럼 새파란 눈동자였다.

"미안하지만 엉터리라는 증거를 보여 주는 김에, 내가 죽는다는 것도 거짓말이라고 해 주면 안 될까?"

"안타깝지만 그건 진짜야."

"흡혈귀도 못 되나?"

"우리에게 물려서 흡혈귀가 된다면 지금쯤 거리는 흡혈귀 천지겠지."

"그럼 이제 얼마나 남았지? 내 상태가 안 좋다는 것 정도는 알아. 난 앞으로 얼마나 더 살 수 있어?"

도토레 후는 루카와 바닥의 마우리치오를 본 후 내게 고개를 돌렸다. 안경 안쪽의 실눈이 괴이하게 빛났다.

"기껏해야 일주일이겠죠."

"일주일?"

"하지만 건강하게 지내다가 덜컥 죽는 게 아닙니다. 삭신이 아프고, 후각과 미각을 잃고, 더위와 추위도 못 느껴요. 그러다 시각과 청각을 잃고 죽음에 이를 겁니다."

들고 보니 몸이 몹시 무거워진 것 같았다. 깨물린 목에 손을 대자 습포 같은 천 쪼가리를 대충 붙여 놓은 것이 만져졌다. 저릿저릿한 것과도 비슷한 통증이 느껴졌다. 처참한 운명이 검은 안개로 변해 눈앞을 뒤덮는 듯했다.

지금까지 다가오는 죽음을 거부하지 않겠다는 마음가짐으로 살아오긴 했지만, 이런 식으로 터무니없이 인생이 끝나는 건 싫다는 생각을 막연하게나마 품고 있었다. 그러나 생명이란 의외로 덧없이 스러지는 법이리라. 오랜 세월 그렇게 되기를 고대해 왔건만, 막판에 머뭇거림이 솟구쳤다.

"최악이로군……. 이봐, 흡혈귀 형씨. 대체 뭘 하고 싶었던 거야? 아니면 날 죽이러 온 사신인가?"

루카는 아무 말 없이 잠깐 생각하더니 거래라도 제안하듯 거드름을 피우며 입을 열었다.

"당신이 죽지 않을 방법이 딱 하나 있어."

"뭔데?"

난 자포자기한 심정으로 진찰대에서 내려왔다. 나란히 놓인 구두를 신고 일어서서 기지개를 켰다. 그리고 마우리치오를 안아 올려 방금까지 내가 누워 있던 진찰대에 눕혔다.

어디 한번 보자는 듯 도토레 후가 바퀴 달린 의자에 앉은 채 다가가서 마우리치오의 맥박을 재고 눈꺼풀을 까뒤집어 필기구 형태의 가느다란 손전등으로 불빛을 비춰 보았는데, 어디에도 이상이 없는 듯했다. 나도 일단 안심했다.

"나한테는 여동생이 있어." 루카가 말했다. "나뿐만이 아니야. 흡혈귀는 둘이서 하나. 반드시 쌍둥이로 태어나지."

"그런 이야기는 못 들어 봤는데."

"나 말고 아는 흡혈귀가 또 있어?"

"아니." 생각한 끝에 내가 고개를 젓자 루카는 "그럼 내 말이 맞는 거야." 하고 오만하게 툭 내뱉듯이 말했다. "내게도 쌍둥이 여동생 안나가 있어."

"냉동실에서 말했던 그 녀석?"

"응. 당신은 내게 물렸으니, 나와 혼을 나누어 가진 안나의 피를 마시면 살 수 있어."

"무슨 전래동화도 아니고."

"내가 흡혈귀고 당신이 죽는다는 말을 믿는다면, 전래동화 같은 이 이야기도 믿을 수 있겠지."

루카는 더할 나위 없이 진지했다.

신기하게도 녀석의 이야기를 웃어넘기거나, 뭐라고 받아치고 싶은 마음은 들지 않았다. 난 자칭 흡혈귀라는 남자의 파란 눈을 보며 비현실적인 이야기에 귀를 기울였다. 조종당한다는 걸 자각하긴 했다. 그렇지만 어쩌지도 못하고 순순히 받아들이게 만드는 묘한 설득력이 있었다.

"그럼 안나는, 네 동생은 어디 있지?"

"나랑 같이 붙잡혔는데, 깨어나니 없더라고. 그 냉동실 말고 다른 곳에 갇혀 있었을 때까지는 함께였어. 그 후로는 어떻게 됐는지 몰라. 그러니까 나랑 함께 안나를 찾자."

"거절한다면?"

"당신은 꼼짝없이 일주일 후에 죽겠지."

"약을 드리겠습니다." 도토레 후가 말했다.

"약? 약이 있다면 이 녀석의 여동생 피는 필요 없다는 겁니까?"

돌팔이 짓도 오래 하다 보면 '흡혈귀의 저주'에 대항할 해독제까지 가지고 있는 걸까.

내 기대를 꿰뚫어 봤는지 도토레 후는 고개를 저으며 부정했다.

"근본적인 해결책은 아닙니다. 증상의 진행을 늦출 뿐이죠. 죽음을 면하려면 쌍둥이 중 나머지 한쪽을 찾아내는 수밖에 없어요."

도토레 후는 파란색 알약이 가득한 종이봉투를 건

네더니 "하루에 세 알, 아침에 일어나자마자, 점심 식사 전에, 그리고 저녁에 해가 지면 반드시 복용하세요." 하고 제대로 된 의사처럼 지시했다. "그리고 무슨 일이 있으면 바로 진료소로 오십시오. 제가 해 드릴 수 있는 건 별로 없지만."

어쩐지 그건 내가 아니라 루카에게 하는 말 같았고, 루카 역시 숨죽인 채 도토레 후의 일거수일투족을 경계 또는 감시하는 것 같기도 했다.

난 약의 정체가 뭘지 생각해 보았다. 눈앞에 의사가 앉아 있으니 물어보면 되겠지만, 어차피 가르쳐 줘도 못 알아듣고 고개만 갸웃거릴 뿐이라면 완전히 헛수고다. 파란색 약 하면 페름캡슐이 제일 먼저 떠오르지만, 아마 아니리라. 페름캡슐은 철분 결핍성 빈혈, 즉 빈혈 환자에게 처방하는 경구용 철분 약이다. 모자란 피를 보충하는 약의 색깔을 빨간색이 아니라 파란색으로 정한 제약 회사 담당자의 의도를 상상해 보았다. 이 알약은 왜 파랄까? 흡혈귀의 눈동자가 파랗다는 사실을 알고 있는 사람이 만든 걸까. 실제로 어떤지는 알 수 없고, 인간의 피를 빠는 괴물이 진짜로 존재하는지에 대해서도 진지하게 검토해 본 적은 당연히 없었다. 내가 파악하지 못했을 뿐, 흡혈귀는 흔한 존재이리라. 그렇기에 의사 영감님은 태연자약한 것이다. 하지만 그런 식으로 쉽사리 받아들여도 되는 걸까?

머리가 멍해서 생각이 전혀 정리되지 않았다. 완전히 환자가 된 심정으로 벽지의 얼룩에서 악마 모양 따위를 찾아봤다. 일단 이런 상태가 되면 난 글렀다. 나는 "귀찮은 일에서 벗어날 수 있다면 딱히 지금 죽어도 상관없어." 하고 망발을 하기 전에 짤막하게 이만 물러가겠다는 뜻을 전했다.

서쪽에서 해가 뜨려는지 도토레 후는 어마어마하게 비싼 진찰비도, 약값도 청구하지 않았다. 돈독이 오른 돌팔이 의사지만 흡혈귀에게 물린 환자에게는 동정심을 느꼈는지도 모른다. 마우리치오가 이미 돈을 치렀을 가능성도 있었지만, 어쨌거나 돈에 관해서는 언급하지 않고 나는 루카와 함께 진료소를 뒤로했다.

옴브렐로에서 일하기 몇 년 전, 내가 아직 멀쩡한 직장에 다녔던 시절의 이야기를 하겠다. 전 세계에서 죽는 사람의 숫자가 태어나는 사람의 숫자의 딱 네 배에 해당했을 무렵이다.

그 직장에는 나와 함께 전쟁터에 끌려갔던 성실한 남자가 있었다. 부대에는 다양한 직책과 계급이 있었는데, 그는 내게 있어 단짝이라고 할 수 있는 유일한 동료였다. 아마색 곱슬머리가 눈길을 끄는, 신경질적이지만 천성은 착한 녀석이었다. 녀석은 본토에 있었을 때부터 오래된 소설과 시를 모으는 게 취미여서 희귀한 책이 손에 들어오면 "귀중한 책이니까 공습으로 불타도 문제없도록 나눠서 숨겨야 해." 하며 타자수에게 의뢰해서 다른 용지에 내용을 옮겨 적었다. 당시 나는 왜 그런 일에 돈을 쓰느냐고 생각했지만, 불탄 잔해가 넘쳐 나는 이 거리에 돌아왔을 때, 그 행동에 담긴 의미를 조금 이해했다. 그건 일종의 기원이었다고.

그 녀석은 수첩 표지 뒷면에 특별히 손 글씨로 시를 한 편 베껴서 적어 놓았다.

전선의 거점으로 전달되는 편지와 무선 통신으로는 무차별 폭격으로 가족이 행방불명됐다는 둥, 고향이 점령돼서 괴멸 상태에 빠졌다는 둥, 자기 아들에게 소집영장이 왔다는 둥 일어설 기력이 싹 사라질 만큼 침울한 소식만 들어온다.

허세를 겨루는 듯한 각 진영의 발표와 전적이라고 지칭되는 희생자의 숫자. 당신 나라의 수도에 공중 폭격을 퍼부은 것과 똑같은 놈들이, 지나가는 길에 가설 피난소를 전차로 뭉개고 사라진다. 매일 누군가가 "이제 싸워 봤자 아무 의미도 없어." "뭣 때문에 여기 있는 거야." "살아 있어도 나쁜 쪽으로 달라질 뿐이라면 차라리……." 하고 울부짖으며 날뛰다가 동료들에게 제압당했다. 나도 완전히 피폐해져서 신경이 잔뜩 곤두섰고, 어느덧 다들 할 말을 잃어서 서로 격려하려 해도 무슨 말을 하면 좋을지 몰랐다.

그러자 녀석은 수첩 표지를 펼치고 우리에게 말했다. "그대는 행운의 별 아래 태어나 영혼과 불꽃과 이슬로 만들어졌도다."

그 한 구절이, 녀석이 낭독한 후에 주변을 뒤덮은 기나긴 침묵이, 지금도 강렬한 기억으로 남아 있다.

우리는 원래 멋진 존재라는 사실이 저 멀리서 번쩍이는 것처럼 생각났다.

그런데 그 시를 다 듣고 나서야 어떤 중년 남자가 남몰래 사랑했던 소녀의 죽음을 한탄하며 다음 생에 다시 만나 서로 사랑하길 바란다는 내용임을 알았다. 요절한 소녀의 영혼이 얼마나 맑고 아름다운지 남자 입장에서 노래한 것이 바로 그 시구였다.

따라서 혼란스러운 전선에 있는 우리하고는 너무나 동떨어진 상황인 데다 자기 나이의 절반도 안 되는 소녀를 사랑하는 남자에게 공감하는 녀석은 하나도 없었으리라.

그래도 그때 우리에게는 분명 그 시가 필요했다.


"흡혈귀인데 모습이 비치네." 소니아가 거울을 가리

키며 무뚝뚝하게 말했다.

영업시간이 아닐 때는 객석에 평소의 절반밖에 불을 켜지 않으므로 어두침침했다. 바닥 널에 거무스름한 색깔을 칠한 탓인지 가게 내부의 온도가 더 낮게 느껴졌다. 과거를 의식하는 사람만이 거기에 스며든 피와 포도주 냄새를 맡을 수 있다. 어느샌가 당신도 분명 그렇게 될 것이다.

"그러니까 그것도 미신이야. 말해 두겠는데 십자가와 마늘도 안 통해."

가로 여섯 줄 세로 네 줄인 좌석 중 제일 구석 자리, 소니아의 정면에 앉은 루카는 그런 소리를 백만 번은 들었다는 듯 지긋지긋해하는 표정으로 대답했다.

"은 말뚝을 박으면 죽나?"라는 내 질문을 무시하듯 옆에 앉은 소니아가 "불사신이야?" 하고 고개를 갸웃했다. 어깨에 닿지 않도록 짧게 자른 빨간 머리가 흔들렸다.

"그럴 거야. 시험해 봐도 되지만, 만에 하나라도 내가 불사신이 아니라면 오스발도는 안나를 찾아낼 실마리를 잃는 셈이지."

"너랑 얼굴이 똑같이 생긴 여자를 찾으면 되잖아. 난 시체의 머리를 잘라서 가지고 다녀도 아무렇지도 않아. 설마 죽으면 재가 되는 건 아니겠지?"

테이블 위에는 카페아메리카노가 담긴 컵이 세 잔 놓여 있었다. 백수십 년 전에 멸망한 국가가 이 음료에 붙여진 이름의 유래인 듯하지만, 자세하게는 모른다. 나는 역사 공부가 딱 질색이라 나라와 독재자의 이름을 잘 기억하지 못한다. 그래도 그것이 에스프레소에 뜨거운 물을 탄 액체라는 사실은 안다.

돌체를 만드느라 실력이 늘었다고 하는데, 소니아가 끓여 주는 차는 뭐든지 맛있었다. 제과사가 아니라 바리스타로 일해도 먹고살 수 있으리라. 이딴 가게는 냉큼 그만두고 거리에 세련된 케이크 가게라도 차리는 세 낫겠다 싶지만, 소니아는 그렇게 하지 않는다. 그렇다기보다 그렇게 할 수 있는 자유가 없다.

흡혈귀에게는 커피가 아니라 피, 하다못해 토마스주스를 대접하는 게 예의일 듯하기도 했지만, 소니아는 루카가 흡혈귀라는 사실을 한사코 인정하려 들지 않았다. 하기야 나도 물려서 저주를 당하는 경험을 하지 않았다면 눈앞의 젊은 금발 남자가 흡혈귀라고 믿지 않았을 것이다.

"그러고 보니 햇볕은 쬐지 않는 게 좋아." 어떻게 되는지는 모르지만, 하고 루카는 남의 일처럼 덧붙였다. "우리 어머니도 그렇게 말했어."

"어머니? 너희 어머니도 흡혈귀였나. 아버지는?"

“몰라. 아버지가 누구인지도…… 딱히 중요한 건 아니지.”

“그럼 안나는 어머니하고 같이 있겠군. 곤란한 상황에 빠졌을 때 갈 만한 곳은 뻔해. 마구잡이로 찾아다니기 전에 가 봐.”

“어머니는 이제 없어. 돌아가셨거든.”

실언이었다, 미안하다고 사과하려다 깨달았다. “죽었다고? 왜? 흡혈귀는 불사신이잖아.”

“살해당했어.”

“그러니까 어떻게—”

“그 다리는? 의족을 착용한 건 전쟁 때문이야? 지뢰 같은 걸 밟았어?”

루카가 내 말을 막고 테이블 아래의 내 왼쪽 다리에 시선을 주었다.

“야, 인마. 말 돌리지 마. 흡혈귀인 너희 어머니가 왜 죽었느냐고 물었잖아. 질문에 대답해. 학교에서 연장자를 공경하라고 안 가르치디?”

“흡혈귀는 불로불사라는 거 몰라? 내가 더 연장자일 거라는 생각은 안 해 봤어?”

내가 나지막한 목소리로 견제해도 루카는 전혀 주눅 들지 않았다. 진담인지 농담인지 모를 투로 “오스발도보다 훨씬 오래 살았을 수도 있는데.” 하고 말했다.

"정말로 그런 거야?"

"아무렴 어때? 난 당신 나이가 궁금하지 않고, 날 공경하지 않아도 상관없어."

마음대로 요리할 수 없는 녀석이구나 싶었다. 요리되지 않은 녀석이라고 해도 될지 모르겠다.

해결되지 않는 수수께끼만 점점 쌓이는 것 같아서 절망스러워졌지만, 자잘한 일에는 눈을 감고 당장 해결해야 할 일을 정리했다.

루카는 왜 관에 담겨 옴브렐로의 냉동실 속에 있었는가.

왜 아무 상관노 없는 내가 흡혈귀에게 물려 '저주'를 받는 꼴이 됐는가.

루카의 쌍둥이 여동생 안나는 지금 어디서 뭘 하고 있는가.

두 사람의 어머니인 흡혈귀는 무슨 이유로 살해당했는가. 불로불사였는데 누구에게, 왜, 어떻게.

나는 연한 커피를 한 모금 마셨다. 고소한 원두 향기는 여전했다. 다른 건 아무것도 알 수가 없었다.

소니아는 여전히 믿지 못하는 눈치였지만 "오래 사는 흡혈귀라면 여러 곳을 돌아다녔겠네. 메나그라에 가 본 적 있어?" 하고 루카에게 물었다.

"메나그라? 들어 본 적은 있는 것 같은데…… 어디더

라?”

“왕이 있던 시절에 노르웨이라고 불리던 나라가 있었어. 그 나라의 동쪽에 있는 작은 섬이 메나그라야.”

나는 오래전에 거기가 소니아의 고향이며 ‘새들의 무리 속에 서 있는 탑’을 뜻하는 말이라고 들었다. 수많은 작은 나라에 둘러싸인 그 매립형 인공섬에는 거대한 등대가 있고, 천문과 어업으로 번성했다고 한다.

“아아, 어쩌면 어머니가 옛날에 가 봤다고 했었는지도 모르겠네. 그런데 왜?”

“10년 전에 연합군이 메나그라에 거센 공격을 퍼부어서 난 이 나라로 도망쳤어. 그러다 밀라노에서 가족과 뿔뿔이 흩어졌지. 열심히 찾았지만 아직도 발견하지 못했고. 전쟁이 끝난 후에 메나그라에 가 봤다는 사람도 주변에는 없어.”

“즉 너희 가족이 귀환했을지도 모르는 고향으로 돌아가고 싶은 거로군.”

돌아갈 곳이 있다니 부럽네, 하고 루카는 중얼거렸다. 절실함이 묻어나는 목소리였다.

“하지만 연합국에 점령당한 메나그라는 국교를 단절했지. 섬에 들어가려면 밀항하는 수밖에 없어.”

“혹시 넌…… 불법 이민?”

“그렇다면 뭐?”

소니아가 매서운 눈으로 루카를 보았다. 나까지 주춤할 정도였다.

"아니, 밀항할 것 없이 입국 관리국에 출두하면 되지 않을까 싶어서."

"지금 발각되면 연합국의 다른 나라로 강제송환돼. 내 나라로는 못 돌아가."

섣불리 감추거나 위협하지 않는 것이 소니아의 현명한 점이었다. 우리는 당연히 신고하지 않고, 누가 부탁하더라도 정부 기관과는 얽히기 싫다.

"하지만 배든 비행기든 밀항에는 돈이 들잖아. 이 나라에서라면 나름대로 번듯한 집을 지을 수 있을 만큼의 돈이."

"그렇지 않으면 누가 이런 데서 일하겠어?" 소니아는 쌀쌀맞게 대꾸한 후 루카에게 말했다. "애당초 밀항을 준비해 주는 업자가 사기꾼이 아니라는 보증도 없잖아. 그래서 가 본 적 있다면 중개인을 소개받고 싶었는데."

당신도 이미 알겠지만, 시대가 이 모양 이 꼴이니까 말이다. 고향을 점령당해 쫓겨나고, 가족을 잃고, 길거리를 헤매는 사람이 넘쳐 난다. 신부라는 작자는 "살아 남은 것만으로도 신께 감사드려야 한다."라고 지껄이지만, 난 역시 소니아가 가엾었다. 생각해 보라. 그 아이는 고작 스물두 살이다. 자기가 스물두 살이었을 적을 돌이켜 보면 소니아가 얼마나 열심히 사는지 실감이 날 것이다.

우리가 아무 말도 없이 잠자코 있는데 가게 입구에서 소리가 들렸다. 문에 매달아 둔 종이 울리는 소리였다.

가게 앞의 '준비 중Chiuso' 팻말을 무시하고 들어온 사람은 마우리치오였다.

"여기 있었나. 날 버려두고 가면 어떻게 해?"

녀석은 입을 열자마자 날 책망했다. 진료소 침대에서 푹 자고 왔을 텐데도 눈 밑의 그늘이 더 깊어졌다.

"좀 봐줘, 마우리치오. 이제 내 목숨은 며칠 안 남았어. 깜빡 잠든 널 기다릴 여유는 없다고."

"그건 어쩌다 깜빡 잠든 게 아니라—" 그제야 루카의 모습이 눈에 들어왔는지 마우리치오는 딱 굳어 버렸다. "그건 뭐였지?"

"한 번 더 해 볼까?" 루카가 일어섰다. 어째선지 조금 긴장한 듯한 얼굴이었다. "다섯, 넷, 셋—"

"아니, 됐어. 하지 마."

루카가 쳐다보자 마우리치오는 양손을 앞으로 내밀어 시선을 막았다.

"내가 흡혈귀라고 인정하는 거지?"

"인정하지 않더라도 맞겠지. 대체 왜 흡혈귀가 리스

토란테의 냉동실에 있다가 우리 종업원을 깨물게 된
거람."

마우리치오는 한숨을 내쉬고 우리와 함께 자리에
앉았다. "주방장님, 카페아메리카노 드릴까요?" 하고
소니아가 묻자 "아아, 부탁해."라며 몹시 지친 목소리로
대답했다.

마우리치오는 주방으로 돌아가는 소니아의 뒷모습
을 바라보며 말했다.

"이 거리에서는 최근에 수많은 사람이 피를 뽑혀서
죽었지. 그것도 루카의 소행인가?"

"아주 직설적이네. 날 국가 헌병에게 넘길 거야?"

부정하지 않는 건가 싶었다. 하지만 루카가 대량 살
인귀일지라도 여기서 녀석을 잃을 수는 없었다.

"그만해, 마우리치오. 지금은 이 녀석이 필요해. 루카
여동생의 피를 얻지 못하면 난 죽어. 너도 부하가 죽으
면 곤란하잖아?"

"그 이전의 문제야. 헌병 따위는 얼씬도 못 해. 여기
가 어딘지 잊어버렸나?"

"인육을 즐기는 자들이 오는 가게잖아. 당신들 셋 다
역할극에 충실한 종업원이야."

마우리치오가 짜증 난다는 듯 루카를 보았다. 받아
치지 못하는 건 루카 말대로였기 때문이다.

“이봐, 흡혈귀. 우리 대장을 모독하지 마.” 하지만 아무리 정곡을 찔렀다고 해도 나까지 입을 다물 수는 없는 노릇이었다. “이래 보여도 마우리치오는 왕실 전속 요리사였다고. 이 가게에서는 유일한 스페치알리스타*야.”

“일류 요리사가 왜 이렇게 보잘것없는 리스토란테에서 몰래 인육을 제공하는 거지? 그야말로 몰락한 셈이잖아.”

“그것참, 무섭게 한 건 미안하다고 아까 그랬잖아.” 루카가 거침없이 말하는데도 마우리치오는 정중히 고개를 꾸벅 숙였다. “식자재가 살아 있는 경우는 처음이었어. 우리도 어떻게 대해야 좋을지 모르겠다고.”

“그렇겠지.” 루카는 부드러워 보이는 금발을 만지작거렸다. “늙지도 죽지도 않고, 하루에 피를 1갤런 마시는 것 말고는 인간과 똑같다고 보면 돼.”

“마술을 사용하잖아. 똑같기는 뭐가 똑같아?”

“날 인간으로 착각해서 잡아먹으려고 했으면서.”

그 말에 수긍한 건지, 체념한 건지 마우리치오는 팔짱을 낀 채 고개를 푹 떨구었다.

소니아가 막 끓인 카페아메리카노가 담긴 컵을 들

* 전문가.

고 돌아왔다. 소니아에게 감사를 표하며 의자를 빼 준 후, 마우리치오는 다시 심각하게 말을 꺼냈다.

"당면한 문제는 두 가지야. 오스발도의 그 '저주'에 어떻게 대응하느냐, 그리고 내일 만찬회를 어떻게 하느냐."

"만찬회?"

"우수 고객들에게 초대장을 보냈는데 중지할 수는 없지. 설령 주요리의 재료가 살아났더라도."

면접이라도 하듯 우리 세 명은 테이블을 사이에 두고 루카와 마주 앉아 있었다.

"이대로 가면 적자가 어마어마하겠지." 나는 마우리치오를 곁눈질했다.

지난번 주방장은 부주의하게도 고기를 망가뜨렸고, 변상하기 위해 베링해를 항해하는 게잡이 어선에 태워졌다가 거친 바다에 빠져 죽었다. 자기 몫이 줄어들까 봐 걱정한 다른 선원에게 살해당한 듯했다.

이 가게에서 해고되면 비슷한 운명이 기다린다. 따라서 절대로 적자를 내면 안 되고, 지배인 말에도 묵묵히 따르는 수밖에 없다.

"내 가격은 얼마였어?"

루카가 비웃듯이 물었다. 하얀 이가 슬쩍 보였다. 동화 속 삽화에 그려진 것처럼 길고 뾰족한 송곳니는 없

Carne Surgelata

는 듯했다. 어쩐지 조금 아쉬운 기분이 들었다.

"9백만." 소니아가 대답했다. "어떻게 생각할지는 모르겠지만, 시세로 따지면 꽤 높은 가격이야. 상처가 없는데다 소분하기 전이었으니 분명 가격이 뛴 거겠지."

"어떻게든 피에르마르코에게 들키기 전에 채워 넣어야 해. 정말 골치 아프게 됐어." 마우리치오가 툴툴거렸다.

"9백만이나 되는 구멍을 메울 수 있을까?"

"9백만?" 나는 바보 같은 소리를 하는 태평한 흡혈귀를 쏘아보았다. "원가 그대로 손님한테 내놓을 리가 있나. 매입가가 9백만이면 차림표에 실을 때는 최소한 2천7백만이야. 30만짜리 품목을 구성해서 100명에게 제공할 만한 양이니까 말이지."

"이야, 그럼 실제 손해액은 2천7백만이라는 거구나. 큰일이네."

루카는 덤덤한 반응을 보였다. 누가 이 상황을 초래했는지는 확실치 않지만, 좀 더 놀라도 되지 않을까.

"다른 동물의 고기로 어떻게 잘 속이면 안 되려나?" 내가 제안했다.

"어림도 없다는 거 알잖아. 초청한 손님은 다들 인육을 먹어 버릇한 자들이야. 바로 알아차리고 피에르마르코에게 불만을 제기하겠지."

마우리치오는 머리를 끌어안았다.

인육 매입에는 순서가 있다. 일단 요금의 절반을 밀렵꾼에게 건네고, 납품을 받았을 때 나머지 절반을 건넨다. 즉, 밑천이 없으면 대신할 식자재를 매입할 수 없고, 식자재가 없으면 손님을 받지 못해 가게를 접어야 하는 상황이다. 그렇다고 우리가 해방되는 것도 아니다. 폐점 끝에 기다리고 있는 것은 비유적 표현이 아닌 진짜 죽음이다.

성실한 주방장이 너무나 딱해 보여서 나는 무심코 말을 꺼냈다. "밀렵꾼을 통하지 않고 새로운 식자재를 조달하면 돼."

"누군가를 죽여서 끌고 오자는 뜻?" 루카가 천진난만하게 말을 바꿔서 표현했다.

"그건 안 돼!" 마우리치오가 버럭 소리를 질렀다. "더는 아무도 죽이지 마. 전쟁은 끝났다고."

"알았어, 그렇게 화내지 마. 너도 쓸데없는 소리 하지 말고."

마우리치오의 서슬에 놀라 나는 발언의 책임을 루카에게 떠넘겼다.

"내가 먼저 말한 것도 아닌데." 루카는 하얀 뺨을 어린애처럼 부풀리더니 본전도 못 찾을 소리를 꺼냈다. "아무튼 누가 그랬든지 간에 가게에서 요리를 내놓기 위해 인간을 죽이는 건 변함없는걸."

"너도 매일 깨물어서 인간을 죽이잖아. '흡혈귀의 저주'가 없더라도 피를 1갤런이나 잃으면 웬만한 놈은 다 죽어."

"살아가기 위해서야. 당신들이 돼지나 소를 처리하는 것과 다를 바 없어."

"인간님도 요즘은 야생동물을 사냥하지 않아. 먹기 위해 번식시키고 수고를 들여서 키우지. 흡혈귀도 그렇게 먹기 위한 인간을 사육하든가."

"우리는 그럴 수 있을 만큼 수가 많지 않아. 총력전을 벌이면 인간을 당해 낼 수 없고, 식량용 인간을 키우려고 해도 당신들은 찬성하지 않겠지. 우리의 존재를 알면 분명 종족을 통째 말살하려고 들 거야."

"그래서 목격자가 남지 않도록 입막음한다는 건가? 그럼 동생을 찾아내서 볼일 다 끝나고 나면 우리도 죽일 거야? 그렇다면 안나를 찾아다닐 의미가—"

"싸우지 마." 소니아가 아주 냉정한 말투로 끼어들었다. "살인귀끼리 사이좋게 지내야지."

"살인귀끼리?"

루카가 미심쩍다는 얼굴로 나를 바라봤다.

"모르고 손을 댄 건가." 마우리치오가 의외라는 듯 루카를 보았다. "난 분명 오스발도에게 앙갚음이라도 하러 온 줄 알았지."

"원한을 살 만한 짓을 한 적 있다는 뜻?"

"마우리치오, 시답잖은 이야기 퍼뜨리지 마. 스스로도 믿지 않는다면 더더욱."

난 엄포를 놓듯 마우리치오가 앉은 의자의 다리를 살짝 걷어찼다.

하지만 마우리치오는 재미있어하는 기색 하나 없이, 마치 그러지 않으면 공정하지 않다는 것처럼 루카에게 고개를 돌려 이야기했다. "오스발도가 팔다리를 토막 내서 죽인 사람 중에는 고작 열여덟 살 먹은 소녀도 있었다고 들었어. 살아 있다면 지금쯤은 루카와 비슷한 나이겠지. 네 나이가 겉보기와 똑같다면 말이지만."

"……난 살해당한 여자애와 아무 관계도 아니야. 하지만 오스발도가 걔를 죽인 이유는 궁금하네."

"그 소녀뿐만이 아니야. 은익 전쟁으로 혼란한 틈을 타서 수십 명이나 해쳤고, 기적적으로 살아남은 한 남자조차 봐주지 않고 칼로 찔러 죽였어. 이 소문은 진짜지?"

나는 침묵으로 답했다. 누구에게나 나불나불 떠들 거라고 생각했다면 큰 오산이다.

나는 컵을 입에 댔다. 산미 대신 쌉싸름한 맛이 두드러져서 조금 식어도 맛이 나쁘지 않았다. 이걸 마실 수 있는 한은 노력해서 속세에 머무르기로 마음먹었다.

Carne Surgelata

"이야기를 되돌리자면 가게에 판매되는 인간들은 어차피 죽을 신세였어. 마피아에게 찍혀서 살해당한 놈들을 처분할 겸 식자재로 사용할 뿐이라고. 주변을 돌아다니는 사람을 함부로 잡아 죽이는 건 아니야."

"그런데 루카는 어쩌다 냉동된 거지?"

마우리치오의 질문에 이번에는 루카가 입을 다물었다.

"해치웠다고 여기고 냉동했는데 불사신이니까 되살아난 거겠지. 넌 왜 그런 꼴을 당한 거야? 누구한테 당했지? 그 녀석의 동료인 줄 알고 날 공격한 건가?"

"모르겠어."

분명 거짓말이었다.

루카는 자기에게 벌어진 일에 대해 뭔가 알고 있는 듯했지만, 우리에게 밝힐 마음은 전혀 없어 보였다.

대체 무슨 생각인 걸까. 흡혈귀의 머릿속은 너무 복잡해서 인간으로서는 따라가기가 힘들었다.

"예쁜 쌍둥이라서?" 소니아가 갑자기 뚱딴지같은 말을 꺼냈다. 소니아 본인도 예쁘다는 범주에 포함된다는 사실을 모르는 것처럼 무덤덤한 말투였다. "흡혈귀가 아니더라도 희귀하고 특별하다면 그런 걸 수집하는 취미가 있는 사람이 사겠지."

"그럼 단순한 납치잖아. 그게 왜 우리 가게에 납품된

건데?" 마우리치오가 물었다.

"상인이 착각한 거겠지. 애당초 난 인간 하나를 통째로 발주한 적이 없어. 오늘 아침에도 그렇게 보고했을 텐데."

"납품 사정을 물어본다면 역시 시뇨리나* 에베리스인가."

마우리치오가 신중하게 그 이름을 입에 담았다. 소니아의 얼굴이 굳어졌다. 분명 나도 마찬가지였으리라.

"시뇨리나 에베리스? 생각만 해도 싫은걸. 그 여자는 무서워." 내가 말했다.

"누군데?" 루카 혼자 태평한 표정으로 물었다.

"정말로 몰라? 밀렵꾼이야. 마피아의 수하지. 이 거리에서 제일가는 살인 청부업자야."

"뭐야. 우리랑 같은 부류네."

"아니야, 그 여자는…… 뭐, 만나 보면 알겠지. 가는 길에 이야기해 줄게."


담쟁이덩굴이 엉킨 폐허 같은 교회에 들어가기에 앞서 나는 루카에게 몇 번이나 충고했다. 그 여자, 에베리스의 심기를 건드릴 말은 하지 말 것. 에베리스의 물

---

* 젊은 미혼 여성을 가리키는 경칭.

건에 손대지 말 것. 에베리스 뒤편에 서지 말 것.

하지만 불사신인 탓인지, 루카는 흡혈귀답게 무서울 것 하나 없다는 태도로 흘려들었다. 내 친절한 마음을 조금도 이해해 주지 않았다.

에베리스는 불빛 없는 예배당의 제일 앞자리에 앉아 있었다.

고급스러운 긴 나무 의자 여러 개가 가지런히 줄지어 있었다. 정면 벽에 끼워진 세공된 색유리로 달빛이 비쳐 들었다. 낡은 설교단 옆에는 시클라멘 여러 송이가 보기 좋게 꽂혀 있었다. 신부의 모습은 보이지 않았다.

아무 보상도 없이 오랜 전쟁을 치르는 동안, 전 세계에서 가장 숭배되었던 신도 많은 사람에게 외면받고 말았다. 여태 그 신을 믿고 있는 건, 그 외에는 손을 마주 모을 상대를 찾지 못한 경건한 사람들뿐이다.

나와 가게 주변 사람들 대부분도 거기에 포함된다. 일요일이 되면 참석하지 못하더라도 예배 생각이 난다. 개중에는 살인자 주제에 매일 교회에 다니는 열렬한 신자도 있었다. 그렇기에 나는 약속을 잡지 않아도 에베리스를 만날 수 있다.

난 에베리스가 있는 곳까지 걸어가서 그 앞에 무릎을 꿇었다.

"안녕하십니까, 시뇨리나."

에베리스는 나를 힐끗 보더니, 등나무 꽃 냄새가 나는 담배 연기를 내뿜었다. 그리고 가죽 장갑을 낀 손을 이쪽으로 내밀었다.

난 세심한 주의를 기울여 그 손을 잡고 손등에 입을 맞췄다.

갈기 같은 긴 흰색 머리가 녹색 눈동자를 가렸다. 마우리치오가 기사라면, 그와 동갑인 에베리스는 기마였다. 그것도 아주 고결하고 성미가 까다로운 회색 말.

"소니아는?"

에베리스는 본인이 편애하는 소니아에 대해 제일 먼저 물었다. 나는 소니아의 근황을 알려 주러 오는 전령 정도로밖에 여기지 않으리라.

"옴브렐로에 있습니다. 가게를 보고 있어요."

"걔가 없다면 달리 너랑 할 이야기는 없는데."

"그렇게 말씀하지 마시고요. 소니아가, 가게가 위기에 빠졌습니다. 협력해 주지 않으시면 저와 만나는 것도 이번이 마지막이겠죠."

그제야 에베리스가 수상한 금발 남자에게 흥미를 보였다. 나를 밀어젖히다시피 일어서서 불붙은 담배를 바닥에 버렸다. 넓적다리까지 올라오는 긴 부츠 밑창으로 담배를 밟아서 끈 후, 여왕의 풍격을 드러내며 루카에게 다가갔다.

루카는 약간 턱이 진 제단 끄트머리에 앉아 조용히 에베리스를 올려다보았다.

"못 보던 얼굴이로군."

에베리스는 검은 외투를 펄럭이며 루카의 코앞에 한 손을 내밀었다.

루카는 그 손을 빤히 바라보다가 송구하게도 양손으로 붙잡고 억지로 악수를 나누었다.

"야, 이 멍청아!"

"나는 루카라고 해. 흡혈귀지. 안나를, 쌍둥이 여동생을 찾고 있어."

왜 하필 정체부터 밝히는 건가 싶었지만, 그게 문제가 아니었다. 나는 재빨리 두 사람 사이에 끼어들었다. "이 녀석은 예의가 뭔지 모릅니다. 무례를 용서해 주십시오."

그렇지만 에베리스는 화내지도 놀라지도 않고 "흡혈귀라." 하고 중얼거리더니 루카 옆에 앉았다.

어쩔 수 없이 나도 루카를 사이에 두고 반대편에 앉았다.

어쩌면 또 무슨 마술을 사용한 게 아닐까 의심스러웠다. 그게 아니라면 운이 좋다고밖에 할 수가 없었다. 방금 그 행동 때문에 팔이 잘려 나갔어도 이상하지 않다. 하기야 흡혈귀는 목이 달아나도 살 수 있을지 모르지만.

"오스발도에게 들었어. 당신은 왕족의 후예라며? 그런데 왜 마피아 밑에서 사람을 죽이고 다니는 거야?"

"야, 진짜 말 좀 가려서 해."

내 이름을 꺼내면서 멍청한 질문을 하지 말라고 속으로 투덜거렸다.

"이제는 아무도 왕을 필요로 하지 않아." 에베리스는 나지막하게 말했다. "통치자고 지배자고 계속해서 국민을 배신했지. 지금 사람들이 원하는 건 꼭두각시 왕이 아니라 경외할 만한 실력을 갖춘 공정한 심판자야."

"……무슨 뜻인지 잘 모르겠는데, 인간을 심판하기 위해 살인 청부업자가 된 거야?"

"전부 과거의 잘못을 바로잡고 나라를 좋은 쪽으로 바꾸기 위해서지. 일찍이 왕이 저지른 죄를 아무도 용서하지 않을 테니, 그 부채를 갚는 것이 바로 내 존재 의의야. 넌 이 나라 사람이 아니지?"

"애당초 인간도 아닌걸."

"시뇨리나. 루카는 어제 가게에 납품된 식자재입니다. 냉동실에 하루 보관됐는데도 살아 있었죠. 도매상은 시뇨리나에게서 매입했다고 생각합니다만…… 이 녀석을 사냥한 기억은 있으십니까?"

내 물음에 에베리스는 곁눈질로 루카를 보았다.

못 보던 얼굴이라고 했을 때부터 예상은 했지만, "없어."라는 대답이 돌아왔다.

"안나는?" 루카가 바로 물었다. 옴브렐로의 근무복 위에 빌린 화학섬유 재킷만 걸쳐서 그런지 추워 보였다. "나랑 닮은 여자를 어디서 못 봤어?"

"그건 모르겠지만 어제 옴브렐로에 납품한 상인이라면 내가 죽였어."

"그건 또…… 어째서죠?"

에베리스는 외투 호주머니에서 꺼낸 성냥으로 새 담배에 불을 붙였다. 그리고 제단 근처 양초에도 그 성냥으로 불을 붙였다. 주변이 단번에 밝아졌고, 에베리스의 발밑에 드리워진 그림자가 한층 짙어졌다.

"그러라고 부탁받았으니까."

"누구한테요?"

"내가 대답할 것 같나?"

"소니아를 도와주시는 셈 치고 부탁드립니다."

나는 숨기는 게 없다는 걸 밝힐 작정으로 전부 털어놓았다. 냉동실에서 루카에게 물려 '흡혈귀의 저주'를 받은 것. 루카의 여동생 피가 없으면 죽음을 면하지 못한다는 것. 되살아난 흡혈귀 대신 내일 밤 손님에게 제공하기 위한 새 식자재가 필요하다는 것. 식자재가 없으면 피에르마르코가 옴브렐로의 종업원에게 책임을 물으리라는 것. 그 모든 것을 이야기하고 매달렸다.

"안나를 찾지 못하면 저는 죽습니다."

"끈질기군."

말이 끝나기가 무섭게 에베리스의 하얀 머리칼이 휘날렸다.

바람을 가르는 소리가 나고, 예배당 출입구에서 비명이 들렸다.

비명이 들린 쪽을 보자 온통 시커먼 옷을 입은 남자가 웅크려 있었다. 처음 보는 젊은 남자였다. 나는 그 순간까지 인기척조차 느끼지 못했기에 두 번 간이 내려앉았다.

에베리스는 등나무 꽃 냄새가 나는 한숨을 토해 내더니 남자를 향해 칼을 하나 더 던졌다.

그 칼은 멋지게 남자의 목을 꿰뚫었다. 남자는 피를 뿜어내며 바로 목숨을 잃었다.

"날 미행했군."

나와 루카는 아무 말도 하지 못하고 그 광경을 그저 바라만 보았다.

에베리스를 끈질기게 미행했던 듯한 남자는 이제 이 세상에 없다. 분명 옴브렐로에 납품했던 그 상인도 사정없이 죽었으리라. 변명할 기회도, 신에게 기도할 시간도 주지 않고서.

Carne Surgelata

만약 우리가 살인을 저지른 적 없는 인간과 흡혈귀였다면 눈앞에서 일어난 일에 몹시 동요했으리라. 그날 밤은 잠도 제대로 못 이루고, 한동안 악몽에 시달렸을지도 모른다. 하지만 다행인지 불행인지 거기 있던 세 명은 시체를 보는 데 이골이 난 자들이었다. 분명 사흘만 지나면 아무리 참혹한 광경이라도 잊어버릴 정도로.

"에베리스, 당신은 지쳤어."

루카가 느닷없이 그런 말을 꺼냈다. 정적을 찢는 목소리에서 떨림을 억누르는 듯한 낌새가 느껴졌다.

그 말에는 에베리스도 시선을 돌렸다.

"당신은 늘 긴장한 상태로 지내느라 피곤하고, 졸리고, 춥고, 배가 고프지만, 그걸 누군가에게 밝힐 수는 없어서—"

"뭔 소릴 하는 거야." 나는 루카를 말리려다 깨달았다.

이건 마술이다. 루카는 에베리스에게 저주를 걸려고 한다.

"몹시 지쳤지. 그러니까 당신은 여기서 한 발짝도 움직일 수 없어."

에베리스는 루카의 말에 긍정도 부정도 하지 않고 침묵을 지켰다. 검지와 중지 사이에 끼운 담배가 점점 짧아져서 당장이라도 장갑을 태울 것 같았다. 그래도 에베리스는 움직이지 않았다.

침묵이 이어졌다.

크게 부릅뜬 채 바닥 한 점을 바라보는 녹색 눈동자에 초조함이 서렸다.

"야, 뭐 하는 거야. 루카, 그만둬."

나는 그제야 옆에 있는 루카를 팔꿈치로 툭 쳤다. 깨물린 목에 둔한 통증이 느껴졌다. 지금 루카가 쓰는 마술의 목표물은 내가 아닐 텐데도, 턱 아래까지 물에 잠긴 것 같은 답답함이 덮쳐 왔다.

루카는 나를 거들떠보지도 않고 에베리스에게 "당신은 움직일 수 없어." 하고 거듭 말했다. 그리고 다 읽은 책을 덮듯 양손을 가슴 앞에 모았다. "피곤하니까 못 움직이지. 피곤해서 비밀도 못 지켜."

루카가 마주 모았던 손을 갑자기 뗐다. 에베리스의 손끝에서 담배가 떨어졌다.

"가르쳐 줘. 나를 판매한 상인이 죽기를 바란 건 누구지?"

"……파르팔라* 항공의 대표." 에베리스는 바닥에서 천천히 눈을 들더니 본의가 아니라는 듯 입술을 일그러뜨리며 대답했다. "오늘 아침에 출장지인 에콰도르

* 이탈리아어로 나비라는 뜻이다.

에서 우리 조직 자이온에 전화로 의뢰했다는군. 상인을 처분하기로 최종 결정을 내린 건 그녀가 아니라 자이온 쪽이기는 하지만."

파르팔라는 이 나라에서 가장 큰 항공사다.

그러나 다른 이유로 나는 몸이 벌벌 떨렸다.

흡혈귀에게 인간을 죽음으로 몰아넣거나 잠재우는 것 말고 억지로 입을 열게 하는 능력이 있을 줄은 몰랐다. 그것도 에베리스처럼 과묵하고 성미가 대쪽 같은 사람에게도 유효한 힘이. 루카가 "당신은 움직일 수 없어." 하고 계속 주문을 외면 어떻게 됐을까 싶어 오싹했다.

"항공사 대표가 왜 일개 상인을 죽이라고 의뢰한 걸까?"

일부러 그러는 건지, 루카는 지금 일어난 현상에 대해서는 아무 언급도 없이 덤덤히 대화를 이어 가려고 했다.

눈을 깜박이는 것과 동시에 에베리스가 경계를 강화했다는 걸 알 수 있었다. 하지만 대답하지 않고 버티면 또 무슨 술수를 부릴 것이라 생각했는지, "상인의 창고에 맡겼던 물건이 없어졌다나 봐." 하고 대답했다. 외투 안쪽에는 아직 칼이 몇 자루 더 감춰져 있으리라.

"맡겼던 물건? 그게 뭡니까?" 내가 끼어들어서 물었다.

"몰라."

“우리 남매 아닐까?” 루카가 말했다.

“그런 것 같군. 그럼 너랑 여동생을 냉동실에 처박은 자는 파르팔라 항공의 대표인 건가?”

“그렇다면 안나는—”

“너는.” 말을 막듯 에베리스가 일어섰다. “네가 그 연쇄 흡혈 살인귀야?”

그렇지, 하고 루카는 순순히 인정했다. 당당하다고 표현해도 될 정도였다. “필요한 건 피뿐이고 살인이 목적인 건 아니지만.”

갈라진 머리털 하나 없이 찰랑거리는 금발이 루카가 이떻게 살아왔는지 말해 주는 것 같았다. 아니면 노화를 모르는 흡혈귀는 인간에게 흔한 추레함이나 궁핍함과는 인연이 없을지도 모르겠다.

“경찰이 흡혈 살인귀를 찾고 있어. 지난주 초부터 국가 헌병들도 수사에 나섰지. 자이온도 비밀리에 헌병대를 돕기로 약속했다는군.”

“그렇구나.”

“난 루카를 붙잡아야 할까?”

“……왜 저한테 물어보십니까?”

에베리스가 갑자기 의견을 요구해서 나는 무심코 엉거주춤 일어섰다. 이 다리로는 에베리스를 상대로 달아날 수 없다. 내가 왜 이런 꼴을 당해야 하는지 원망스러워졌다.

"소니아는 루카 편인가?"

"소니아? 네, 걔는 뭐, 그렇겠죠. 굳이 따지자면요. 그것보다 시뇨리나, 내일 사용할 식자재는 마련할 수 있으시겠습니까? 비용은 마우리치오가 나중에 조정하겠습니다. 초대장에는 젊은 남자라고 썼는데요. 가능하면 조건에 맞는 인간을 통째로 매입하고 싶습니다만."

"저기 있잖아."

에베리스는 관심 없다는 듯 몸을 돌려 출입구 앞에서 숨진 남자를 가리켰다.

나는 "아아." 하고 모호하게 대답하는 것이 고작이었다.

"흡혈 살인귀를 어떻게 할지는 소니아와 만나고 나서 판단하겠어."

에베리스는 그렇게 일방적으로 선언한 후 "내일 보자." 하고 남자의 시체를 넘어서 밖으로 나갔다.

남겨진 우리는 창문으로 비쳐 드는 달빛을 받으며 그저 얼굴을 마주 보았다.


그날 밤, 나는 집에 돌아가서 약을 먹었다.

도토레 후에게 받은 파란 알약이다. 여러 번 사용했는지 너덜너덜한 종이봉투에 개별 포장된 알약을 담아 놓았는데, 약 이름과 효과는 어디에도 적혀 있지 않았다.

기분 탓인지 눈이 침침하니 앞이 잘 안 보였다. 빛이 몹시 눈부시게 느껴졌고 정신적으로 피곤했다. 세면실에 간 김에 면도를 하려다 손이 미끄러져서 면도날에 턱 아래쪽을 베였다. 작은 상처에서 목을 타고 흐르는 빨간 핏줄기를 바라보는 동안, "당신은 움직일 수 없어."라는 루카의 목소리가 머릿속에 메아리쳤다.

만약 녀석이 "당신은 죽지 않아." 하고 주문을 외면 그 말대로 될 것 같은 예감이 들었다.


"그러니까 내 목숨은 소니아에게 달린 셈이야."

"난감하네. 데려오지 말라고 내가 늘 그러잖아."

"'루카를 돕겠다'라고 한마디만 해 주면 돼. 시뇨리나 에베리스도 그 말을 들으면 수긍하고 돌아가겠지. 제발 부탁이야. 뭐든지 다 할게."

나는 객석의 에베리스에게 들리지 않을 만큼 작게 애원했다. 한편으로는 스스로를 야유했다. 과연 그렇게까지 해서 살아남고 싶냐고.

주방에서 오렌지 껍질을 벗기던 소니아는 옆에서 묵묵히 와인 목록을 외우려고 하는 흡혈귀에게 시선을 주었다. "내 도움은 필요 없겠지."

"아무래도 상관없어." 무책임하게도 루카는 그렇게 말했다. "안나만 찾을 수 있다면 과정에는 연연하지 않아." 루카는 이 한겨울에 새 양산을 지참했고, 전날과는 다른 검은색 카메리에레[*]용 근무복 차림이었다.

예전에 옴브렐로에서 이 복장으로 일했던 남자는 피에르마르코 앞에서 비싼 술을 깨뜨리는 바람에 다음 날 광산으로 팔려 갔다. 그 후로 가게에 전임 카메리에레는 없었는데, 루카가 은근슬쩍 그 지위를 손에 넣은 듯했다.

"아무래도 상관없기는. 소니아를 적으로 돌리면 시뇨리나 에베리스는 분명 널 죽일 거야."

"소니아의 의향이 그렇게 중요해? 에베리스가 소니아의 뭐길래?"

"교제 상대야. 이제는 앞에 '예전'이 붙지만."

나도 모르게 입을 함부로 놀리고 말았다. 왜 이 사실을 밝혔는지 스스로도 신기했다. 나도 다른 구경꾼들처럼 두 사람의 파국을 아쉬워했기에, 누군가가 이야기를 들어 주길 바랐는지도 모르겠다.

두 달 전, 즉 작년 연말에 생일을 어떻게 보낼 예정이냐고 에베리스가 묻자, 소니아는 마침 그 시기에 개

* 남자 웨이터.

최되는 성탄 전야제 야시장에 가고 싶다고 대답했다. 밀라노 대성당 광장에서 열리는 유명한 축제가 아니라, 항구도시 제노바의 시민들이 지역 악단, 잡화점, 음식점 등을 한자리에서 여는 메르카토*에 흥미가 있었던 듯하다. 야시장이라고 해 봤자 장식 조명이 달린 끈으로 공간을 구분한 것이 전부인 조촐한 유료 행사다.

그러자 에베리스는 그날 바로 소니아의 생일에 해당하는 날짜의 입장권을 모조리 사들여서 야시장을 전세 낸 상태로 만들었다고 한다.

그러한 행동 때문에 두 사람의 관계가 뒤틀리고 말았다.

에베리스에게 축제 특유의 시끌벅적한 분위기와 원하는 노점에 줄을 설 때의 고양감 따위는 전혀 중요하지 않았고, 다른 손님들도 그저 거추장스럽게 느껴졌으리라. 하지만 소니아는 그런 번잡함도 포함해 그 작은 축제를 즐기고 싶었을 것이다.

결국 소니아가 에베리스의 행동을 나무랐고, 에베리스가 사들인 대량의 입장권은 밖에 있던 관광객과 아이들에게 남김없이 나누어 주었다. "입장권을 두 장만 준비했다면, 수많은 사람 사이에서 단둘이 오붓한 시

* 시장.

간을 보낼 수 있었을 텐데." 그것이 소니아가 내뱉은 유일한 불평이었다.

"이제 에베리스가 싫어진 거야?"

루카는 빛바랜 사진과 방대한 양의 글씨로 채워진 와인 목록에 시선을 고정한 채, 지금까지 아무도 언급하지 않았던 핵심을 경솔하게 건드렸다.

몸이 쪼그라드는 것 같은 기분이었다. 저 멀리 객석에 앉은 에베리스가 귀를 쫑긋 세우고 있는 것 같기도 했다.

소니아는 손을 멈추고 과도를 조리대에 내려놓았다. 작은 구리 냄비에 오렌지즙을 짜고, 설탕을 좌르르 부었다. 루카의 질문에는 대답하지 않고 "한가하면 거품이나 내." 하고 내게 우유가 담긴 커다란 사발과 거품기를 떠맡겼다. 아무래도 이번 돌체는 오렌지무스인 듯했다.

나는 마지못해 소니아의 준비 작업을 도왔다. "이러는 동안에도 난 죽음에 다가가고 있는데."

"정말로? 그렇게는 안 보이는데. 평소와 똑같잖아."

"그럼 가르쳐 줄까. 실은 지금 소니아가 불에 올린 그 냄비의 오렌지 향기도 못 맡아. 어제까지는 문제없었는데 말이야."

"그거, 요리사로서 치명적인 거 아니야?"

자기가 원인인데도 루카는 남의 일처럼 지적했다.

"이게 다 누구 탓인데? 그리고 난 요리사가 아니야."

"요리사가 아니면 주방에 들어오지 마." 어느 틈에 왔는지 마우리치오가 내 옷 중에 제일 좋은 옷인 가죽 재킷을 보고 인상을 찌푸렸다. 그렇지만 "몸은 좀 어때?" 하고 걱정도 해 주었다.

"덕분에 아주 별로야."

"나이 탓이겠지."

"고작 네 살 차이라는 걸 잊지 마. 너도 곧 이렇게 될 거야."

"너랑 똑같이 취급하지 마."

주방 안쪽에서 손을 씻는 마우리치오는 안색이 몹시 안 좋았다. 어제오늘 일은 아니지만, 잘 매만진 검은 머리에 새치가 두드러졌다.

나는 한동안 오로지 손만 움직였다. 공기를 머금도록 생크림을 휘저었다. 금속 사발에 거품기가 부딪쳐서 경쾌한 소리가 울렸다. 거품이 조금씩 늘어나서 폭신폭신하게 부풀어 오를수록 팔이 무거워졌다. "이제 됐어?" 하고 묻자 소니아는 사발을 힐끗 보더니 "조금만 더." 하고 주문했다.

"이봐, 잠깐만. 왜 가게에 시뇨리나 에베리스가 있는 거야?" 그제야 객석에 있는 살인 청부업자를 발견했는

Carne Surgelata

지 마우리치오가 당황한 표정으로 내 어깨를 잡았다.

"오늘 필요한 재료는 어젯밤에 들여왔잖아."

"그것과는 다른 일로 왔어. 시뇨리나도 요즘 화제인 연쇄 흡혈 살인귀를 쫓고 있대."

"시뇨리나에게 루카의 정체를 밝혔어? 왜!"

"알 게 뭐야, 이 녀석이 제 입으로 말했는걸."

구석 쪽 의자에 앉아 있던 루카가 드디어 고개를 들었다. 깜짝 놀랄 만큼 긴 속눈썹도 머리카락처럼 투명감 있는 금색이었다.

"에베리스에게 내 정체를 밝혔다고 해서, 딱히 여러분에게 피해가 가지는 않겠지."

"피해라면 날 물어뜯은 시점에 아주 큰 피해를 입혔어."

야단났군, 하고 마우리치오의 표정이 흐려졌다. "앞으로 3시간 후면 영업을 시작하는데."

"에베리스가 있으면 껄끄러워?"

"아니…… 아무튼 가게 안에서 담배는 피우지 말라고 해, 소니아."

하지만 소니아는 "직접 부탁해요." 하고 냉랭한 반응을 보였다. 캐러멜을 입힌 피스타치오를 반죽 밀대로 두드려 부술 때마다 소니아의 빨간 머리카락이 흔들렸다.

마우리치오는 누가 봐도 낙담했다는 걸 알게끔 어깨를 축 늘어뜨렸지만, 그래도 한숨은 쉬지 않고 객석으로 나갔다.

이럴 때 마우리치오는 대단하달까, 훌륭하다고 생각한다. 나라면 눈물로 호소해서라도 다른 사람을 보낼 상황이다.

출입구에 제일 가까운 자리에 앉은 에베리스는 담배를 피우며 북유럽 모험가인지 누군지의 여행기를 읽고 있었다. 더할 나위 없이 그림 같은 모습이라 방해하기가 꺼려졌다.

"시뇨리나."

마우리치오는 공손하게 가슴에 손을 대고 에베리스의 발 잎에 무릎을 꿇었다.

에베리스는 책을 펼친 채 테이블에 내려놓고 소니아를 불러와, 라고만 말했다.

"소니아는 할 일이 있어서요. 용건이 있으시면 제게 말씀해 주십시오."

"그럼 그 아이에게 전해. '우리 집에 차를 마시러 오지 않겠나. 네가 좋아하는 개도 있어.'라고. 작년에 소니아가 군견 훈련 과정에서 탈락한 검은색 개 두 마리를 보호시설에서 입양하고 싶다고 했거든. 그리고 전속 훈련사도 새로 고용하기로 했어."

에베리스가 이쪽을 바라보며 평소와 똑같은 목소리로 말했다.

내 옆에 있으니까 들렸을 텐데도, 소니아는 에베리스와 전혀 눈을 맞추려 하지 않았다.

"알겠습니다." 마우리치오는 고개를 끄덕였다. "그 밖에 필요하신 건요?"

"없으면 돌아가라고 하고 싶은 눈치로군, 주방장."

"죄송합니다만, 곧 다른 손님들이 오실 거라서요."

"내가 마주치지 않았으면 하는 사람은 손님보다도 피에르마르코겠지."

"아신다면 부디 돌아가 주시기 바랍니다."

거의 엎드린 것에 가까운 자세였지만, 마우리치오는 딱 잘라 말했다.

그 말을 듣자 나는 마우리치오가 걱정됐다. 평소 같으면 에베리스가 뭘 어쩌든 절대 참견하지 않을 텐데, 아무래도 세게 나가야 할 만한 사정이 있는 듯했다. 99퍼센트 돈에 관련된 문제일 것이다.

피에르마르코에게 옴브렐로의 경영을 맡긴 건 에베리스가 소속된 조직, 즉 국내에서 세력이 가장 큰 마피아 자이온의 간부다. 어제 루카를 대신할 남자를 매입한 이야기가 놈의 귀에 들어가면 아주 귀찮아진다. 게다가 이 거래는 아직 정산을 하지 않았다. 그래서 마우리치오는 곧 가게로 올 피에르마르코와 에베리스가 마주치지 않길 바라는 것이리라.

최선의 판단이었지만, 저주받은 나 때문에 의리 있는 마우리치오가 이런 행동에 나선 것이니만큼 마음이 아팠다. 정말로 강단 있는 녀석이다.

에베리스는 장식용 도자기 접시에 담배꽁초를 버리고 다리를 천천히 바꿔서 꼬았다.

"너도 루카가 뭔지는 알고 있겠지. 왜 감싸고도는 거야?"

"오스발도의 목숨은 루카의 여동생에게 달렸습니다. 단서를 가지고 있는 루카를 아직은 잃을 수 없습니다. 설령 자이온의 명령이더라도 넘길 수는 없어요."

"손해를 감수면 처리당할 수도 있다는 생각은 안 하나?"

"그때 손을 쓰는 건 당신이시겠죠."

"난 네 연인도 서슴지 않고 해치울 수 있어."

에베리스의 무자비한 선언에 마우리치오의 뺨이 굳었다.

"마우리치오에게 연인이 있어?" 루카가 작은 목소리로 물었다.

"응." 말해도 될지 망설여졌지만 결국 대답했다. 이 흡혈귀를 상대하다 보면 아무래도 입이 제멋대로 논다. "……어리고 귀여운 아가씨지. 하지만 병에 걸렸어."

마우리치오가 이런 가게에서 일하는 건 다름 아닌

그 연인을 위해서였다.

큰 병을 앓는 연인의 치료비는 비쌌다. 그래도 마우리치오가 이웃 나라에서 왕실 전속 요리사로 일했던 시절은 치료비를 댈 수 있었다고 한다. 하지만 불행은 겹치는 법인지라 전쟁에 휘말려 병원이 망하거나, 돈을 저금한 은행이 파산하는 사태가 벌어져 두 사람의 생활은 점차 궁지에 몰렸다. 결국 마피아가 좌지우지하는 금융 업체에서 돈을 빌렸고, 거기서 운이 다했다. 고액의 이자를 낼 수 없었던 마우리치오는 피에르마르코에게 팔렸고, 끔찍한 장사를 하는 리스토란테에서 일하는 처지가 되고 말았다.

그렇지 않고서야 마우리치오만큼 실력과 긍지 있는 사람이 인간이 먹기에 적절하지 않은 인육으로 요리를 만들 리 없으리라. 하지만 달아나면 몸져누운 연인을 가만두지 않겠다고 위협해 대니 가게 지배인이랍시고 설치는 그 애송이의 말을 거스르지 못하는 것이다.

루카에게 설명하다 보니 마우리치오가 딱해서 견딜 수 없을 지경이었다. 성실한 수재가 운이 없어서 이런 시궁창에 처박혀 있다.

그에 비하면 여기를 찾아오는 손님들은 어떤가. 전쟁을 틈타 주머니를 두둑하게 불린 졸부뿐이다. 마우리치오가 채소를 정교하게 썰고 배치해서 만든 아름다운 전채 요리에도, 포타주*의 섬세한 향기에도 관심을 보이지 않고, 잘 알지도 못하는 고기 맛을 평가하는 척만 하는 놈들. 그릇에 담아낸 남의 살을 먹었답시고 금기를 어겼다며 의기양양해하는 놈들이다.

"경고하러 오신 겁니까?" 마우리치오는 무릎을 꿇은 채 바닥을 바라보며 말했다. "아니면 협박하러?"

마음을 단단히 먹고 꺼낸 말이리라.

보는 사람이 괴로워질 만큼 긴 침묵이 흘렀다.

에베리스를 상대로는 그렇게 비아냥거리지 않는 편이 낫다고 누군가 말해 주지 않으려나. 이 자리에서 그런 말을 할 사람은 나밖에 없었지만.

"에베리스." 소니아가 주방 카운터 너머로 작게 불렀다. 그래도 에베리스에게 들릴 것이라 확신하는 듯했다. "다음에 개를 보러 가도 돼?"

에베리스의 기분이 어떤지는 늘 가늠하기 힘들지만, 이때만큼은 나쁘지 않았으리라. 두 달 만에 소니아가 말을 걸어 줬으니까.

"오늘 밤으로 하자. 몇 시에 올래?" 에베리스가 소리도 없이 일어서서 이쪽으로 다가왔다.

그 모습을 보고 나는 얼른 사발과 거품기를 내려놓

* 프랑스식 수프의 일종.

고 조리대를 떠나서 자리를 비워 주었다. 나도 결코 키가 작은 편은 아니지만, 에베리스는 나보다 더 큰 키와 위압감을 자랑했다.

주방에 들어온 에베리스가 검은색 가죽 장갑을 낀 오른손으로 초콜릿을 잘게 쪼개는 소니아의 왼손을 잡았다. 지금 두 사람 사이에 들어가면 단번에 찔려 죽으리라는 걸 아무리 둔한 놈이라도 감지할 것이다.

"일이 끝나야 가지. 오늘은 늦어질 것 같고, 루카와 오스발도 문제도 있고 말이야."

준비 작업을 방해받자 소니아는 성가시다는 듯 에베리스를 올려다보았다. 누구 앞에서도 비위를 맞추려고 웃음을 짓지 않는 것이 소니아의 멋진 점이었다.

"내가 할 수 있는 일이 있나?"

"오스발도에게 힘을 빌려줄래?" 소니아는 자연스러운 몸놀림으로 에베리스의 손을 떼어 내고 몸을 돌려 거대한 업소용 냉장고를 열었다. "그리고 마우리치오를 협박하지 마."

에베리스가 루카와 함께 구석으로 물러난 나를 녹색 눈으로 힐끗 보았다.

"오늘 아침, 5번가 으슥한 곳에서 피를 뽑힌 시체가 발견됐어. 그건 너희들 짓인가?"

내가 부정하기에 앞서 "안나다." 하고 루카가 덤벼들

듯한 기세로 목소리를 높였다. "안나가 틀림없어. 5번 가 어디?"

"파르팔라의 항공기 정비장."

"또 파르팔라인가."

뜻밖이다 싶어 쓴웃음이 나왔다. 소니아가 협력해 준 것도, 에베리스가 다른 흡혈귀에 관련된 정보를 가지고 있었던 것도 불행 중 다행이었다.

조급한 마음을 억누를 수 없는 듯 루카가 당장 가자고 재촉했지만 나는 "좀 있어 봐." 하고 말렸다. "찾으러 가려고 해도 만찬회가 끝날 때까지는 무리야. 그리고 넌 식사를 어떻게 해결하고 있어?"

"식사?"

"피를 먹지 않아도 괜찮나?"

"어제는 오스발도 걸 먹었지."

"난 피를 1갤런이나 빨리지 않았……을 거야. 빈혈기도 전혀 없는걸."

그렇게 보면 어제 루카는 그저 배를 채우기 위해서라기보다, 나를 저주할 목적으로 피를 빤 것처럼 느껴졌다. 소니아에게 목격당했더라도 피를 다 빨아 마시면 그 자리에서 죽일 수 있었을 텐데, 나를 살려 줬다.

뭣 때문에?

내가 의혹을 품은 걸 아는지 모르는지, 루카는 변명

같은 설명을 늘어놓았다.

"도토레 후가 돈을 주면 한동안 수혈용 혈액제제를 준비해 주겠대. 아니면 오늘 분은 식자재에서 조금 나눠 받아도 되고. 어차피 요리에 피는 사용하지 않잖아. 괜찮지, 마우리치오?"

잠시 후 마우리치오가 대답했지만, 우리 이야기를 듣고 있지 않았으리라. 정신이 다른 데 있는 듯한 표정으로 테이블의 재떨이에서 피어오르는 연기만 계속 바라보았다.

"이봐, 대장. 괜찮아? 좀 이상한데."

"……반대로 묻겠는데 넌 어째서 그렇게 느긋한 거지? 앞으로 며칠밖에 못 산다면, 좀 더 필사적으로 행동에 나서야 하지 않나?"

"내가 죽는 게 전제야? 안나를 찾아내면 되는 거잖아."

"그럼!" 마우리치오가 버럭 고함을 질렀다. "이런 곳에 있지 말고 빨리 찾으러 가! 무슨 태평한 소리를 하고 있어? 언제부터 일을 그렇게 열심히 했다고 그래! 가게는 신경 쓰지 말고 당장 가!"

이 반응에는 나도 소니아도 놀랐다. 마우리치오가 진심으로 고함을 지르는 건 1년에 한 번도 안 된다. 분명 병원에 있는 연인이 생각났던 것이리라.

떨떠름했지만 나도 알고는 있었다. 자기 자신을 계

속 하찮게 대하다 보면 언젠가 돌이킬 수 없는 큰일이 생긴다는 걸. 양팔 저울에 달아볼 필요도 없이 잘 알고 있는데도, 남이 지적하면 언짢은 것 자체가 구제할 길 없이 생명을 가볍게 여긴다는 뜻일지도 모르겠다.

"도망치고 싶은 건 당신이겠지." 그때 루카가 말을 툭 던졌다. "일을 내팽개치고 싶은 것도 당신이고. 그걸 오스발도에게 떠넘기고 있을 뿐이야."

마우리치오가 에베리스의 안색을 슬쩍 살핀 후 루카를 노려보았다.

"네가 뭘 알아."

"당신이 인육을 즐기는 자들을 위해 솜씨를 발휘하고 싶지 않다는 것 정도는."

루카가 단정하듯이 말했다.

부정할 수 없었기에 마우리치오는 말문이 막혔다.

나도 완전히 할 말을 잃었다. 아주 예리한 관찰력이었다. 어제 처음 만나서 대화도 제대로 못 나눠 봤을 루카가 어떻게 가게와 우리 사정을 이해하는 걸까.

다만 설령 루카의 지적이 올바르더라도, 에베리스 앞에서 그 화제를 꺼내는 건 좋지 않다.

아니나 다를까 에베리스가 무거운 목소리로 말했다. "흘려들을 수 없는 말이로군."

심상치 않은 낌새를 느꼈는지 소니아가 시선을 막

듯 마우리치오와 에베리스 사이에 몸을 밀어 넣었다. 나도 흡혈귀를 등 뒤에 숨기고 두 사람의 시선이 닿지 않도록 자리를 옮겼다.

에베리스는 자이온의 명령으로 우리를 감시한다. 조직은 힘을 키워서 경찰서 수보다 많은 근거지를 전국에 갖추었다.

보호비 명목으로 거두는 돈은 어느새 세수를 웃돌았다. 국회의원들이 누군가에게 선물받은 금색 손목시계를 차고 거수해서 개정법 다수결에 찬성표를 던지는 지옥이 아직 현실로 다가오지 않은 건 그저 자이온의 간부들에게 그럴 마음이 없기 때문이었다. 충분히 부흥된 후라면 모를까, 이런 쭉정이 같은 나라를 빼앗아 본들 아무 이득도 없다.

그래도 쥐새끼 한 마리의 반역조차 용납하지 않는 것이 마피아니만큼, 에베리스는 말단 구성원을 감시하는 역할도 겸해서 이 거리에 배치됐다. 옴브렐로의 누군가가 직장을 떠나거나 태업하면 연대책임을 물어서 우리는 한꺼번에 인신매매단에 팔릴 것이다. 하기야 이미 인신매매단에 팔려 가서 시키는 일을 하는 것이나 마찬가지인 신세니까 얼마나 큰 차이가 있겠냐 싶지만, 가게에서 사라진 사람들의 말로를 생각해 보면 현재는 아직 자유로운 상태니까 그나마 낫다.

그런데 건방진 흡혈귀가 에베리스에게도 "당신도 마찬가지야." 하고 말을 내뱉었다. "당신이 모든 걸 남에게 떠맡기고 자기 의사를 드러내려 하지 않는 건 옛날에 말썽을 겪느라 지쳐서 넌더리가 났기 때문에? 자신의 영향력이 얼마나 큰지 이해하는 데다, 까딱 길을 벗어나면 수많은 사람이 휘말릴 걸 알기에 아무것도 결정하기 싫은 거잖아. 하지만 자이온이나 소니아에게 모든 판단을 떠넘긴다면 당신은 얼마든지 갈아 치울 수 있는 줄 인형에 지나지 않아. 꼭두각시 왕보다 나을 게 하나도 없지. 마피아의 순종적인 수하가 나라를 좋게 만들 수 있겠어?"

"제발 입 좀 다물어." 나는 참지 못하고 몸을 돌려 소리쳤다. "참 대단한 심리학자 나셨네. 남의 속내를 알아맞혀도 경품은 없어."

"친절한 마음에서 하는 말이야. 왜 다들 하고 싶지도 않은 일을 하는 건데? 이 중에 행복한 사람이 한 명이라도 있어? 모두 무의미한 짓을 반복하는 걸로밖에 보이지 않는데."

"친절한 마음은 무슨, 이 악령 같은 놈아! 동생을 찾아내고 싶어? 아니면 우리를 이간질하고 싶은 거야?"

난폭하게 대꾸했지만 나는 더 이상 속마음을 이런 식으로 고스란히 드러낼 수 없는 사람이므로, 녀석이 약간 눈부시게 느껴졌다. 젊은 흡혈귀가 제멋대로 구는 모습을 보고 있으니 어쩐지 속이 후련했다. 그래도 조금쯤은 때와 장소를 가려 주면 좋겠지만.

머뭇머뭇 에베리스를 보자 여전히 소니아를, 아니면 소니아 뒤에 있는 마우리치오를 시선으로 붙잡아 두고 있었다. 그리고 몹시 불길하리만치 뜸을 들이다 "늦었어." 하고 말했다.

"뭐가요." 하고 묻기 전에 입구에서 종소리가 들렸다. 문이 열렸다.

갈색 피부에 체격 좋은 남자 두 명이 들어왔다. 놈들은 흉흉한 기척과 무기를 숨기려 하지도 않고, 험악한 표정으로 경계하듯 가게 내부를 빙 둘러보았다. 그리고 주방에 있는 에베리스를 보고 고개를 푹 숙여 인사한 후 재빨리 주인 곁으로 돌아갔다. 우리들은 완전히 무시했다.

그 두 남자를 거느린 주인은 바로 피에르마르코였다.

이 애송이는 외출할 때면 자신의 권력을 과시하듯 늘 똘마니들을 데리고 다닌다. 그것이 소심한 인간임을 나타내는 가장 큰 증거라는 걸 본인은 전혀 모르는 눈치였다.

"아이고, 이거 누구신가 했더니…… 시뇨리나 에베리스."

옅은 웃음을 띤 피에르마르코에게 "무슨 용건이야?" 하고 에베리스가 물었다.

"용건이고 뭐고 여기는 저희 가게라서……."

너야말로 무슨 용건이냐고 따지고 싶은 듯 피에르마르코는 쓴웃음을 짓더니, 데리고 온 무뢰한들에게 밖에 나가서 입구를 지키라고 명령했다. 그는 이른바 키 높이 구두를 신어도 키가 소니아와 비슷한 정도밖에 안 된다. 금 단추가 달린 두툼한 외투 밑에 귀족처럼 장식 옷깃이 달린 셔츠를 입었지만, 그런 걸 과시해 봤자 진짜 왕족인 에베리스 앞에서는 빛이 바랠 따름이다.

"그런데 일은 잘돼 가나?"

피에르마르코가 시선을 던진 곳에는 마우리치오가 우뚝 서 있었다.

난 루카를 어떻게 설명할 작정일지 걱정됐다. 손에 익은 길쭉한 식칼을 손가방과 함께 냉동실에 놔둔 것이 후회스러웠다.

"순조롭습니다." 마우리치오가 무난하게 대답하려 했지만, 감싸줄 마음이 없는지 에베리스가 "빚이 하나." 하고 말을 꺼냈다. "넌 아직 미납한 돈이 있다, 피에르마르코. 옴브렐로의 의뢰를 받아서 조달한 식자재 대금 9백만 말이야. 월말까지 자이온에 납부하라는 소토

카포*의 지시야.”

“이런, 착오가 있었군요, 시뇨리나. 이미 수표를 도매상에게 건넸습니다. 그렇지, 마우리치오?”

“아니.” 에베리스는 마우리치오가 대답할 틈을 주지 않았다. 심술을 부리거나 못된 장난을 치는 게 아니라, 장부의 숫자라도 읽듯 사무적으로 전달하려 한다는 걸 알 수 있었다. “식자재 매입은 두 건이야, 피에르마르코. 수표는 하나 금액이고. 부족한 금액이 9백만이지.”

“두 건? 그게 무슨 말씀입니까?”

피에르마르코가 의아해하는 표정으로 몸을 뒤로 젖혔다. 정중한 말투로 에베리스에게 물었지만, 추궁의 대상은 어디까지나 마우리치오였다.

그리고 의혹에 찬 그 두 눈이 마침내 루카를 발견했다.

마우리치오는 단념한 듯 눈을 감았다. 하지만 잠시 후 첫 번째 질문을 당당히 무시하고, 그걸 의식하지 못하도록 손바닥을 펼쳐 루카에게 관심을 집중시켰다.

“이쪽이 어제 말씀드린 신입 카메리에레입니다. 제 옛날 직장에서 수습으로 일했죠. 이제는 어엿이 한 사람 몫을 합니다.”

아무래도 마우리치오는 억지스러운 설정을 그대로

* 조직의 2인자.

밀고 나가기로 한 듯했다. 일이 안 좋은 방향으로 흘러가고 있는 것 같았지만, 내가 모르는 곳에서 결정된 일에 대해서는 함부로 입을 놀리지 않기로 했다.

소개받은 루카는 피에르마르코를 힐끗 보더니 인사하기는커녕 고개만 살짝 기울였다. 그리고 근무복 호주머니에서 은색 필기구를 꺼내서 자기 손목 안쪽에 뭔가 적었다. 인사해, 하고 내가 재촉하고 나서야 "잘 부탁해." 하고 말했다. 고용주에게 보여서는 안 될 무례한 태도였다.

피에르마르코는 에베리스가 돈을 청구한 사실도 잊어버린 듯 "쓸 만한 거겠지?" 하고 확인했다.

"물론입니다. 책임지고 감독하겠습니다." 마우리치오가 대답했다.

우리가 일이라는 족쇄를 차고 있는 이상, 루카를 눈에 닿는 곳에 두려면 이 방법밖에 없긴 했다. 하지만 솔직히 루카가 종업원으로서 도움이 될 것 같지는 않았다. 우리야 형식상이라는 걸 잘 알지만, 피에르마르코는 대체 무슨 생각으로 신입을 고용하는 걸 허락했을까. 치사하고 교활한 이 지배인의 채용 기준이 뭔지 모르겠다.

"정말이지 종업원 나부랭이 주제에…… 손님에게만큼은 실례가 없도록 주의해. 제발 부탁이야."

Carne Surgelata

헛기침을 하며 거드름 피우는 피에르마르코가 "해고다." 하고 한마디 하면 그 우락부락한 똘마니들이 좌우에서 우리를 붙잡아 커다란 자루에 쑤셔 넣고, 인신매매 시장으로 끌고 간다. 그런 사정만 아니라면 손님에게 내놓을 접시 위에 서슴지 않고 이 녀석의 살점을 올리련만.

"오늘 밤에 자리를 두 개 마련할 수 있겠나?" 에베리스가 자리로 돌아가서 담뱃갑을 찌그러뜨렸다. 텅 빈 듯한 담뱃갑을 말없이 쳐들자 피에르마르코가 부랴부랴 다가가서 쓰레기통 역할을 했다. "초대장은 없지만, 나와 파르팔라 항공의 대표 비앙카의 자리를 말이야."

"시뇨라* 비앙카! 이렇게 갑작스럽게…… 만나기로 약속하셨습니까?"

피에르마르코의 눈이 동그래졌다.

나도 놀라지 않을 수 없었다. 에베리스는 진심으로 소니아의 부탁을 들어줄 마음인 듯했다.

"약속은 아직이야. 이제 잡아야지."

"아니, 하지만 시뇨리나. 당신께서 만찬회에 참석하시면—"

엉망진창이 될 거야, 하고 나는 소니아에게 눈짓으

---

* 기혼 여성을 가리키는 경칭.

로 알렸다.

에베리스가 두려움의 대상인 건 단순히 살인자이기 때문이 아니다. 이 나라를 양분하는 보수파에게는 여제이자, 급진파에게는 영웅이기 때문이다.

이 사실을 당신이 모르는 것도 무리는 아니다. 올바른 정보는 국내에조차 제대로 전달되지 않는 상태니까. 그쪽도 정보 통제니 통신 차단이니 해서 야단이었으리라. 처음부터 전부 알려 주겠다.

예전 군주는 국민의 90퍼센트에게 사랑받았다. 내가 그 결과에 수긍하는지와는 별개로, 신문사가 조사한 지지율에 따르면 확실히 그랬던 듯하다. 평화와 가족을 소중히 아끼는, 참으로 훌륭하신 영감님이었다. "하늘의 계시를 받아 진실의 눈이 트였다."라는 한마디를 근거로 군을 무질서하게 재편성하거나, 여기저기에 학교를 지었다가 부수고, 세금으로 빛나는 정원을 만들었다. 전 세계의 판세가 수상하게 돌아가자 2만 명의 호위병과 함께 일부러 위험 지대까지 가서 반전을 호소했고, 그 이면에서는 군사 기업에 거액의 자금을 원조하기도 했다.

하지만 전부 주변 대신들이 부추겨서 한 일이라고 들었다. 실권을 쥔 세습 정치가들의 손아귀에 붙잡혀 놈들의 배를 불리기 위해 이용당했다는 이야기는 너무나 유명하다. 왕이 바람 따라 움직이는 풍향계처럼 줏대 없는 인간이라는 둥, 젊은 시절부터 재상에게 약물을 투여당했다는 둥, 참모가 시키는 대로 문서에 도장을 찍는 인형이 됐다는 둥 그런 설을 부르짖은 활동가들은 한 명도 남김없이 체포됐고, 감옥에서 수수께끼의 죽음을 맞았다.

왕이 자신의 의지로 실행한 일은 위문단을 설립한다는 명목으로 전국에서 소년과 소녀를 징집한 것 정도이리라. 그 가운데 열 살도 되지 않은 아이를 침실로 불러들여 잠자리 상대로 삼았다는 소문도 있었다.

그런 대왕님을 느닷없이 살해한 사람이 당시 열다섯 살이었던 손녀 에베리스였다.

에베리스는 집무실에 있던 자기 할아버지를 찔러 죽였다.

봉투를 열기 위해 사용하는 종이칼로 왕의 경호원이 보는 앞에서 목을 푹 찔렀다. 궁전에 상주하는 전속 의사가 달려왔을 때 왕은 이미 숨진 뒤였다고 한다.

하지만 아무도 에베리스를 구속하지 않았다.

할 수가 없었을 것이다. 지금도 그렇지만 에베리스 본인이 터무니없이 강한 데다, 왕족에게는 일반 법률이 적용되지 않았고, 왕궁을 경비하는 자들은 왕녀인 에베리스에게 손가락 하나 까딱할 권한조차 없었다.

게다가 소동이 커지기 전에 내란을 꾀하는 반체제파 집단이 달려와서 에베리스를 정중히 보호했다고 한다. 그건 반란군이 에베리스를 이용했다기보다도 에베리스가 반역자들을 이끌었거나 부추긴 것에 가까우리라. 에베리스가 저지른 흉행이 일종의 신호탄이 돼서 급진파가 움직인 셈이다.

그다음 날, 죽은 왕의 딸, 즉 차기 여왕인 에베리스의 어머니도 죽었다. 보도 관계자가 수많이 모인 왕궁의 커다란 방에서 단상에 오르자마자 에베리스를 처벌하지 말라고 애원하며 반려자, 그리고 두 명의 하인과 함께 등유를 뒤집어쓰고 분신자살했다. 난 그때 열아홉 살이었는데, 아비규환이 된 회견장을 중계방송으로 본 기억이 지금도 생생하다. 궁전을 서둘러 철거해서 공터로 만들고, 성가를 백만 번 불러도 수습이 안 될 정도였다.

그만한 일이 벌어지면 혁명을 꾀하는 자들이나 전쟁 없이도 국가는 전복될 것이다. 원래도 수십 년 전부터 왕정의 붕괴는 초읽기라고들 했다.

여하튼 목숨을 건 여왕의 호소 덕에 대중의 지지를 받았으므로 절대왕정을 지지했던 자들은 에베리스에게 아무런 조치도 취할 수 없었다. 안 그래도 왕실 구성원이 모조리 사망한 시점에서 왕위 계승권을 쥔 사람은 에베리스뿐이었다.

하지만 에베리스는 왕위 계승권을 포기했다.

국가의 존망이 걸린 상황이었지만 왕좌에 앉기를 거부했고, 할아버지를 죽인 죄로 처벌받지도 않은 채 어째선지 마피아 밑으로 들어가서 살인 청부업자 흉내까지 내기 시작했다. 에베리스는 그 이유에 대해 "하늘의 계시가 있었으니까."라고만 대답했다고 한다. 진실의 눈이 트였다는 음모론 같은 이야기도 당시는 많이 떠돌았다.

에베리스를 정신병 환자로 여기는 사람도 있었지만, 내 생각은 그렇지 않다. 물론 에베리스의 마음을 다 이해하는 건 아니다. 그렇더라도 깎아지른 듯한 절벽 위를 달리는 회색 말의 심정을 생각해 보면 알 것이다. 만에 하나 그래도 상상이 되지 않는다면, 존경해야 할 할아버지가 손녀보다 어린 아이를 잠자리 상대로 삼았다는 사실을 알아차린 열다섯 살짜리 여자애의 심정을 생각해 보도록 해라.

그 사건의 인상이 너무 강해서 이 나라 사람들은 에베리스를 아직도 '시뇨리나'라고 부른다. 장래에 결혼하든, 마흔 살이 되든, 쉰 살이 되든 에베리스는 영원히 '시뇨라' 취급을 받지 않으리라. 우리 마음속에도 에베리스는 언제까지나 부덕한 대왕을 찔러 죽인 어린 왕녀의 모습으로 남아 있다.

한편 반정부주의자들은 또 다른 이유로 에베리스를 숭상했다.

지금 세상에서 득을 보는 인간은 예외 없이 급진파에 붙은 자들이다. 자이온은 그 필두로, 그런 자들에게 왕을 타도한 에베리스는 구세주나 다름없다. 만약 에베리스가 없었다면 놈들도 지금쯤 국가 반역죄나 불경죄로 감옥에 수감됐으리라.

은익 전쟁이 끝난 현재, 신정부 밑에서 에베리스를 비방하는 자는 없다. 수상과 군 통수권자는 언급을 피하고, 사회학자들은 국외로 망명했으며, 신문사 기자들은 침묵을 고수했다. 그 결과 에베리스는 잔뜩 가지를 친 소문 속에서 전설의 동물처럼 일컬어지며 신앙과 두려움의 대상이 됐다. 아무튼 에베리스에게 야유라도 날리려 하면 즉시 헌병대가 출동해서 치안을 유지한다는 명목으로 그 사람을 끌고 가리라는 것만큼은 확실하다.

그러니 에베리스가 부르면 누구든 일정을 취소하고 달려올 것이다. 대신이든, 사장이든, 교황조차도 분명.

피에르마르코는 에베리스가 유력자들을 만찬회에 모아 놓고 살육을 벌이려 한다고 생각했는지도 모른다. 옛 체제를 종식한 에베리스가 그 덕분에 권력을 쥔 악인들에게 적의를 드러내지 않는다는 보장은 없었다. 언제까지 자이온 소속으로 지낼지도 모를 일이다. 어느 날 갑자기 조직의 카포*를 암살할 가능성도 있다. 에베리스는 그럴 만한 재능과 실력을 겸비한 인물이었다.

"자릿세로 9백만을 내겠다고 하면 빈자리가 생기겠나?"

에베리스가 다시 그 화제를 꺼내자 흠칫 놀란 것처럼 피에르마르코가 마우리치오를 보았다. 우리가 무단으로 시체를 추가 조달해서 돈을 내야 한다는 이야기가 다시 떠오른 모양이었다.

"오늘 밤에 참석하겠다고 답장한 손님은 서른다섯 명입니다. 아직 여유가 있습니다. 두 명 늘어난다고 자리가 모자라지는 않아요." 나는 쐐기를 박듯 말을 꺼냈다. "아닙니까, 지배인님?"

피에르마르코는 나를 노려보았지만 결국은 "당신께서 부탁하신다면 거절할 수는 없겠죠." 하고 에베리스에게 한 발짝 양보했다. "그런데 시뇨리나. 자릿세로 매입 비용을 대신하겠다는 걸 소토카포가 허락했습니까? 제가 나중에 추궁당하는 일은—"

"확정됐군." 에베리스가 자리에서 일어났다. "저녁 7시

* 두목.

에 다시 올게.”

“뭐로 하시겠습니까?” 혼자 나가는 에베리스를 마우리치오가 불러 세웠다. “석류는 드시지 않겠죠. 대신에 돼지고기나 양고기를 준비하겠습니다.”

석류는 인육을 가리키는 은어다. 석가모니가 아이를 잡아먹는 귀신에게 석류 열매를 주고 인육을 먹지 않겠다는 약속을 받아 냈다는 동양의 고사에서 유래했다.

확실히 말하자면 석류와 인간의 고기는 맛이 전혀 다르다. 하지만 내가 마지막으로 입에 댄 지 벌써 몇 년이나 지났으니, 이 기억도 믿을 만하지는 않다.

비앙카는 둘째 치고 에베리스는 요리에 손도 대지 않을 게 뻔했지만, 아주 잠깐 망설인 후 “생선.” 하고 대충 대답하고 떠났다.

어쩌면 아까 ‘자기 의사가 없다’느니 ‘줄 인형’이라느니 했던 루카의 말을 가슴에 담아 놨는지도 모른다. 에베리스는 선왕을 혐오하면서도 어쩐지 선왕과 비슷하게 아무 선택도 하지 않고 주변에 휩쓸리는 경향이 있었다.

그것이 환경이나 유전자 탓일지라도 저항 정도는 할 수 있지 않을까 싶지만, 본인 입장이 돼 보지 않고서는 모를 일도 분명 있으리라.

아직 등나무 꽃 냄새가 가시지 않은 가운데, 피에르

마르코가 두꺼운 가죽 표지 장부를 펼쳤다.

“어떻게 된 건지 설명해, 마우리치오. 발주를 실수한 것도 모자라 재고량도 제대로 파악하지 못하는 건가? 왕실 전속 요리사가 듣고 웃겠네. 아무래도 이웃 나라에서는 숫자를 잘 모르는 저능아라도 왕실에서 일할 수 있나 봐?”

“작은 사고였습니다.”

돌처럼 입을 꾹 다문 마우리치오 대신 내가 객석으로 나가서 변명했다.

“작은 사고라고? 9백만이야. 10이나 20이 아니라 9백만. 너희가 몇 년을 벌어야 나오는 돈인 줄 알아! 애당초 처음 한 놈을 매입한 것도 예정에 없었던 일이었잖아. 과연 이득이 날지 장담도 못해. 이러다 소토카포에게 찍히면 어떻게 할 거야? 네 채무금에 덧붙일 테니까 그렇게 알아!”

“자자, 분위기를 보아하니 오늘 밤 시뇨리나 에베리스를 성심껏 대접하면 자이온에 잘 보고해 주겠죠. 그렇게 나쁜 상황은—”

“잘 들어. 다음에 뭔가 하나라도 실수해 봐. 너희들 모두 어선에 팔아 버릴 거야!”

피에르마르코는 그렇게 으름장을 놓은 후, 키 높이 구두로 바닥을 쿵쿵 구르며 나갔다.

나는 어깨를 으쓱하며 마우리치오에게 고개를 내저었지만, 너석은 완전히 침울해져서 가볍게 흘려버릴 수 없는 듯했다.

뒤를 돌아보자 주방에서 소니아가 다시 돌체를 만들며 흡혈귀에게 에베리스가 파르팔라 항공의 대표를 정말로 부를 것 같으냐고 묻고 있었다.

루카는 "안 그러면 오스발도는 죽어." 하고 마치 자신은 전혀 관여하지 않았다는 듯이 대답했다. 자연의 섭리를 이야기하는 듯한 말투였다.

"내가 죽으면 넌 어떻게 할 거야?"

"뭐야, 벌써 운명을 받아들인 거야? 기껏 전쟁에서 죽지 않고 돌아왔는데, 지금 포기하면 지금까지 지나온 당신의 인생은 뭐였던 거지?"

불사신 흡혈귀에게 핀잔을 당하며 나는 먼 과거와 미래에 대해 생각했다. 아무도 구해 주지 않으리라는 건 알고 있었고, 온몸에 독을 뒤집어쓴 것처럼 기분이 찜찜했다. 이 세상에 얼마간이나마 애착이 남아 있을 때 죽고 싶기도 했다.

그런데 왜 이렇게 된 걸까.

마우리치오 말대로 살아남기 위해 좀 더 필사적으로 행동에 나서야 할 상황이건만, 나는 아무렇지도 않은 척하며 일상을 보내려 한다. 전쟁터에 있었을 때는 어떻게든 살아남기를 바랐지만, 뭔가를 이루지 않으면 죽지 못하는 것도 아니거니와 와야 할 때가 오지 않아도 인간은 죽는 법이다. 생명은 그토록 가볍다.

밤이 왔다. 나는 간이 무대처럼 한 단 높인 객석의 모서리 바닥에 접이사다리를 내려놓았다. 평소는 가수나 현악기 연주자가 공연하는 이 단상에서, 어떤 날에는 인체를 해부하다니 상상만 해도 구역질이 날 것 같았다. 그래도 하라고 하는 인간이 있는 한, 장사는 성립된다.

천장의 갈고리에 과하게 거창한 샹들리에를 걸고 양초마다 불을 붙인 후 접이사다리를 치웠다. 그리고 특별 주문한 제단 같은 침대를 그리로 옮겼다. 구급대원이 사용할 법한 바퀴 달린 침대인데, 매트리스가 있어야 할 부분에는 주방 조리대와 똑같은 소재의 금속판이 달려 있었다. 하다못해 대리석 돌판으로 바꿔 달라고 부탁했지만, 이런저런 핑계를 대며 거절당했다. 생선을 손질하더라도 은색 금속판보다는 하얀 돌판 위에서 작업해야 그나마 볼만할 텐데. 하기야 여기 손님은 볼썽사나운 볼거리를 원해서 가게에 드나드는 듯했다.

주방 냉장고에서 시체를 꺼내기 전에 나는 대기실에 들렀다. 냉동실 옆 대기실은 공연하는 낭독자나 연주자들이 준비하기 위한 공간이다. 이날 공연자는 나 혼자뿐이라 사용하는 사람은 아무도 없었다.

근무복으로 갈아입고 도토레 후가 처방한 파란색 알약을 먹었다. '저주'의 증상이 진행되는 걸 억누르는 약이라고 했지만, 효과가 있는지 없는지는 확실치 않았다.

지나가던 소니아가 나를 빤히 바라보았다.

"왜?"

"목, 아프지 않아? 장난 아닌 것 같은데."

그 말을 듣고 거울을 보았다.

루카에게 물린 왼쪽 목덜미에는 아침에 커다란 반창고를 새로 붙였다. 만지면 아직 아프지만 살펴봐도 곪은 것 같지는 않았다. 하지만 물린 상처는 골치 아프다. 인간을 포함한 동물의 구강에는 감염증을 일으키는 세균이 우글거린다. 도토레 후에게 받은 약에 항생제가 포함돼 있으면 좋겠지만 큰 기대는 없었다.

"아니, 반대쪽." 소니아가 내 목 오른쪽 뒤편을 가리켰다. "멍이 들었어."

"멍?"

어깨 너머로 고개를 돌려 거울을 보자 목덜미에 검은빛이 도는 보라색 멍이 있었다.

아까까지는 옷깃을 세운 재킷을 입고 있어서 아무도 몰랐던 것이리라. 일그러진 선 모양으로 내출혈이 발생했다. 어딘가 부딪쳐서 그랬다기보다는 바늘같이 예리한 물건을 비스듬히 꽂은 흔적 같았고, 남에게 지적받을 만큼은 눈에 띄었다.

"뭐야, 야단났네. 이 꼴로 손님 앞에 나서면 마우리치오가 잔소리를 할 거야. 여기 무대용 화장품이 있었을 텐데. 감출 수 없을까?"

그다지 내키지 않는 기색이었지만 소니아는 고개를 끄덕였다. 날 의자에 앉히고 색깔이 벗겨진 차를 다시 도색하듯, 브러시로 어두운 살구색 물분을 재빨리 멍 주변에 칠했다.

거울로 확인하자 아주 자연스럽게 잘 가려졌다. 역시 솜씨 좋은 제과사다웠다.

"일단 안 보이도록 조치는 했지만, 뭔가 좋지 않은 증후일지도 몰라. 오스발도, 도토레 후에게 진찰 한번 받아 보지 그래?"

괜찮아, 하고 나는 어물쩍 넘어갔다. 소니아가 걱정하자 마음이 편치 않았다. 어린애가 나를 가엾게 여기는 듯한 기분이 들었다. "곧 손님을 맞이할 시간이잖아. 그리고 난 의사를 싫어해."

그 말을 끝으로 우리는 담당 구역으로 돌아가서 각자 맡은 일에 힘썼다.

어디까지나 첫 번째 손님이 가게에 도착하고 나서 내 다리가 찢겨 나가기까지 2시간 반 동안만.

# 제2장
## 만찬회

## Raduno di Cannibali
### 식인종들의 집회

에베리스가 초대한 귀부인 비앙카는 나보다 열 살은 많을 테지만 내 또래로도, 그보다 훨씬 젊어 보이기도 했다. 물결처럼 우아하게 말아 놓은 밝은 갈색 머리는 얼핏 보기에도 잘 손질한 티가 났다. 하지만 텔레비전에서 봤을 때보다는 훨씬 수수하면서도 세련된 인상을 풍겼다. 너무 화려하지 않은 빨간색 드레스도 잘 어울려서 매력적이었다. 가지런히 자른 손톱은 파르팔라 항공을 상징하는 보라색으로 칠했다.

당신도 실은 비앙카에 대해 얼마쯤 알고 있지 않을까? 정치나 예능에 관심이 없는 나도 이름을 들으면 얼굴이 떠오를 정도다. 유럽 전역에 이름을 떨친 천재 사업가니까 당연하리라. 전쟁이 한창일 때 혜성처럼 나타나 고작 몇 넌 만에 경영 파탄 직전이었던 항공사를 일으켜 세웠다. 최근 비앙카는 자주 국영방송에 출연해서 할아버지, 할머니 출연자와 함께 이 나라의 장래, 산업, 경제에 대해 해설한다. 전쟁에 얽힌 뭔가가 있는 듯 출생지와 가족은 비공개. 업계에서는 '마녀'라고 불리고, 본인도 그 별명이 마음에 드는지 가끔 스스로 마녀라고 칭하기도 한다.

비앙카는 오랫동안 제일선에서 활약했지만, 추문과는 무관했다. 과거에 딱 한 번 주간지에 특종이 실렸지만, 불상사나 염문이 아니라 '불우한 아이들을 위해 익

명으로 거액을 기부했다'는 선행을 알리는 기사였다. 다들 과자로 집을 만든 마녀가 얼마나 추악한지 폭로할 작정이었는데, 막상 뚜껑을 열어 보자 자선 활동에 힘쓰는 독지가였다는 결말이다. 그래서 단숨에 김이 새 버렸는지 그 후로는 비판의 도마에 오르는 일 없이 순조롭게 명성만 높아졌다는 평을 받는다.

비앙카는 생김새와 키가 똑같은 젊은 남자 두 명을 거느리고 가게에 나타났다. 한순간 흡혈귀 아닐까 하는 생각이 내 머릿속을 스쳤지만, 쌍둥이를 볼 때마다 의심하는 건 너무 소심한 짓이다 싶었다. 두 남자는 비앙카의 아들이라고 해도 될 법한 나이였지만, 비앙카와 한 핏줄은 아닌 듯했고 자세히 보니 대칭을 이루듯 각각 한쪽 팔이 없었다. 우쭐거리고 오른팔이 없는 남자가 캔디, 소탈해 보이고 왼팔이 없는 남자는 테디. 분명 본명이 아니겠지만, 그래도 이름과 분위기로 보건대 둘 다 영어권 태생이리라. 아주 귀여움을 받는 건지, 아니면 주인의 허영심을 채우기 위해서인지 내 의족보다 훨씬 고급인 최신 기계식 의수를 착용했다.

피에르마르코가 테이블을 여기저기 돌며 손님에게 인사하는 내내 나는 에베리스와 비앙카의 동태만 살폈다. 길쭉한 식칼은 잘 갈아 두었고, 식자재를 담을 평평한 사각형 용기와 흡수성이 높은 새 행주도 준비했다.

내가 나설 차례까지 아직 시간이 15분 있었다.

천장의 음향 설비에서 클래식 음악이 흘러나오는 가운데, 에베리스는 사교를 위한 자리에 왔건만 자기가 초청한 손님과 이야기를 나누지도 않고, 긴 다리를 꼰 채 혼자 느긋하게 책을 읽고 있었다. 주변 사람에게도, 앞으로 여기서 보여 줄 구경거리에도 관심이 없는 것이리라. 에베리스는 가끔 눈을 들어 누군가를 찾듯이 가게를 둘러보았다. 그 녹색 눈동자가 향한 곳에는 소니아와 루카가 손님의 외투를 맡거나 의자를 당겨 주는 등 바쁘게 움직이고 있었다.

들자 하니 비앙카는 출장지인 에콰도르에서 오늘 아침에 돌아왔다고 한다. 그런 사정에도 아랑곳없이 갑자기 초대해 놓고는, 막상 불러낸 곳으로 가 보니 상대는 자신을 내버려두고 멋대로 행동한다. 그런 상황에 빠지면 기분이 좋을 리 없으니, 불쾌함을 드러내든지 거북해서 돌아가는 것이 보통이다. 하물며 아주 바쁜 회사의 대표이사 겸 사장이라면 이렇게 시간을 낭비할 수는 없다며 자리에서 일어나리라.

하지만 비앙카는 달랐다.

비앙카는 마치 몇 년 동안 이 회합의 일원이었던 것처럼 아주 자연스럽게 에베리스에게 말을 걸었다. 대답하지 않는 에베리스의 태도를 오히려 무시하듯, 환히 웃으며 끊임없이 말을 꺼내 놓았다. 대화가 전혀 성립되지 않는데도 억지로 돈독한 분위기를 만들어 내는 것 같아서 조금 무서웠다. 당신도 거기 있었다면 이상하게 생각했으리라. '혈액 정화 요법'이니 뭐니 하는 이야기가 귓전을 스쳤다. 최근에 중년 부자들 사이에서 유행하는 미용 요법의 일종이다. 이번 회합에 맞춰서 그런 화제를 꺼낸 걸까, 아니면 원래 흥미가 있었던 걸까. 아무튼 맞장구도 쳐 주지 않는 여왕을 상대로 비앙카는 계속 말을 늘어놓았다.

캔디와 테디는 근처 벽 앞에 꼿꼿한 자세로 나란히 서 있었다. 호리호리하고 머리도 눈동자도 검은색이다. 20대 시절의 나와 비슷하니 투박하고 다부지게 생겼다. 경호원으로서는 미덥지 못하지만, 집사치고는 눈매가 사납고 건방져 보였다. 둘 다 세련된 진녹색 양복을 단정하게 차려입었는데, 그 색깔이 한몫해서인지 늪지 속 흉포한 악어를 연상시키는 독기도 풍기는 듯했다. 가게 입구에서 피에르마르코의 똘마니들이 짐 수색을 했을 테니 무기나 위험한 물건을 가지고 들어오지는 않았겠지만, 에베리스는 당연하다는 듯 짐 수색을 받지 않았으니 수색 결과를 얼마나 믿을 수 있을지는 미지수다.

난 에베리스의 말을 떠올렸다. "상인의 창고에 맡겼

던 물건이 없어졌다나 봐." 하고 전날 밤에 에베리스가 말했다. 그래서 죽는 사람이 나왔을 정도니까 아주 특별한 물건이었음이 틀림없다. 그 물건이 루카 말처럼 루카와 안나 남매를 가리키는 거라면, 이 자리에서 루카가 비앙카와 마주쳐서 좋을 건 없을 듯했다.

다행히 비앙카는 아직 가게에 루카가 있다는 사실을 눈치채지 못한 듯했다. 특권층은 일반적으로 허드렛일을 하는 사람의 얼굴을 일일이 확인하지 않는다. 분명 우리를 일종의 배경처럼 여겼으리라. 그리고 에베리스가 앉은 테이블은 소니아가 맡기로 했으므로 루카가 시중들러 올 일도 없을 터였다.

식전주인 발포성 와인을 모든 손님에게 제공했다. 작게 건배하는 목소리가 동시다발적으로 들렸을 즈음, 나는 라텍스 장갑을 끼고 무대에 올랐다.

저절로 시선이 모였다. 연주회가 시작되기 직전처럼 고요함과 긴장감이 객석에 감돌았다. 내 옆에서 피에르마르코가 웃음을 꾸며 낸 얼굴로 입을 열었다. 진짜인지 가짜인지 모르겠지만, 식자재로 선택된 남자의 나이와 출생을 설명한 후, 남자의 시체가 놓인 침대의 덮개를 치웠다.

손님들이 웅성거렸다. 공기가 움직여서 촛불이 흔들렸다.

위를 보고 누운 시체는 아주 깨끗했다. 내가 오전 중에 출근해서 손봤기 때문이다. 잿빛에 가까워진 혈색까지는 어쩔 수 없었지만, 에베리스의 칼에 맞아 찢어진 목의 상처는 꼼꼼히 봉합했고, 뿜어져 나온 피로 더러워진 피부는 물에 적신 천으로 닦아서 마치 편안한 죽음을 맞은 것처럼 꾸몄다. 살아 있는 인간이라면 의료용 스테이플러로 적당히 상처를 봉합하면 되겠지만, 식자재에 섞여 들어갈 위험을 피하고자 일부러 실과 바늘로 꿰맸다. 유족에게 보여 줄 때보다도 신경 써서 조치했다. 예전에 기관총에 맞아 손가락이 전부 떨어져 나간 시체를 꿰맨 적도 있었는데, 그때에 비하면 별것 아니었다.

난 과장된 몸짓으로 인사한 후 늘어놓은 칼 중 한 자루를 집었다. 제일 얇고 짧은 식칼이었다.

죽은 남자의 알몸은 척 보기에도 민망했다. 손님 중에는 일어서서 자세히 보려는 사람도 있었고 고개를 숙인 채 십자를 긋는 사람도 있었다. 제 발로 가게에 와 놓고 용서를 받으려 하다니, 신에 대한 모독도 이만저만 아니었다. 지금 후회하는 척해 봤자, 어차피 수십 분 후에는 진부한 호기심을 이기지 못해 이 남자의 고기를 먹을 거면서.

난 이쪽을 향한 시체를 내려다보았다. 내 가슴이 갈

라지고 벌어지는 상상을 해 봤다. 피 한 방울도 흐르지 않았다. 텅 비어서 공허한 구멍이 있을 뿐.

이건 어디까지나 손님을 대하는 장사이므로 내게는 숙연한 표정도, 험악한 표정도 허락되지 않았다. 해체도 조리의 일부다. 언짢은 표정을 짓는 사람이 있으면 요리가 맛없어진다고 마우리치오는 부자연스럽게 싹싹한 태도로 주의를 주었다. 그런 마우리치오를 비웃는 지경에 이른다면 분명 어디로도 되돌아갈 수 없으리라.

나는 과시하듯 식칼을 번쩍 쳐들어서 쇼가 시작됐음을 선언했다.

옴브렐로도 처음부터 이렇게 몰상식한 짓을 했던 건 아니다. 이래 보여도 역사가 80년이나 된다고 들었다. 가게를 차렸을 당시만 해도 마피아의 보호를 받는 아주 평범한 리스토란테였을 것이다. 그런데 지금으로부터 4대를 거슬러 올라간 자이온의 전 카포가 젊은 애인 후보의 시체를 가져왔을 때부터 이상해지기 시작해서, 결국은 가게의 취지가 바뀌고 말았다. 아주 고령이었던 카포가 '젊은 여자의 고기를 먹으면 회춘한다'라는 미신에 홀랑 속아 넘어간 탓인 듯하다. 노망이 났던 것이리라. 마피아의 부탁을 거절하지 못했던 당시의 주방장은 부들부들 떨면서도 여자 시체를 해체해 즉석에서 풀코스를 대접했다고 한다. 거기에 맛을 들인 카포는 죽기까지 십몇 년 동안 말 그대로 차례차례 여자들을 가게로 끌고 와서 먹어 치웠다.

한동안은 아무것도 모르는 일반 손님도 상대하면서 영업했지만, 전쟁이며 조직 내부의 싸움으로 혼란을 겪는 사이에 오래된 종업원들은 전부 사라졌고 가게는 빈껍데기만 남았다. 거기에 내던져진 것이 나, 마우리치오, 소니아라는 건 짐작이 가리라. 지옥을 운영하는 데도 일손이 필요하다. 자이온 놈들은 자신들에게 빚을 진 자들의 경력을 조사해서 그중 쓸 만한 사람들을 골라 돈 많은 변태들의 은신처를 만들려고 획책한 것이다. 공범은 결혼보다도 끈끈한 인연으로 맺어진다는 말처럼, 자이온은 특별한 손님과 친밀한 관계를 맺기 위해 가게를 이용할 계획을 구상했고, 실제로 그러고 있다.

은색으로 반짝이는 차가운 금속 침대를 다시 떠올려 보기 바란다.

나는 모르는 남자의 시체를 해체하고 있었다. 일단 가르고 나면 원래대로 되돌리지 않는다는 점에서 해체는 해부와 차이가 있다. 그래서 뒤쪽 공정을 고려해 어떤 경우라도 최대한 큰 *사각형* 모양으로 잘라 내도록 신경 써야 한다.

일단 팔 밑동 부분에 칼날을 대고 두 어깨를 잇듯 가

로 방향으로 그었다. 다음으로는 그 선의 한가운데에서 수직으로 쭉 내려가면서 피부만 자른다. 목울대보다 5인치쯤 아래부터 항문까지 T자 모양이 되도록. 이때 자칫해서 칼을 깊이 넣으면 내장이나 복막에 상처가 나서 처리가 힘들어진다. 수많은 손님 앞에서 수습할 수 없는 실수를 저지르면 피에르마르코가 불호령을 내리니 신중해야 한다. 실은 팔다리를 잘라 낸 후 가장자리부터 가죽을 벗기고 소분하면 편하지만, 그럼 볼거리가 빈약하다는 이유로 어쩔 수 없이 배를 가르고 내용물을 끄집어내기로 했다. 하지만 그 전에 일단 바깥쪽부터 처리해야 한다.

폭이 넓고 길쭉한 칼로 바꾸었다. 아까 직선으로 칼집을 넣은 곳에 대고 갈비뼈 측면을 따라 등 방향으로 칼질했다. 갈비뼈를 긁듯이, 최대한 등 쪽에 고기가 남도록. 칼날을 미끄러뜨려서 자른다기보다 결을 따라 찢는 편에 가깝다. 그대로 등뼈까지 좌우 반 바퀴씩, 몸통을 타원기둥으로 보고 측면을 커다란 직사각형으로 잘라 내면 성공이다.

심장이 멎어서 혈액이 순환하지 않는 육체는 잘라도 피가 별로 흘러나오지 않는다. 그렇지만 기분 나쁘게도 공기와 접촉할 때까지는 피가 굳지도 않는다. 손님 서른일곱 명 중 몇몇은 집에 가서 이 지식을 자랑스럽게 늘어놓을 것이다.

주변의 살들을 떼어 내서 새장처럼 변한 갈비뼈 바로 위에서 힘을 주었다. 뽀각, 하는 소리와 함께 중앙의 가슴뼈에서 빠진 갈비뼈가 좌우로 벌어졌다.

내가 종이에 적어서 넘겨준 해설문을 피에르마르코가 암송했다. 뜻밖에도 녀석은 기억력이 좋았다. 내 악필에 불평하면서도 장부나 일지를 몇 초만 보면 외우므로, 앞뒤가 맞지 않게 대충 영업 보고를 하는 날에는 언제까지고 끈덕지게 추궁해서 짜증 난다. 하지만 그 정도로 머리가 잘 돌아가는 녀석이라는 건 확실하다.

갈비뼈 틈새로 하복부를 향해 세로로 칼질하자 복막이 찢어져서 질척질척한 내장이 흘러넘쳤다. 정말이지, 참으로 마음이 평온해지는 광경이었다.

물렁거리는 검붉은 장기를 들어 올려 옆에 준비해 둔 네모난 알루미늄 용기에 담았다. 한꺼번에 꺼내고 나중에 따로 구분하고 싶었지만, 피에르마르코에게 준 원고에 하나하나 해설했으므로 그 순서에 따르기로 했다.

도감에서 일일이 찾아보지 않아도 주방에 놓아둔 채소 이름을 알듯이, 난 인간의 구조를, 즉 장기와 뼈가 어디에 있고 혈관과 신경이 어떻게 배열돼 있는지 알고 있었다. 점토, 대롱, 가위를 주면 내용물이 들어

있는 인체모형을 만들 수 있지 않을까 싶을 만큼 자세
하게.

인간의 신체는 기본적으로 먹으려고 하면 어느 부
위든 먹을 수는 있지만, 뇌와 척수, 안구 주변은 금물이
다. 실은 소장 같은 내장도 바람직하지는 않은데, 그 부
분은 선호도의 문제가 있을 뿐 딱히 엄밀하게 금지하
는 건 아니다. 일단 사들이기 전에 식자재가 HIV 감염
자가 아니라는 것만큼은 확인할 필요가 있지만, 하여
튼 동족 포식을 하면 뒤끝이 좋지 않다는 것만은 기억
하기 바란다. 일찍이 인간이 인간을 먹은 탓에 발생한
쿠루병의 존재를 무시하면 안 될 것이다.

죽은 사람을 먹어서 장례를 치르는 풍습이 왜 금지
됐는지 생각해 보길 바란다.

당신도 소해면상뇌증, 소위 광우병은 알 것이다. 뇌
세포가 스펀지 상태로 변한 소가 제대로 걷지 못하고
괴성을 지르다가 결국 죽는 그 병이다.

소에게 죽은 소로 만든 육골분 사료를 준 것이 그 병
의 근본적인 원인이라고 한다. 즉, 경구감염이었다. 동
물세포에는 프리온 단백질이 존재하는데, 가끔 그중
구조가 비정상적인 프리온이 발생하기도 한다. 그렇게
변형된 프리온 단백질은 감염성이 있어서, 정상적인
프리온 단백질까지 변형시킨다. 그러면 인간도 소처럼

신경이 완전히 망가진다.

감염되고 발병하기까지 잠복 기간이 몇 년쯤 되니까 더 악질이다. 게다가 소독약도 효과가 없다. 냉동이나 가열 처리를 해도 의미 없다. 일단 걸리면 돈을 아무리 많이 들여도 치료가 불가능하다. 근육을 통제할 수가 없어서 발병하고 1년쯤 지나면 움직이지도, 부르는 말에 반응도 못 하게 된다. 그렇게 비참한 최후를 맞으리라.

소라는 예시처럼 동족 포식은 위험성이 크므로, 만약 인간을 먹더라도 병원체가 모이기 쉬운 뇌, 척수, 안구는 피하는 것이 무난하다.

한편 옴브렐로의 단골손님 중에는 인육을 몇백 파운드나 먹은 사람도 있지만, 지금까지 이상한 병에 걸렸다는 이야기는 못 들어 봤다. 한 명쯤 기생충이나 세균 때문에 죽는다면 가게를 접을 핑계가 생길 텐데 말이다. 하기야 내가 오기 전에 해체를 담당했던 무뢰한은 마음에 병이 들어 교회에서 목을 매서 죽었고, 내가 그 시체를 해체했지만 그건 별개의 이야기다.

아래부터 순서대로 대장, 췌장, 신장, 위장, 간장, 횡격막, 심장, 폐를 꺼내서 몸통 내부를 비우자, 맞은편이 훤히 다 보였다. 흰빛이 도는 노란색 지방은 물컹물컹해서 장갑을 끼고 만져도 불쾌했다. 가죽이 팽팽해지도록 한 손으로 바깥쪽을 향해 당기면서 묵직하고 날이 두꺼운 식칼로 양팔과 양다리를 밑동부터 끊어 내자, 어디에서랄 것도 없이 환성이 일었다. 나는 잔뜩 집중해서 손님의 목소리도 피에르마르코의 말도 귀에 들어오지 않았으므로, 뭐라고 했는지는 모른다. 아니, 그게 아니다. 사실대로 말하면 무대에 섰을 때부터 계속 귀울림이 들렸다. 그렇게 심하지는 않았지만, 어쩐지 머리도 아파서 작업을 무사히 끝낼 수 있을지 걱정됐다. 실은 여유가 전혀 없어서 손님의 면상조차 보지 않았다. 그러니까 집중했다는 건 거짓말이다.

자리에 따라서는 거리가 멀어서 제대로 감상할 수 없었으리라. 피에르마르코의 높은 목소리는 귀에 쏙쏙 들어오니까 다소 떨어져 있어도 들리겠지만, 상석인 에베리스의 자리는 이쪽에서도 얼굴을 간신히 알아볼락 말락 할 정도였다. 하지만 가까이에서 본다고 꼭 좋지만은 않을 것이다. 튀어서 거품이 이는 피의 냄새를 맡을 정도로 가까이 오면 분명 죽을 때까지 식욕이 생기지 않으리라.

가지런히 늘어놓은 팔다리는 식자재라기보다 목재 같아서, 보고 있어도 그다지 자극적이지는 않았다. 마지막으로 남은 목뼈는 아무래도 자를 수가 없어서 칼날을 댄 채 나무망치로 칼등을 두드려서 분질렀다.

Raduno di Cannibali

아까 이야기했던 대로 안구와 뇌는 위험하니까 머리에는 먹을 수 있는 부위가 거의 없다. 혀와 뺨 정도일까. 목살은 조림에 사용할 수 있지만, 조리에 시간이 걸려서 손님에게 제공하더라도 다른 날로 미뤄야 한다. 해체 당일은 제일 먼저 잘라 낸 '사각형'을 소박하게 구워 낸 요리와 내장을 간단하게 가공한 요리 정도만 제공한다. 어쨌거나 제대로 된 조리 담당은 마우리치오 한 명뿐이니까.

종업원이 풀타임으로 열 명 가까이 일했던 시절도 있었지만, 지금은 고작 네 명이다. 그래도 한 해에 두 번 열리는 만찬회는 특별하기에 옴브렐로에서는 그때만 도우미를 몇 명 임시로 고용한다. 대부분 피에르마르코가 채용한 정체 모를 놈들이다. 하지만 이번에는 갑자기 만찬회를 열기로 해서 인력을 조달할 틈이 없었으리라. 평소와 달리 코스를 한 종류로 고정한 덕분에 개별적으로 주문을 받을 필요가 없었던 건 고마웠지만.

나도 손님 앞에서는 눈요기가 될 만큼만 대강 해체한 후, 뒤에서 자잘한 작업과 보존용 밀폐 포장을 따로 진행한다. 이다음 과정도 되도록 빨리 마쳐야 한다. 예를 들어 털은 어느 정도 짧게 자르고 나서 불로 태우고, 뻣뻣한 솔로 문질러서 모근이 남지 않도록 제거한다. 돼지가죽과 똑같아서 다루기가 제법 성가시다. 평소는 간이나 목심이라는 식으로 따로 납품되니까 익숙해지면 비교적 아무 생각도 없이 물 흐르듯 작업할 수 있지만.

그래도 내 팔과 손은 거의 자동으로 움직였다. 필기구를 쥘 때는 각도를 재지 않아도 늘 똑같이 쥘 수 있지 않은가. 생선도 익숙해지면 손끝의 감각만으로 손질할 수 있다. 설령 도마 위에 있는 것이 인간이더라도 마찬가지다.

잘라 낸 머리의 짧은 머리카락을 거머쥐었을 때 발밑이 무너지는 듯한 현기증이 밀려왔다. 시야가 구불구불 흔들려서 쓰러질 뻔했다. 하지만 아주 잠깐이었다.

나는 이를 악물고 자세를 바로잡은 후 손님에게 식자재의 얼굴이 보이도록 침대에 내려놓았다. 실력 없는 관현악단이 공연했을 때보다 더 큰 박수를 받았다. 전혀 기쁘지는 않았지만, 드디어 무대에서 물러날 수 있을 것 같아서 안도했다.

재빨리 철수 작업에 나섰다. 바퀴 달린 침대에 식자재와 잔해를 얹어 뒤로 옮기고 도구를 챙겨서 물러났다. 에베리스의 자리 근처에서 대기 중이던 소니아와 비앙카의 수행원인 쌍둥이는 내 상태가 이상하다는 걸 알아차린 듯했지만, 바로 옆에 있던 피에르마르코는 전혀 눈치챈 기색이 없었다. 마우리치오가 주방에서 요리를 준비하는 건 알고 있었고, 문득 루카의 모습이 보이지 않는다는 것을 깨달았다.

그날의 요리 품목이 궁금하다는 건가? 알겠다. 피에르마르코 정도는 아니지만 나도 기억력은 좋은 편이다.


스투치키노:[*]

딸기와 부라타치즈를 사용한 암염타르트.

안티파스토:[**]

올리브마리나토, 바질오일을 곁들인 연어와 순무샐러드.

프리모피아토:[***]

그물버섯과 가리비리소토.

세콘도피아토:[****]

등심스테이크와 간소테.

콘토르노:[*****]

구운 채소—가지, 강낭콩, 파프리카.

돌체: 오렌지무스.

카페: 에스프레소 / 홍차.


[*]　　가벼운 주전부리.
[**]　　전채 요리.
[***]　　첫 번째 요리.
[****]　두 번째 요리, 주요리.
[*****] 주요리에 곁들이는 채소 요리.

세콘도피아토의 정체는 말할 필요도 없이 석류다. 에베리스에게는 특별히 도미아쿠아파차<sup>*</sup>가 제공됐다. 신선한 토마토는 시장에서는 구할 수 없는 최고급품이라 한 사람만을 위한 것이라고 하기에는 정성이 아주 많이 들어간 일품요리였다. 하기야 마우리치오가 아무리 열심히 만들어도 에베리스는 돌체와 카페밖에 입에 대지 않겠지만.

현재 법률상으로는 시체를 해체해서 요리하는 것도, 그 요리를 먹는 것도 사체 손괴죄에 해당한다고 한다. 그것 자체는 극형을 당할 만큼 무거운 죄가 아니다. 하지만 시체의 출처를 추궁하면 곤란하리라. 자이온이 아무리 친정부파라 해도 사람을 죽이면 나름대로 처벌받는다. 다만 시뇨리나 에베리스는 치외법권이 있으므로 이야기가 별개다. 그렇다고는 해도 무죄방면되는 건 아니고, 다른 사람이 대신 책임을 진다. 묵인할 수 없는 성질의 죄를 저질렀을 때는 근처에 있던 젊은 조직원이나 열광적인 신봉자가 에베리스를 대신해서 자수한다. 에베리스는 지금도 국소적으로 엄청난 인기를 누리고 있기에 그런 방식이 통하는 것이리라.

손님 중에는 오랜 세월의 경쟁자나 너무나 사랑한

* Acqua pazza. 생선을 토마토와 함께 끓인 이탈리아 요리.

Raduno di Cannibali

117

끝에 죽여 버린 교제 상대의 시체를 가져와서 조리해 달라고 주문하는 자도 있었다. 먹으면 죽은 상대를 지배하거나 소유할 수 있다고 믿는 작자들이다. 사냥개를 동원해 직접 사냥한 짐승의 고기를 먹어 보고 싶다는 감각에 가까울까.

옛날에 어떤 여자가 폭격당해 죽은 어머니의 유골을 갈아서 먹었다는 일화를 들어 본 적이 있었다. 난 죽었을 때 누가 내 뼈를 먹기를 바라지는 않았다. 그런다고 남의 일부가 될 것 같지는 않고 죽은 후에 어떻게 취급하든 딱히 상관은 없지만, 남이 먹으면 어쩐지 영혼이 갈 곳을 잃을 것만 같았다.

내게 켕기는 구석이 있으니까 그렇게 생각한다는 건 나도 안다.


만찬회는 별일 없이 진행됐다.

평소보다 조용하다고 느낀 건 프리모피아토 접시를 물렸을 무렵이었을까. 주방에서는 김이 피어오르고 조리하는 소리가 들렸고, 손님들은 품위 있게 식기를 달그락거리며 담소를 나누었다. 하지만 아무래도 평정심을 유지하기 힘들었다. 왜냐하면 코에 문제가 생겼기 때문이다. 향초와 향신료 냄새도, 기름을 두르고 고기를 굽는 맛있는 냄새도 느껴지지 않았다. 난 그 사실을 알아차린 뒤로 몸 상태가 아주 안 좋아졌다. 낮에 소니아에게 말했을 때는 반쯤 농담이었는데.

일단 뒤로 물러나기로 하고 마우리치오에게 양해를 구하기 위해 주방으로 갔다. 피에르마르코는 정치가들의 테이블에서 부주지사에게 붙잡혀 있었다. 두 사람은 서로 뇌물을 주고받는 사이였다. 피에르마르코도 마피아 간부를 부모로 두지 않았다면, 건실한 직장에 취직해 멀쩡한 회사원으로 일하지 않았을까 싶을 때도 가끔 있다. 놈은 비겁하고 음험하지만, 월반해서 대학에 들어갈 정도로 머리가 좋았다.

작은 창문이 높이 달린 조리장 문을 열자 마침 루카가 완성된 주요리를 나르려는 참이었다.

루카의 팔 안쪽에 적힌 글자가 보였다. 새하얀 피부에 검은색 잉크로 '싹싹하게 행동할 것Diventare più amichevole.' '접시 두 개와 와인 잔 다섯 개를 옮길 것Io porto due piatti e cinque bicchieri di vino.'라고 적어 놨다.

아주 엉뚱하달까, 이상한 내용이지 않나?

너무 상황에 안 맞는다는 인상을 받았다. 누군가의 지시를 잊지 않도록 써 놨더라도, 보통은 좀 더 중요하고 도움이 될 만한 사항을 적을 텐데.

"비앙카랑 이야기했어?" 루카가 물었다.

"이야기할 여유가 있었겠어? 그러는 너는 어떤데?"

"난 다가가지 않는 게 낫겠어."

역시 그렇구나 싶었다. "비앙카랑 안면이 있나?"

"비앙카랑? 설마 내가 대형 항공사 대표와 안면을 틀 기회가 있었겠어?"

"그럼 왜? 어째서 못 다가가는데? 네 동생이 어디 있는지 비앙카가 알지도 모르잖아."

"하지만 쌍둥이 수행원이—"

루카가 내 어깨 너머로 뭔가 발견한 듯 눈을 부릅뜨더니, 재빨리 몸을 구부렸다.

왜 그러나 싶어 돌아보자 문밖에 사람이 있었다. 검은 머리였다.

"나에 대해 물어보면 없다고 해." 루카가 내 등에 대고 작게 속삭였다. 그리고 작은 동물처럼 주방 안쪽으로 총총히 달려가는 기척이 전해졌다.

찜찜한 예감을 떨쳐 내며 나는 문을 밀어서 열었다.

그러자 쌍둥이 중 한 명이 서 있었다. 오른팔이 의수니까 캔디이리라.

"……무슨 볼일이라도 있으신지?"

루카가 달아난 이유는 모르지만, 조리장에 외부인을 들일 수는 없다. 나는 캔디를 통로로 밀어내고 문 앞에 버티고 섰다. 체격은 내가 우위니까 만에 하나 떠밀치더라도 괜찮을 거라고 생각하면서.

"누님께서 전하시는 말씀이다." 캔디는 도발적으로 턱을 쑥 쳐들었다. "얼굴을 보고 싶으시대."

"얼굴요?"

나는 어리둥절한 기분으로 물었다. 요리사를 만나고 싶다는 뜻일까 싶었지만, 그런 것치고는 너무 이르다. 아직 세콘도피아토도 나오지 않았다. 가령 코스가 끝나기를 기다리지 못할 만큼 감격한 거라면 당장 마우리치오를 불러 주겠지만.

"댁이 우리 앞에서 해체한 그 얼빠진 남자의 얼굴 말이야." 캔디가 히죽 웃었다. "여기 있을 테지. 누님의 자리로 가지고 와."

젊은이 특유의 막무가내가 느껴졌다. 적어도 나라면 방금까지 인간을 자르고 토막 냈던 남자를 도발하지 않겠지만, 놈은 그렇지 않은 듯했다. 보라색 나비넥타이를 매는 등 사교계에 어울리게끔 단정하게 차려입었지만, 어쩐지 불량한 분위기가 풍기는 것이 안쪽에서 배어나는 질 나쁜 천성을 완전히 감추지는 못했다.

"'누님'이라면 시뇨라 비앙카 말이야?"

난 정중한 말투를 그만뒀다. 자리를 잡지 않았을 뿐 손님이라는 건 변함없지만, 이 녀석은 우리와 같은 쪽 인간이라고 직감했기 때문이다.

"당연하지." 캔디는 내뱉듯이 말했다. "지금 당장 그

놈의 머리를 들고 가서 누님께 보여 드려."

미안하지만 안 된다고 대답했다. "생각해 봐. 주변 손님들은 식사 중이라고. 그런 짓을 했다간 완전히 민폐야. 시뇨리나 에베리스도 싫어하겠지. 꼭 보고 싶다면 돌아갈 때 말해. 머리는 냉동실에 넣어 놨으니까 안에 들어가서 보여 줄게."

"아니, 난 지금이라고 했어."

"왜 그렇게 서두르는 거야? 애당초 너희 누님은 식자재의 얼굴을 보고 뭘 어쩌려는 건데?"

"댁이랑 노닥거릴 시간 없어."

내가 꺾이지 않자 캔디는 뒤로 물러나더니 대기실과 냉동실이 있는 가게 안쪽으로 가려고 했다.

나는 쫓아가서 놈의 어깨를 잡았다. "이봐, 그쪽은 출입 금지야."

"손대지 마, 누님께서 주신 옷이다." 캔디는 내 손을 뿌리치고 더러워지면 어떻게 할 거냐며 위협했다. "한 번 말하면 좀 알아들어라. 더는 못 기다리니까 그 시체의 얼굴을 보여 줘."

"그러니까 그건—"

"억지를 써서 미안해요."

감미로운 여자 목소리가 들렸다.

흠칫 놀라서 쳐다보자 통로 입구에 비앙카가 테디

를 데리고 서 있었다.

"가게 사람을 곤란하게 하면 못써, 캔디."

비앙카가 우아하게 눈썹을 치켜세웠다. 비앙카가 뭐라고 말할 때마다 장미 꽃잎이 흩날리는 것 같았다.

"시뇨라." 난 당황해서 고개를 숙였다. "이런 곳에 오시면 안 됩니다."

"알아요. 하지만 이 아이가 말했듯이 그 얼굴을 꼭 확인하고 싶어서…… 어려울까요?"

말투는 부드러웠지만, 천천히 고개를 기울이는 비앙카에게서는 거절을 용납지 않는 위압감이 느껴졌다.

"상관없습니다만…… 식사를 마치고 나서 보시는 게 어떻습니까? 아직 뒤편이 정리가 덜 돼서 그다지 보여 드릴 수 있는 상황이 아닙니다."

"그렇군요. 하지만 역시 요리를 먹기 전에 보고 싶네요."

비앙카는 물러설 낌새가 전혀 없었다.

식사 도중에 돌아다니고 떼까지 쓰다니 참 예의도 바른 마녀다.

난 어이가 없었지만, 이렇게까지 끈질기게 구는 걸 보니 뭔가 사정이 있을 듯했다. 그렇다면 그 사정을 알아내기로 마음먹었다.

"냉동실에 있는 거죠?"

"네, 그렇습니다. 다른 손님도 계시니 요 앞의 대기실에서 기다려 주시겠습니까. 제가 금방 가서 가져오겠습니다."

"나도 안에 들어가면 안 될까요?"

"냉동실에요? 아주 추운데요."

"외투를 가져올까요?" 옆에서 테디가 끼어들었다.

"잠깐만 들어가 보고 싶은 거니까 괜찮아. 이런 기회는 좀처럼 없잖아. 음, 시뇨르*?"

"오스발도라고 불러 주십시오."

"그래요. 안내 부탁해요, 오스발도."

비앙카가 미소 지었다. 머리가 어질어질할 만큼 색기를 풍겼다.

그때 와인을 주문 받은 소니아가 돌아왔다. 소니아는 통로에 가득한 사람들을 보고 조금 놀란 표정을 지었지만, 비앙카가 있다는 걸 알아차리고 고개를 살짝 숙였다. 그리고 지나가면서 내 옷소매를 붙잡고 주방으로 끌고 갔다.

"잠깐만 기다려 주십시오." 나는 비앙카에게 그렇게 말하고 문 안쪽으로 들어갔다.

"뭐야, 왜 그래?"

"왜냐니, 어째서 여기 손님이 있는 건데? 그것도 시

* 남성의 이름 앞에 붙이는 경칭.

뇨라 비앙카가.”

“식자재의 얼굴을 한 번 더 자세히 보고 싶대. 그래서 지금 냉동실로 안내해야 해.”

“루카는? 객석에 없는 것 같던데.”

“녀석은 주방 안쪽에 숨어 있을 거야.”

“왜?” 소니아는 아주 불만스러운 얼굴로 나를 올려다보았다. “데려와. 이제 세콘도피아토를 내가야 하는데, 나 혼자서는 도저히 못 해.”

피에르마르코에게 시키라는 나를 밀어내고 소니아는 바닥으로 몸을 구부렸다. 설거지 공간의 옆쪽 바닥에 딜린 금속 손잡이를 잡고 위로 당기자, 지하실로 통하는 네모난 출입구가 나타났다. 사다리 같은 계단을 내려간 소니아는 와인 저장고에서 주문 받은 와인 몇 병을 골라, 갈색과 녹색 유리병을 끌어안고 다시 올라왔다. 작은 몸으로 참 부지런히 일한다.

“마우리치오는?”

“오븐 앞에서 아주 바빠.” 나는 대답했다. “아마도. 방해하지 마.”

“나도 알아.”

식자재에서 끄집어낸 간은 아까 손이 비었던 내가 손질했다.

가느다란 혈관과 지방을 제거한 후, 커다랗고 검붉

은 고깃덩이를 다루기 쉬운 크기로 자르고 소금을 탄 얼음물에 여러 번 씻었다. 물을 몇 번 바꿔 가며 헹구고 하나씩 깨끗한 행주로 감싸서 물기를 뺐다. 내 손질은 여기까지고, 그다음부터는 마우리치오가 맡는다. 바닥이 얕은 소테팬에 버터를 녹이고 얇게 썬 마늘을 넣어 향을 입힌 후, 밀가루를 얇게 입힌 간장을 넣는다. 살이 단단해질 때까지 잘 익힌 후 발사믹소스를 뿌리면 완성이다.

소니아는 주방 안쪽을 힐끔 살피더니 포기한 듯 한숨을 쉬었다. 루카의 모습이 눈에 들어왔는지는 모르겠다. 아무튼 소니아는 말없이 와인 잔을 두 개 꺼내고, 소믈리에나이프 등의 와인 따개를 한 벌 준비해서 동그란 은쟁반에 담았다. 그리고 와인 한 병과 함께 들고 재빨리 주방에서 나갔다.

나도 통로에 세워둔 비앙카에게 돌아가서 머리를 놓아둔 냉동실로 안내하기로 했다.

냉동실은 그리 넓지 않다. 가로세로 10피트쯤 되는 공간이다. 선반은 식자재로 꽉 찼고, 바닥에는 발포스타이렌 상자를 수많이 쌓아 놨다. 성인이 네 명이나 들어가니 비좁았다.

나는 바닥에 널브러져 있던 투명한 봉지를 옆으로 치우고 선반 제일 상단에 있던 나무 상자의 뚜껑을 열었다. 30분 전에 넣었으므로 아직 꽁꽁 얼어붙지는 않았다.

그 상자의 내용물에 대해 당신에게 자세히 설명하지는 않겠다. 그도 그럴 것이 해체한 인체 가운데 못 먹는 부위를 모아서 처박아 놨으니까. 부수지 않고 남겨 둔 머리 때문에 더 역겨웠다. 척추, 힘줄, 위장 속 내용물 등등이 음식물 쓰레기처럼 한데 섞인 채 머리카락과 얼굴에 덕지덕지 묻은 상태였다. 보면 기분이 절대로 좋지는 않으리라.

난 비앙카 일행을 조금 물러나게 한 후 나무 상자를 선반 중난으로 내렸다. 일회용 장갑을 끼고, 아직 부드러운 몸속 부위들을 털어 낸 후 머리만 꺼냈다. 살점을 잘라 내서 생긴 양 볼의 구멍으로 은을 씌운 어금니가 여러 개 보였다.

캔디는 몹시 역겹다는 듯 인상을 찌푸렸고, 테디는 장난스럽게 토하는 시늉을 했다.

비앙카는 마치 꽃을 바라보듯 태연한 표정이었다. 무슨 생각을 하는지 모르겠는 여자만큼 무시무시하면서도 매혹적인 존재는 또 없다.

"요리해서 제공하지 않는 부분은 어떻게 하나요?"

비앙카는 안색 하나 변하지 않고 물었다.

"조만간 자이온의 협력 업자가 와서 가져갈 겁니다.

가져가서는…… 초산 같은 걸 사용해서 녹이겠죠."

감추기도 뭐해서 솔직히 대답했다. 마피아의 전통적인 처리 방법이라고 덧붙이기도 했다. 에베리스의 소개로 여기 왔으니, 비앙카도 옴브렐로가 자이온의 영향력 아래 있는 가게라는 것 정도는 알고 있으리라.

비앙카는 내가 들고 있는 남자의 얼굴을 빤히 들여다보았다.

"역시 아니네." 비앙카가 말했다. 석류색 립스틱을 칠한 입술에서 하얀 입김이 새어 나왔다.

"아니라니요?"

"이 가게에 또 없을까요? 예를 들면 냉동 보관한 온전한 시체 같은 거요."

그게 진짜 목적이구나 싶었다.

실은 만찬회에서 해체한 남자의 얼굴을 보러 온 것이 아니다. 비앙카는 견학을 빙자해 이 가게에 다른 시체가 없는지 확인하고 싶었던 것이다.

다른 시체는 누굴까. 당연히 그 흡혈귀다.

나는 머리를 상자에 도로 넣으며 어떻게 대답해야 할지 고민하다가 결국 "지금 있는 시체는 보여 드린 것뿐입니다." 하고 한없이 거짓말에 가까운 사실을 말했다. 어색했을지도 모르지만, 추워서 어쩔 수 없었다. "통째로 하나만 들여놔도 저희같이 작은 가게에서는 양이 충분하니까요. 필요할 때 필요한 만큼만 매입하죠. 재고가 별로 남지 않도록 잘 조절합니다.”

흐음, 하고 비앙카는 냉동실을 둘러보았다. 방치된 관이 그 시선에 걸렸다. 루카가 들어 있었던 간이 관이다. 무슨 실마리가 되지 않을까 싶어서 처분하지 않고 놔둔 것이 화근이었다.

“저기, 이건 뭐죠?”

비앙카가 순수한 궁금증을 드러내듯 물었다. 하지만 얼굴에는 웃음기가 하나도 없었다.

캔디가 양해도 구하지 않고 관 뚜껑을 열었다. 난폭한 손놀림으로 완충재를 헤집었지만 속은 텅 빈 상태였다.

“쇼에 사용하려고 놔뒀습니다. 객석에서는 잘 안 보여서 결국 포기했지만요.” 나는 장갑을 벗으며 궁색한 변명을 했다.

“누님, 이거.”

캔디가 완충재 사이에서 뭔가를 발견해, 정교한 기계 손으로 집어 비앙카 앞에 내밀었다.

눈에 힘을 주고 자세히 보자 그것은 가느다란 금색 실 같은 것, 분명 루카의 머리카락이었다.

그 순간, 나는 균형 감각을 잃었다.

어마어마한 소리가 났다는 건 알았다. 머리가 멍해질 만큼 시끄럽게 뭔가가 터지는 소리와 금속이 찌그러지는 소리다. 그래도 내 무릎부터 그 아랫부분이 날아갔다는 사실은 잠시 알아차리지 못했다.

너무 갑작스러운 일이라 나는 몸을 움츠리지도 못하고 뒤로 벌렁 자빠졌다. 선반 널에 뒤통수를 부딪쳐서 하마터면 목뼈가 부러질 뻔했다. 후각이 멀쩡했다면 화약 냄새도 맡았으리라.

간신히 고개를 들자 테디와 눈이 마주쳤다. 놈은 손에 총을 쥐고 있었다.

믿어지나? 그 자식이 산탄총을 들고 있었다. 양치기가 늑대를 잡기 위해 사용할 법한 짧막한 개조 산탄총을 말이다. 피에르마르코의 똘마니들은 가게 입구에서 대체 뭘 한 걸까.

"자꾸 감추면 재미없을 줄 알아." 캔디가 목소리를 낮췄다. "여기 있던 금발은 어디로 갔어?"

"쏘기 전에 경고했다면 말해 줬을 텐데."

검은색 속옷과 함께 찢겨 나간 의족을 본체만체, 난 자세를 바로잡으려고 몸부림쳤다. 심장이 아플 만큼 세차게 뛰었다. 정말이지 꼴이 말이 아니었다.

테디가 비웃음을 띤 채 또 총구를 들이댔다. "다음은 진짜 몸을 쏠 거야. 괜찮죠, 누님?"

테디는 내 왼쪽 다리가 가짜라는 걸 알고 있었다. 분명 아까 무대에 올라갔을 때 들통난 것이리라. 의족이라도 평지에서는 아무렇지도 않게 걸을 수 있지만, 턱을 오르내릴 때는 무의식중에 신중해져서 보는 사람에게 위화감을 주는 듯했다. 그래도 대개는 눈치채지 못한다. 내 입으로 말하기 전에 알아본 건 루카와 이 녀석뿐이었다.

나는 쌍둥이 뒤쪽에 시선을 주었다.

통로와 냉동실을 구분하는 두꺼운 철문은 단단히 닫혀 있었다. 방금 총소리가 밖까지 들렸다고 믿기에는, 그럴 가능성이 너무 낮았다.

비앙카는 딱하다는 듯 나를 내려다보았다.

난 일어설 수 없다는 걸 깨닫고, 이 위기에서 빠져나갈 방법을 찾기 위해 필사적으로 머리를 굴렸다.

동시에 여기서 죽어도 상관없지 않냐는 생각도 들었다. 하지만 바로 그 생각을 떨쳐 냈다. 살을 찢으며 몸을 뚫고 나가는 뜨거운 총알을, 혈관이 너덜너덜해지고 뼈가 바스러지는 통증을 상상하자 본능적으로 '피하고 싶다'는 생각이 고개를 쳐들었다. 어느 쪽 감정이 진짜인지는 확실치 않았지만.

"오스발도. 이 머리카락이 누구 건지 알아?"

눈앞에서 총이 발포됐는데도 비앙카는 전혀 놀라지 않았다. 놀라기는커녕 테디 손에서 산탄총을 빼앗아 내게 총알을 한 방 더 먹일 수도 있을 만큼 여유로워 보었다.

"시뇨라, 진정하십시오." 그렇게 달랬지만, 비앙카는 처음부터 아주 냉정한 태도를 유지했다. 정말로 성가신 상대였다. "……당신이야말로 그 금발의 주인이 누구인지 아십니까?"

"아아, 오스발도. 흡혈귀들을 감싸 봤자 당신한테 아무 도움도 안 돼."

비앙카는 달콤한 한숨을 내쉬었다. 테디에게는 결코 총을 내리라고 명령하지 않았다. 그리고 내 바로 앞에서 허리를 구부려 보라색으로 칠한 손끝으로 내 아래턱을 쓰다듬었다.

그야말로 마녀라는 별명에 어울리는 몸짓이었다. 새삼스레 비앙카가 고아원인지 뭔지를 지원한다는 이야기는 엉터리겠거니 싶었다.

"어제 당신 회사 부근에서 피를 뽑힌 시체가 발견됐다면서요." 산탄총 때문에 정신을 집중하기 힘들었지만, 난 운을 하늘에 맡기고 말을 꺼냈다. 시간을 끌면 소니아나 다른 사람이 이변을 알아차리고 와 주지 않을까 기대했다. 상황이 상황이니만큼 피에르마르코라도 상관없었다. "5번가 으슥한 곳에 있는 항공기 정비장이라든가."

"에베리스한테 들었어? 어휴, 참 수다쟁이라니까. 아

직 경찰도, 헌병대도 공표하지 않았는데.”

“그래서 당신은 흡혈귀가 범인이라고 생각하고서 찾고 계신 거고요.”

“아니야. 전혀 아니지. 잘못 짚었어, 오스발도.”

“그럼 왜 이런 짓을.”

“인간이 흡혈귀를 쫓는 이유는 하나뿐이지.” 비앙카가 갑자기 재미있다는 듯 웃었다. “그것보다 다시 물을게. 금발 흡혈귀는 어디 있지? 가게 안에 있다는 건 알아. 오늘 밤 그렇게 듣고 왔으니까.”

그 말을 듣자 더는 잡아뗄 수가 없었다. “혹시 옴브렐로에 흡혈귀가 있다고 시뇨리나 에베리스께서 그러시던가요?”

“응. 에베리스와는 친하거든.”

비앙카는 빙긋 웃더니 허리를 펴고 드레스를 매만졌다. 비앙카가 비키자 테디가 바로 다가와서 내 이마에 총구를 딱 들이댔다.

이렇게 된 이상 승산은 없었다. 나는 요구하기도 전에 양손을 높이 쳐들었다. 시간 벌기도 이제 끝, 항복이다.

에베리스가 무슨 생각으로 그런 사실을 알려줬나 싶어서 화가 나긴 했지만, 에베리스는 좋은 의미에서도 나쁜 의미에서도 단순하고 솔직한 사람이다. 안나의 행방을 찾는 데 힘을 보태 주는 건 소니아를 자기 집으로 부르기 위해서지, 나와 루카를 돕기 위해서가 아니다. 재빨리 사태를 수습하는 것이 목적일 뿐, 그 결과 우리가 어떻게 되든 알 바 아니리라.

"다 알고 계셨군요." 나는 입매가 굳어졌다. "실은 그 흡혈귀에게 객석에서 식사 시중을 들라고 시켰는데요. 아까 눈을 뗀 틈에 달아나고 말았습니다. 하지만 아직 요 부근에 있을 겁니다."

실망했는가? 아쉽지만 난 목숨이 걸리면 동료도 팔아넘기는 놈이다. 하기야 그 흡혈귀는 동료가 아니지만. '악한 자에게 맞서지 말지어다'라고 성서에도 적혀 있잖은가.

캔디와 테디는 얼굴을 마주 봤고, 비앙카는 생각에 잠긴 듯 잠시 아무 말도 없었다.

"빨리 자리로 돌아가시지 않으면 시뇨리나 에베리스께서 따분해하실 겁니다." 소용없을 것 같았지만 나는 재촉하듯 말했다. 어쩌면 에베리스는 지루한 나머지 벌써 돌아갔을 가능성도 있었지만, 소니아가 만든 돌체만큼은 먹을 테니 아직 남아 있다는 쪽에 걸어 볼 생각이었다.

"가게 안을 찾아봐." 비앙카가 쌍둥이 수행원에게 지시했다. 그리고 내게 고개를 돌려 "미안하지만, 당신은 여기 있어." 하고 말했다.

의수를 착용한 두 사람은 주인에게 도움을 줄 수 있어서 기쁜지, 비앙카를 끌어안을 기세로 고개를 끄덕여 대답했다.

내가 "잠깐만요."라느니 "그게 무슨 말씀이십니까?" 같은 말을 꺼내기 전에 비앙카는 캔디가 열어 준 문으로 나갔다.

테디도 뒤따라가려다가 무슨 생각을 했는지 몸을 빙글 돌려 이쪽으로 돌아왔다. 그리고 총신을 쥐고 산탄총을 힘껏 휘둘러 손잡이 부분으로 내 머리를 때렸다.

너무나 갑작스러웠다. 이쪽은 한쪽 다리가 망가졌으니 도저히 못 피한다. 얼른 팔로 막았지만, 바로 다시 손잡이가 날아들어 관자놀이를 강타했다. 너무 추워서 저릿저릿한 감각 외에 다른 감각은 없는 것이나 마찬가지였지만, 머리뼈가 깨지는 줄 알았다.

그 후로 나는 실컷 두들겨 맞았고, 정신을 차리자 얼어붙은 내 토사물에 범벅이 된 채 쓰러져 있었다.


영하 30도의 냉동실에 들어가 본 적이 있는가? 더럽게 추워서 젖은 물건을 넣으면 한순간에 얼어붙지만, 송풍기가 돌지 않아서 바람이 없는 상태라면 얇은 옷을 입고 오래 있어도 의외로 죽지 않는다. 동상에는 걸리겠지만.

깨어나자 에베리스의 얼굴이 눈에 들어왔다. 냉동실이라 그런지 눈 같은 색깔의 머리카락이 한층 하얘 보였다.

'왜 당신께서 여기에.' 그렇게 말하려 했지만 목소리가 나오지 않았다. 뇌진탕을 일으킨 탓인지 아직 구역질이 올라왔고, 입안에는 최악의 맛이 남아 있었다. 위산에 이가 녹아 버리는 끔찍한 상상을 했다. 손이 곱아서 물건을 제대로 쥘 수 없었고, 떨림이 멈추지 않았다. 한편으로 여기서도 또 안 죽었나 싶어 김이 새기도 했다.

관절 부분에서 찢겨 나간 의족이 널브러져 있는 걸 보고 에베리스는 무슨 일이 벌어졌는지 이해한 듯, 날 부축해서 일으켜 세워 주었다. 참으로 송구스러웠지만 그런 걸 따질 상황이 아니었다.

무너지듯이 대기실의 긴 의자에 앉아 에베리스가 건네준 물통의 물을 마셨다. 상온의 물이겠지만 데운 물처럼 따뜻하게 느껴졌다.

"누구한테 당했나." 에베리스가 말했다. "비앙카겠지."

"……알면서 데려오신 겁니까."

난 간신히 그렇게만 답했다. 다리가 없으니 균형을 잡고 몸을 일으키기도 힘들었다.

부서진 의족은 에베리스가 주워 왔지만, 단면이 너

덜너덜해져서 도저히 못 고칠 것 같았다. 그렇게 가까이에서 산탄총에 맞으면 진짜 다리도 날아갈 것이다.

나는 지금이 몇 시인지도 몰랐고, 아직 손님이 있는지 가게가 어떻게 됐는지 하나도 짐작이 가지 않았다. 벽시계를 보고서야 영업을 마칠 무렵임을 겨우 알아차렸을 정도다.

세콘도피아토를 손님에게 제공했을 무렵에 비앙카 일행과 다퉜다면 내가 냉동실에 갇힌 지 1시간쯤 지났다는 계산이 나온다.

"제가 없는 사이에 무슨 일이 있었습니까. 시뇨라 비앙카는—"

"급한 볼일이 생겼다면서 돌아갔어. 도중에 자리를 떴을 때 쌍둥이를 데리고 가게를 여기저기 들쑤신 것 같던데."

에베리스의 말에 따르면 비앙카가 수상하게 행동한 것 외에 만찬회는 평소대로 진행된 듯했다. 무사히 일정을 마친 지금, 다른 종업원들은 돌아가는 손님들을 배웅하는 중이라고 했다.

나와 루카가 없어지는 바람에 소니아는 아주 고생한 듯했다. 피에르마르코와 단둘이서 30여 명이나 되는 손님을 상대해야 했으니, 당연히 바빴으리라. 냉동실까지 찾으러 올 여유는 없었을 테고, 나를 잊어버린 것도 무리는 아니다. 미안했지만 이쪽도 큰 봉변을 당했으니, 이번만큼은 불문에 부쳐 줬으면 했다.

"아, 참. 루카 못 보셨습니까? 시뇨라 비앙카 일행이 찾는 건 그 녀석입니다. 여기 있다고 당신께서 알려 주셨군요."

"나도 찾아봤지만 가게 안에는 없었어. 너랑 같이 있었던 거 아니었나."

"시뇨라 비앙카를 따라온 젊은 남자, 캔디와 테디라고 있지 않습니까. 루카는 그 녀석들의 얼굴을 보자마자 도망쳤습니다."

"너도 도망쳐야 했었는데 말이지."

그때 에베리스가 경계하는 표정으로 대기실 문에 시선을 던졌다. 그리고 숨죽인 채 "누가 온다." 하고 속삭였다.

발소리가 들리자 온몸이 얼어붙어서 말을 듣지 않았다. 그 폭력적인 세 사람이 마지막 일격을 가하러 돌아왔나 싶어서 소름이 쭉 끼쳤다.

하지만 마우리치오가 문을 열고 들어와서 나는 숨을 푹 내쉬었다.

"시뇨리나 에베리스, 여기서 뭘―, 오스발도? 야, 지금까지 대체 어디에―"

"잠깐. 설명을 좀 들어 봐. 농땡이를 부린 게 아니야."

언성을 높이는 마우리치오를 보고 에베리스가 말없이 바닥의 의족을 가리켰다.

마우리치오는 신발이 신겨진 채 바닥에 떨어져 있는 의족과 나를 번갈아 보더니 당혹스러워하는 표정을 지었다.

"어떻게 된 거야? 무슨 일이야! 설마 루카가—"

"아아, 그건 아니야, 마우리치오. 녀석은 분명 야만스러운 괴물이지만, 날 이렇게 만든 건 고귀하신 손님과 그 일행이지."

"손님이?"

대체 무슨 소리냐며 마우리치오는 이마에 손을 댔다.

"그래. 시뇨라 비앙카와 의수를 착용한 쌍둥이. 그들이 만찬회에서 해체한 남자의 얼굴을 보여 달라며 냉동실로 쳐들어왔어. 보여 줬더니 이번에는 매입한 금발 냉동품은 어디 있느냐고 다그치더군. 모른다고 대답하자 날 공격했어. 산탄총으로 쏘고 나서 실컷 두들겨 팼지. 너도 소니아도 눈치를 못 챘으니, 시뇨리나 에베리스가 아니었다면 난 지금쯤 냉동실에서 저세상 여행을 떠났을 거야."

사실과는 다소 다를지도 모르지만 상관없다. 다시 처음부터 전부 설명할 만한 기력은 남아 있지 않았다.

"다치지는 않았어?" 마우리치오가 여전히 무슨 사태

인지 잘 이해하지 못한 표정으로 다가섰다. 아주 피곤해 보이는데도 귀찮아 하는 태도는 취하지 않는 참 좋은 녀석이다.

"두들겨 맞았다고 했잖아."

관자놀이를 만져 보자 둔한 통증이 몰려왔다. 피는 나지 않았지만 체온이 올라가면 퉁퉁 부을 것 같았다. 그리고 내 싸구려 의족은 장착 부위까지 금속인데, 피부와 접촉한 부분이 빨갛게 변했고 욱신욱신 아픈 것 같았다. 동상에 걸렸는지도 모르겠다. 대퇴골에 박은 볼트의 상태도 걱정이었다. 넘어지면서 엉뚱한 방향으로 힘이 가해진 탓에 말썽이 생기지 않았으면 좋으련만.

마우리치오는 "잠깐만 있어 봐." 하고 대기실에서 나가더니 물과 얼음주머니를 들고 금방 돌아왔다. 마우리치오 본인은 화상을 입는 실수를 저지르지 않지만, 누군가 다치면 어느 정도 대응할 수 있을 만큼은 구급품을 가게에 늘 준비해 두었다.

너무 호들갑이라고 내가 쓴웃음을 짓자 마우리치오는 고개를 저었다. 진심으로 걱정하는 듯했다.

"이건 업무명령이야, 오스발도. 당장 택시를 불러서 도토레 후의 진료소에 가. 진료 시간은 조금 지났지만, 아직은 사정하면 진찰해 주겠지. 만약 안 된다고 하면 내가 옛 시가지의 야간병원에 바래다줄게. 그리고……

루카는 어쨌어?”

“나도 알고 싶다. 시뇨라 비앙카도 루카 녀석을 쫓아서 나갔을 텐데.”

더없이 좋지 못한 상황이었다. 중고 상점에서 싸구려 의족을 사서 다시 달고 다친 곳이 낫더라도, 안나를 찾아내지 못하면 ‘저주’가 진행돼서 나는 죽는다. 안나를 찾아내기 위한 실마리인 오빠 루카는 행방불명. 남은 시간은 얼마 안 된다.

“시뇨라 비앙카는 왜 루카를 찾는 거지?”

“물어보니 ‘인간이 흡혈귀를 쫓는 이유’가 어쩌고저쩌고했는데…… 뭐 좀 알겠어?”

위험한 괴물을 일부러 찾아다닐 만한 동기가 뭘지 짐작도 가지 않았다. 열대 지역이나 검은 숲*에 들어가서 인어나 늑대 인간을 붙잡으려 하는 모험가의 이야기는 몇 년에 한 번 들려오지만, 돈이나 명성을 얻는다는 목적이 있다고는 하나 그런 자들도 전설상의 생물을 진심으로 믿지는 않을 것이다.

“불로불사.” 에베리스가 불쑥 중얼거렸다. “흡혈귀는 불사신이라 나이를 먹지 않잖아.”

---

* 슈바르츠발트. 독일 남서부에 위치한 숲과 산으로 이루어진 지역으로, 햇빛이 잘 들지 않을 정도로 숲이 울창하여 검은 숲이라고 불린다.

"시뇨라 비앙카가 불로불사의 능력이 탐나서 루카를 쫓고 있다는 말씀이십니까?"

마우리치오의 말을 듣자 생각났다. "그러고 보니 시뇨라 비앙카가 '흡혈귀들'이라고 했는데. 흡혈귀가 루카만이 아니라는 사실을 알고 있는 것 같았어."

그때 조그마한 남자가 걷어차다시피 문을 벌컥 열고 안으로 들어왔다. 피에르마르코였다. 그 뒤에 소니아가 있는 걸 보고 에베리스가 입꼬리를 살짝 끌어올렸다.

소니아는 놀란 표정이었다. 몹시 바빴는지 짧은 빨간색 머리가 여기저기로 삐쳤다.

"여기 있었나, 이 무능한 놈들아." 피에르마르코는 입을 열자마자 욕설을 퍼부었다. 옆에 에베리스가 있는 걸 알아차리고 움찔했지만, 그래도 기죽지 않고 우리를 을러댔다. "마우리치오! 그 금발 녀석, 대체 어떻게 된 거야? 네가 책임지고 감독하겠다고 했잖아."

"……저도 사정을 모릅니다."

"웃기지 마. 일을 도중에 내팽개치고 사라지다니 지금까지 이런 적은 한 번도 없었어. 웬일로 쓸 만한 녀석이 왔나 싶었는데 결국 이 모양이군."

어라 싶었다.

반쯤 이죽거리기는 했지만, 피에르마르코가 루카를

두고 '쓸 만한 녀석'이라고 표현한 것이 마음에 걸렸다. 빈말로도 남을 칭찬하지 않는 인간인데.

내가 당황한 걸 알아차렸는지 어느 틈엔가 등 뒤에 서 있던 소니아가 귓속말했다. "걔, 숙련자처럼 일을 잘했거든." 신경은 쓰이는 것 같았지만 내 비참한 꼴에 대해서는 언급하지 않았다. "접시와 술잔을 한꺼번에 많이 날라도 떨어뜨리지 않고, 낮과는 다른 사람이 된 것처럼 아주 싹싹하게 굴었어."

나는 루카의 팔 안쪽에 적혀 있었던 글씨를 어렴풋이 떠올렸다. '싹싹하게 행동할 것' '접시 두 개와 와인잔 나섯 개를 옮길 것'이라는 별난 내용이었다.

"오스발도!" 피에르마르코가 또 고함을 질렀다. "너도 제멋대로 굴어도 되는 입장이라고 착각하고 있는 거 아니야? 아주 대단해지셨어. 안 그래?"

"……그게, 저는 뒤쪽에서 날뛰는 귀부인을 상대하느라 바빴거든요."

"알 게 뭐야. 네가 없어지는 바람에 손님들이 얼마나 기다리셨는데!"

적당히 사과하고 넘어가려는데 "잠깐만요." 하고 마우리치오가 끼어들었다. "보면 모르시겠습니까, 지배인님. 오스발도는 다쳤습니다."

그제야 알아차린 것처럼 피에르마르코가 의아한 표

정을 지었다. 내 얼굴부터 의족이 사라진 무릎 언저리까지 시선을 왔다 갔다 하더니, 겸연쩍은 듯 미간에 주름을 잡았다. 그리고 어물어물 말을 흐리다가 "아무튼." 하고 목청을 가다듬었다. "오스발도. 네게 해체 주문이 들어왔다. 날짜가 바뀌기 전에 공장으로 가. 늦으면 벌금이야."

말하는 걸 깜박했는데 내 직장은 옴브렐로뿐만이 아니었다. 자이온 밑이라는 건 변함없지만, 출장을 나가서 시체를 처리하기도 했다. 가게에서 매입할 수 없는 약물 중독자의 시체나 부패한 시체를 정리하는 것이다. 증거를 인멸한다는 목적도 있었는데, 비용을 절감하기 위해 개와 고양이용 이동식 화장 차량에서 불태우므로 도끼나 전기톱을 사용해 죽은 인간을 1피트 간격으로 잘라야 한다. 마피아들은 총이나 칼로 차례차례 사람을 죽이지만, 뒤처리할 때는 굼뜨기 짝이 없었다.

보통은 죽은 쥐 한 마리라도 자기 방에 놔두기는 싫으리라. 잠자리에 죽은 동물이 나뒹굴고 있는 장면을 상상해 보라. 아무리 작은 고깃덩이라도 그 존재감을 무시할 수 없다. 하물며 사람의 시체다. 어째서 언제까지고 방치해 놓는 건지 그 정신머리를 이해할 수 없지만, 놈들은 서로서로 떠넘기며 시체에서 고약한 냄새가 풍길 때까지 처리 담당에게 연락하지 않는다. 눈 주변이 거무튀튀해지고 구더기가 끓는 시체는 아무도 상대하고 싶어 하지 않으므로, 결국 나를 호출한다. 이때도 그랬다.

"그러니까 오스발도를 치료하는 게 급선무죠." 마우리치오가 피에르마르코에게 대들었다. "적어도 의족을 고치지 않으면 못 움직입니다. 오늘 밤은 돌려보내고 며칠 휴가를 줘야 합니다."

이 시점에 마우리치오가 전에 없이 열을 낸다는 걸 알아차려야 했다. 그런데도 반응이 늦은 건 내 실수다.

"시끄러워. 너희는 얼른 객석이나 정리해. 내일은 낮부터 엉업이니까." 피에르마르코는 새된 목소리로 마우리치오와 소니아에게 소리쳤다. "오스발도 너도. 다리가 없어도 팔이 있으면 일은 할 수 있겠지. 꾸물거리지 말고 빨리 가!"

평소 같았으면 우리는 어깨를 움츠리고 흩어졌겠지만, 이날은 달랐다.

"거절하겠습니다." 마우리치오가 작은 목소리로 말했다.

"뭐라고?"

"지배인님이 오스발도를 공장에 보내겠다면, 저는 지금부터 일하지 않겠습니다. 내일도, 그다음 날도, 앞으로 다시는 이 가게에 안 올 겁니다."

무섭게 눈을 부라리는 피에르마르코 앞에서 마우리치오가 이번에는 똑똑히 말했다.

벽에 기댄 채로 방관하고 있던 에베리스도 그 말을 듣고는 날카로운 시선을 던졌다.

"제정신이야? 지금 무슨 말을 하는지 알고서 그러는 거야?"

"저는 이런 일을 하려고 요리사가 된 게 아닙니다."

마우리치오는 완고한 태도를 보였다. 이 애송이를 상대로는 한 발짝도 물러서지 않겠다고 결심한 듯했다.

왜 다들 하고 싶지도 않은 일을 하는 건데? 전날 루카가 했던 말이 내 머릿속에 떠올랐다.

피에르마르코는 짧게 웃더니 마음대로 해, 하고 입매를 일그러뜨렸다. "하지만 잊지 마. 내 명령에 거역하는 건 자이온에 반역하는 것과 다를 바 없어. 네 여자가 있는 곳에 사람을 보내서 링거 줄을 뽑아—"

"나도 가야겠다." 소니아가 말허리를 잘랐다. 아무래도 파업에 동참할 작정인 듯했다. "에베리스, 젤라토 먹으러 안 갈래? 늦게까지 영업하는 근사한 가게가 있는데."

소니아가 천진난만하게 올려다보자 에베리스는 심장을 빼앗긴 듯한 표정을 지었다. "갈게. 당장 나가자." 하고 대답한 후 피에르마르코를 조용히 노려보았다.

나는 그저 네 사람을 멍하니 바라보는 것이 고작이

었다. 뇌가 아직 완전히 해동되지 않았다. 그리고 내가 처리해야 할 시체의 숫자를 헤아릴 때마다 영혼이 썩어서 몸 밖으로 흘러나오는 것 같았다. 죽은 사람이 하나, 둘, 셋, 넷, 다섯…… 하고 루카를 흉내 내 읊조려 보았다. 간신히 피에르마르코에게 "나도 돌아가겠습니다."라는 말만큼은 했지만.

그걸 신호 삼아 우리는 완전히 결별했다.

"얘들아!" 피에르마르코가 객석 쪽을 향해 소리치자 어디에 대기하고 있었는지, 정장을 차려입은 똘마니들이 달려왔다. 옷 위로도 알 수 있을 만큼 근육이 울룩불룩한 구릿빛 피부의 2인조다. "이 녀석들을 손 좀 봐줘!"

나는 피에르마르코가 아주 약간 가엾기도 했다.

스물여덟아홉 살의 나이로 우리같이 불량한 인간들을 다루려면 그야 고생스럽기도 하리라. 원래 이 애송이는 총괄 역에 어울리지 않는다. 피에르마르코 본인도 그런 역할에 적합하지 않다는 걸 알고 있었을 테고, 인육을 제공하는 요리점의 지배인도 되고 싶지 않았을 텐데 불행한 녀석이다.

피에르마르코는 똘마니들에게 명령한 후 팔짱을 끼고 몇 발짝 뒤로 물러났다. 에베리스가 소니아를 좋아한다는 걸 아니까 소니아에게는 절대로 손을 대지 않으리라.

에베리스도 소니아만 무사하다면 자기 알 바 아니라는 태도였고, 마우리치오는 싸움에 익숙하지 않으니까 흠씬 두들겨 맞을 각오를 단단히 한 모양이었다.

난 나른한 몸을 일으켜 세우고 있는 것만으로도 힘들었지만, 간신히 근무복 호주머니에 손을 넣었다. 호주머니에는 배달된 식자재 포장을 푸는 데 사용하는 접이식 칼을 넣어두었다. 사람을 찌르기에는 별로 적합한 물건이 아니었지만.

덩치 큰 남자가 긴 의자에 축 늘어져 있는 내 곁으로 다가왔다. 마우리치오 쪽으로도 한 명이 향했다. 흉흉한 가게를 지키기에 딱 어울리는 풍모였다. 산탄총을 가지고 들어오는 건 못 잡아내는 놈들이지만.

그렇다. 잊어버릴 뻔했는데 난 그 일로 화가 좀 났다. 이 녀석들이 입구에서 짐을 제대로 검사했다면 내 다리는 망가지지 않았을 테니, 쓸데없는 지출을 줄일 수 있었으리라. 의수나 의족은 기성품도 몹시 비싸다.

남자가 내 멱살을 꽉 잡았다. 의자에서 엉덩이가 떴다. 분명 그대로 배라도 때릴 생각이었으리라.

하지만 그보다 먼저 내가 칼을 꺼냈다. 근무복을 틀어쥔 남자의 손목에 칼끝을 꽂고 그대로 팔꿈치까지 세로로 쭉 그었다.

묽은 피가 튀어서 넓적다리에 묻었다.

남자가 귀에 거슬리는 비명을 지르며 내게서 손을 뗐지만, 나는 간격이 벌어지게 놔두지 않았다. 칼이 닿지 않는 거리에서 총이라도 사용하면 끝장이다. 왼팔을 남자의 목에 두르고 오른손에 쥔 칼을 목에 들이댔다.

남자를 끌어안은 자세로 "너도 물러나." 하고 마우리치오에게 주먹을 쳐든 다른 똘마니를 견제했다.

뭘 놀라는 건가. 잠자코 얌전히 얻어맞을 줄 알았다면 오산이다. 냉동실에서는 기습을 당해서 어쩔 수 없었지만, 미리 예견된 폭력에 대해서는 나도 꽤 강하다.

다만 이 자리에서 똘마니 둘을 어떻게든 해치우더라도, 피에르마르코가 돌아가서 고자질하면 우리는 전국의 마피아와 그 수하들에게 쫓기는 신세가 된다. 그런 건 딱 질색이었다.

고개를 들자 피에르마르코는 경악한 표정으로 얼어붙어 있었다. 자기가 위험한 처지에 빠질 줄은 꿈에도 몰랐으리라. 여차하면 걸음아 나 살려라 도망칠 것처럼 보였다.

소니아는 무표정한 얼굴로 어이없어하는 듯했고, 에베리스는 심판처럼 우리를 바라보고 있었다.

"딱히 죽일 생각은 없습니다." 난 칼에 정신을 집중한 채 말했다. "하지만 숙녀 분들 앞에서 매타작 당하는 것도 재미있지는 않아서요."

“원하는 게 뭐야!” 피에르마르코가 내게 삿대질하며 거의 절규하듯 소리쳤다. “이 일을 자이온에 보고하면 어떻게 될지 알고—”

“자이온에 반항할 마음은 없습니다. 그냥 지배인님의 지시에는 따를 수 없다는 거예요. 종업원들이 들고 일어났다는 사실이 알려지면 지배인님에게도 불리하겠죠. 간부들이 낮게 평가할 겁니다.”

마피아는 혈통을 중요하게 여기면서도 의외로 실력을 따지는 경향도 있다. 난 여기서 잘되고 싶은 생각이 털끝만큼도 없었지만, 하극상에 성공하면 출세도 꿈이 아닐지 모른다.

난 아주 새파랗게 질린 얼굴로 숨을 헐떡이는 남자를 놓아주었다. 남자는 피가 뚝뚝 떨어지는 팔을 누른 채 피에르마르코 뒤쪽으로 달려갔다. 다른 한 명도 마찬가지였다.

“가게는 며칠간 임시 휴업. 공장에는 다리가 나으면 가겠습니다. 그걸로 타협해 주시면 안 될까요?”

옴브렐로를 쉬면 루카와 안나를 찾으러 갈 수 있다. 실은 10년쯤 쉬고 싶었지만, 최대한 양보했다.

내 제안에 피에르마르코는 뻣뻣하게 굳어 버렸다. 그렇게 한참 있다가 “사흘이야.” 하고 내뱉듯이 말했다. “사흘 휴가를 주지. 그 후에는 군말 없이 지금까지처럼 일하는 거야. 반론은 허용하지 않겠다. 알겠나."

피에르마르코는 내 대답도 기다리지 않고 팔을 베인 남자의 머리를 후려갈기더니 몸을 돌려 대기실에서 나갔다.

똘마니들은 원망스러운 듯 이쪽을 노려보더니 부리나케 주인을 쫓아갔다.

"누구 하나 죽는 줄 알았네." 지배인 일행이 물러간 후, 마우리치오가 한숨을 푹 내쉬며 바닥에 주저앉았다. 하루 동안 폭삭 늙은 것처럼 보였다. "빨리 그 무시무시한 칼 도로 넣어, 오스발도."

"누구를 위해서 꺼냈다고 생각하는 거야? 이봐, 조금은 자중하도록 해. 병원에 있는 연인이 슬퍼할 일 만들지 말고."

"옛날에 서른여섯 명이나 죽였다는 이야기, 진짜야?" 소니아가 물었다. "자이온 사람들이 그러던데. 남녀 가리지 않고 칼로 팔다리에서 살을 베어 내며 고통스럽게 죽인 후 시신이 잘 썩도록 늪지에 버렸다는 둥, 병약한 환자인 척 병원에 가서 방심한 의사의 배를 갈랐다는 둥."

"······정말이라면 경멸할 건가? 그 얼굴은 뭐야? 의심하고 싶으면 마음대로 해."

"소문대로라면 오스발도는 잔인한 대량 살인귀야.

지금 이 정도로 참을 수 있을 것 같지 않은데."

"피에르마르코의 경호원을 죽여서 어디다 쓰겠어? 무엇보다 그런 짓을 했다간 내가 살해당할 거야. 그렇죠, 시뇨리나?"

"네가 뭘 어쩌든 난 관여하지 않아." 에베리스는 차갑게 말했다. "자이온에 손해를 끼치지 않는 한은."

난 칼을 접어서 호주머니에 넣었다. 남자의 피로 범벅된 오른손을 보자 도토레 후가 수혈용 혈액제제를 준비해 주겠다고 했다는 루카의 말이 떠올랐다.

"가게는 내가 알아서 할 테니까 다친 데나 치료하고 와." 마침 마우리치오가 그렇게 말해서 나는 진료소에 가기로 했다.


가게 창고에 목발이 있었고, 도토레 후가 아직 집에 가지 않아서 다행이었다.

진료소는 허름한 잡거빌딩의 2층에 있고, 도토레 후는 그 위쪽 셋방 중 하나에 산다. 불법 의료 행위로 돈을 긁어모으면서 돈 없는 고학생같이 생활했던 셈이다.

아무튼 내가 오후 11시 넘어서 찾아갔는데도 그는 아직 일터에 있었다. 하루하고 한나절 전에 흡혈귀에게 물려서 실려 온 사람이 이번에는 한쪽 다리 없이 목발을 짚고 나타났으니 그 영감님도 꽤 놀랐으리라. 조수와 간호사는 이미 퇴근했는지, 아니면 애초에 그런 사람은 없었는지 어쨌거나 혼자 진료소에 남아 있던 도토레 후는 내 모습을 보자마자 기겁하며 진료실로 들여보내 주었다.

결과만 말하자면 내 상처는 별것 아니었다. 타박상도 동상도 비교적 가벼워서 바르는 약을 며칠 쓰면 괜찮아질 것이라고 했다. 먼지가 날리는 작은 방에 처박혀 머리와 왼쪽 다리의 엑스선사진도 찍었는데, 부러진 곳은 없었다.

"어쩌다 이렇게 됐습니까?" 진찰을 마친 후 도토레 후가 수상쩍다는 듯 캐물었다. 독특한 동양 쪽 발음이 섞였지만 말은 유창하다. "의족이 부서진 상태를 보니 심상치 않군요. 마치 거대한 악어가 물어서 뜯어낸 것 같아요. 이랬는데 뼈에 금도 가지 않았다니 정말로 운이 좋았습니다."

"괜히 파고들려고 하지 말아요. 내가 어디 소속인지 알잖습니까. 그 가게에 관여해 봤자 좋을 것 없어요."

"당신이 어떤 사람인지는 압니다. 그 의족의 반쯤 지워진 각인은 육군병원 거예요. 즉, 당신은 군인이겠죠."

"이제는 아닙니다, 선생님." 난 가볍게 웃으며 질문을 피했다. 그 화제는 별로 언급하지 말았으면 했다. "그것보다 그 금발 흡혈귀가 오늘 밤 여기에 오지 않았습니까? 예를 들면 수혈용 혈액제제를 얻으러 왔다든가."

"그가요? 안 왔는데, 왜 그러십니까? 당신과 함께 있을 줄 알았는데요."

"그게, 가게 영업시간에 어딘가로 사라져서 행방이 묘연합니다."

여기도 아니라면 갈 곳은 5번가에 있는 항공기 정비장 정도일까. 이렇게 된 이상 차라리 내일 해가 뜰 때까지 기다리는 것도 한 가지 방법일 듯했다. 녀석은 햇볕이 비치지 않는 야간이라면 어디든지 갈 수 있을 테니, 반대로 낮에 숨어 있을 법한 건물을 중점적으로 돌아다니면 된다. 하나 그런 곳은 하늘의 별처럼 많기에 이 거리만으로 한정해서 이 잡듯이 뒤져도 하루나 이틀로는 안 될 것 같았다.

"그것참 난감하겠군요." 도토레 후는 나보다 더 심각해 보이는 얼굴로 덥수룩한 백발을 긁적였다. "그런데 어제 드린 약은 드시고 계십니까."

"잘 챙겨 먹고 있습니다. 오늘 밤에도 먹었죠. 하지만 머리가 아프고 눈이 침침해요. 덧붙여 코가 맛이 갔습니다. 선생님이 어제 '일주일'이라고 했지만, 이 상태로는 사흘만 더 지나면 못 일어날 것 같은데요."

"어쨌거나 그 흡혈귀와 쌍둥이 여동생을 찾아내야겠죠. 다른 방법은 없습니다. 찾아내면 즉시 여기로 데려오세요."

나를 바라보는 안경 속 도토레 후의 눈동자는 밝은 갈색이었다. 콧대가 우뚝하고, 나이에 어울리지 않게 입매도 주름 없이 탱탱했다. 이 영감님도 소싯적에는 틀림없이 미남이었으리라.

"그러고 싶습니다만 짚이는 곳이 전혀—"

그때 뒤에서 기척이 느껴졌다.

한쪽 발로 바닥을 차서 등받이 없는 회전의자를 뒤로 돌리자 진찰실 문이 소리도 없이 열렸다.

암살자같이 주저 없이 들어온 사람은 키가 큰 긴 머리 여자와 몸집이 아담한 짧은 머리 여자였다.

내 개인적 감상을 말하자면 두 여자는 정말로 잘 어울렸다.

"시뇨리나 에베리스." 도토레 후의 눈이 동그래졌다. 의자에서 굴러떨어지다시피 일어서서 비틀거리며 가슴에 손을 대고 무릎을 꿇었다.

"실례 좀 할게." 에베리스가 말했다. "좋은 소식이다, 오스발도."

"대체 어떻게 된 겁니까? 그리고 소니아도. 젤라토 가게에는."

"갔었어. 헤이즐넛과 딸기 맛을 먹었지." 소니아가 대답했다. 복슬복슬한 흰색 인공 모피로 만든 겉옷을 입고 있어서 눈의 요정같이 사랑스러웠다.

소니아는 도토레 후를 일으켜서 반쯤 강제로 의자에 앉힌 후 "다른 사람에게는 안 좋은 소식이야." 하고 에베리스의 말을 정정했다.

"피를 뽑힌 시체가 또 발견됐다고 숙직하던 헌병에게 연락이 왔어. 이번에는 파르팔라 항공의 본사가 있는 7번가야."

"시체는 하나뿐입니까?"

나는 물어보았다.

흡혈귀는 하루에 1갤런의 피가 필요하다고 루카가 그랬다. 의외로 적다고 생각할지도 모르지만, 인간의 혈액량은 체중의 약 13분의 1이다. 따라서 대개 인간의 몸속에는 피가 2갤런이나 흐르지 않는다. 즉, 흡혈귀 두 명분인 2갤런의 피를 얻으려면 시체도 두 구 필요하다. 만약 쌍둥이가 만났다면 그리 멀지 않은 곳에 인간의 시체가 하나 더 있을 터였다.

"현재로서는. 아직 발견되지 않았을 가능성도 있겠지만, 지금까지 피를 뽑힌 채 발견된 시체는 하루당 한 구 이하야."

"루카 짓일까요?" 나는 거의 혼잣말하듯 중얼거렸다. "아무튼 현장은 7번가의 파르팔라 항공 본사죠?"

"가 보려고? 지금 가 봤자 경찰과 헌병대 때문에 접

근할 수 없겠지. 그리고 도망치는 범인을 그 다리로 어떻게 쫓아갈 건가."

"하지만 그 녀석을 찾아내지 못하면—"

"오늘 밤 정도는 안정을 취하는 편이 좋겠군요." 도토레 후가 말했다. 에베리스 앞이라 황공스러운 듯했지만, 그래도 연장자다운 위엄을 잃지 않았다. "뇌진탕을 일으킨 후는 특히 위험합니다. 뇌에 충격이 갈 법한 일은 반드시 피해야 해요."

"왜 선생님이 그런 걱정을 합니까?"

"의사는 보통 환자를 걱정하는 법이니까요."

"하지만 선생님은 의사가 아니잖아요. 무면허로 의료 행위를 하는 범법자죠."

해서는 안 될 말이 입에서 툭 튀어나왔다. 의사가 싫은 나머지 막말을 하고 말았다.

소니아가 시선으로 나를 나무랐다. 도움을 받아 놓고 그게 무슨 말본새냐고.

난 약간 후회돼서 인상을 찡그렸다. 아무 말 없는 도토레 후의 누리끼리한 흰색 가운이 공허해 보였다.

도토레 후가 사무 책상 위에 있는 낡은 가죽 표지 책으로 문득 시선을 돌렸다. 잠시 후 고개를 두세 번 작게 끄덕이더니, 뭔가 결정한 듯 나를 똑바로 응시했다.

그 눈과 비슷하게 가늘고 길쭉한 눈매를 최근에 어

디서 본 것 같았지만, 기억에 안개가 낀 것처럼 생각이 나지 않았다.

"이 나이 든 퇴물에게도 숭고한 목적을 위해 의사를 지망했던 젊은 시절이 있었습니다. 한때는 대의를 위해 살아갈 각오를 했었어요." 도토레 후는 눈을 내리깔았다. "전쟁으로 모든 것이 달라져 길에서 벗어났지만, 그래도 신은 다시 시작할 기회를 주셨습니다. 잘 들어요. 누구에게나 주어진 사명이 있습니다. 죽으면 사명을 다할 수 없어요. 심통 부리지 말고 앞을 봐야 합니다. 체념하지 말고 발버둥 쳐야 해요. 자포자기하면 안 됩니다. 할 수 있는 일을 할 수 있는 만큼 하고, 할 수 없는 일도 기를 쓰고 해 보십시오. 당신이 누구든, 살기 위해 안간힘을 다해야 합니다."

아주 당혹스러웠다. 이 나이를 먹고서 설교를 들은 것도, 그 내용이 뜻밖에 가슴을 후벼 판 것도, 도토레 후가 신앙심 깊은 사람이었던 것도, 옛날에 진짜 의사가 되려고 노력했던 시절이 있었다는 것도. 이 영감님이 왜 무허가로 진료소를 운영하는 건지 지금까지 한 번도 생각해 본 적 없었지만, 다른 사람에게도 각자의 인생이 있다고 생각하니 정신이 아득해졌다. 그렇더라도 언제나 그 사실을 가슴에 담아 둬야 하겠지만.

실은, 하고 나는 신중하게 말을 꺼냈다. 분위기가 무

거워지지 않도록 최대한 덤덤한 목소리로 조심스레, 하지만 신부에게 상담하듯 절실하게. "솔직히 말하자면 지금이 죽을 때가 아닐까 싶기도 합니다. 도토레 후, 저는 그런 올바른 목적 같은 걸 상실했어요. 딱히 미련도 없고, 잃는다고 아쉬운 것도 없죠. 지금 '저주'로 죽는다면, 그게 운명 아니겠습니까."

"운명을 거스르는 것이 의사의 사명입니다." 도토레 후는 망설임 없이 또박또박 말했다. 궤변 같았지만 그 말대로였다. 그는 의연한 눈빛으로 나를 꿰뚫을 듯 바라보았다. "당신은 흡혈귀를 찾아내야 해요. 그러기 위해 일단 몸을 잘 추슬러야 하고요. 죽으면 안 됩니다. 살아서 사명을 다하는 겁니다."

"오스발도." 소니아가 내 이름을 작게 불렀다. "시간이 없는 건 알지만, 오늘은 도토레 후의 말을 들어. 의족을 고치고 나서 내일 다시 루카를 찾자. 나도 도울게. 에베리스도 협력해 줄 거지?"

소니아가 검은 외투의 소매를 잡아당기자 에베리스는 내키지 않는 표정으로 고개를 끄덕였다. "이 일이 마무리되면 우리 집에 개를 보러 올 거지?"

"알았어. 약속할게." 소니아는 빨간 머리를 흔들며 희미하게 웃었다. "과자도 구워서 가져갈게."

"은혜를 입는군요." 나는 묘하게 복잡한 기분으로 고

개를 숙였다.

어쩌면 비앙카가 이미 흡혈귀를 붙잡았는지도 모른다. 경찰의 눈을 속이고, 헌병대에게 추적당하지 않도록 조심하며 루카와 그의 여동생을 찾아낼 수 있을까.

무의미한 짓을 반복하는 걸로밖에 보이지 않는데, 라는 루카의 말이 텅 빈 가슴속에 홀로 남아 있었다. 이대로 보잘것없는 셋집에 돌아가서 내일은 어떻게 할 작정인가. 속절없이 그런 생각이 떠올랐다. 내게 살해당한 수많은 사람이 "업보를 치를 차례다." 하고 다그치는 듯한 기분이었다. 왜 나만 아무렇지도 않게 살아 있는 건지 모르겠다.

모르겠다고? 아니다. 죽는 게 무서웠기 때문이다. 죽기보다 죽이기를 선택했기 때문이다. 그렇게 우격다짐으로 쟁취한 이 목숨에 의미는 있었나? 어쩌면 나 말고 다른 사람 손에 넘어갔어야 의미 있게 사용되지 않았을까. 나는 한참 전에 사명을 내팽개쳤다. 다시 시작할 수 있다고 치고, 이번에는 뭘 어떻게 바꿔야 할까.

남은 시간이 신경 쓰여서 초조한 나머지 속이 더부룩했지만, 혼자 버둥거려 봤자 소용없다는 것도 알고 있었다. 기다린들 도움이 오지 않는다는 것도.

내가 할 수 있는 일은 지금까지처럼 최대한 죽음을 미룰 방법을 궁리해서 남을 짓밟으며 살아가는 것뿐이다.

# 단장 I
## 마녀들의 다회

# Prima del Tramonto
## 해가 지기 전에

저기, 언니. 이렇게 차를 마시고 있으면 옛날 생각나지 않아? 벌써 몇십 년이나 지났는지 모르겠네. 그 고아원에서 도자기로 만든 파란색 꽃무늬 다기를 꺼내는 건 손님이 왔을 때뿐이었어. 언니가 어렸을 적에는 달랐겠지. 부활제 날이 아닌데도 달콤한 과자를 나눠 줬다니, 40년 전의 내가 들었으면 과자 생각을 하느라 밤새 잠도 못 잤을 거야.

겨울이 되면 언니가 만든 비스코티<sup>*</sup>가 그리워져. 잘게 바순 잣과 블랙커런트를 듬뿍 넣고 당밀을 뿌린 비스코티 말이야. 기억하지? 대체 언제까지 비밀로 할 거야? 그러지 말고 만드는 법을 좀 알려줘. 나도 언니가 그랬던 것처럼, 캔디와 테디에게 과자를 만들어 주고 싶어. 걔들도 훗날 회상할 만한 행복한 기억이 필요하잖아. 그렇게 생각하지 않아?

아아, 역시 우리 집이 최고야.

거리의 가게에서 만나는 것도 좋지만, 내가 프란체스카 언니를 '언니'라고 부르면 주변의 종업원들이 이상한 표정을 짓는걸. 자, 내 얼굴을 잘 봐. 기미와 주름이 이렇게나 늘었어. 그런데 언니는 어쩜 이렇게 깔끔할까. 정말로 샘난다니까.

---

* 두 번 구워 내는 이탈리아의 전통 과자.

어머, 오늘 캔디와 테디는 없어. 보고 싶었다니, 좀 더 일찍 말하지 그랬어.

개들은 거리에 심부름을 보냈어. 다음 달에 신형 비행선 공개 행사가 있으니까 새 양복을 맞추라고 했지. 아이들은 왜 어린 모습 그대로 있어 주지 않는 걸까. 서운해. 키는 나보다 커진 지 한참 됐고 목소리도…… 원장 선생님, 기억나? 언니는 선생님들 장례식에 오지 않았지만, 그 사람들보다 훨씬 나지막해서 멋있어. 하지만 그 시절에 고아원에 있었던 어른들을 그리워해 봤자 아무 의미도 없겠지. 내가 전부 죽여 버렸으니까.


이 온실의 식물 좀 봐. 전부 잘 가꿨지? 맑은 날에는 천장의 유리가 빛을 반사해서 더 반짝반짝 빛나 보여. 석양이 비쳐 드는 시간대에는 눈이 부실 정도인데…… 언니에게는 오늘 정도로 그늘진 편이 낫겠지. 그래도 내가 제일 좋아하는 경치를 보여 주지 못해서 아쉽네.

캔디는 이 온실에 있는 식물의 도감을 만들고 있어. 얼마 전까지는 내가 그림책을 읽어 줬는데, 이제는 혼자서 어려운 소설도 척척 읽는다니까. 개는 아주 똑똑하니까 원한다면 대학이든 어디든 보내 줄 생각이야.

언니 뒤에 핀 보라색 백합과 난초는 테디가 돌보는 거야. 매일 물과 영양제를 주고 전지가위로 잘라 낸 꽃

봉오리는 내 방에 장식해 주지. 착한 개한테 딱 맞는 일이야. 얼마 전에는 내년에 정원사와 함께 새 화단을 만들어서 수선화를 심을 거라며 용돈으로 알뿌리를 사 왔어.

개들도 이제 완전히 건강해져서 안심이야. 바다 건너의 군인이 저지른 짓이라고는 하지만, 손을 잡고 도망치는 아이들에게 총을 쏘다니 인간이 어떻게 그럴 수가 있을까. 그렇지만 지금은 성능 좋은 의수가 만들어져서 다친 팔을 대신할 수 있어서 다행이야. 둘 다 열심히 훈련한 덕분에 무거운 물건도 들 수 있고, 요리도 바느질도 문제없지.

10년 전에 데려왔을 때는 말도 잘 안 통했고, 매일 밤 악몽을 꾸고는 울었지. 역시 다른 아이들과 떼어 놓은 게 잘못인가 싶어서 몹시 고민스러웠어. 아무리 본인들이 새로운 고아원에 가기 싫다고 했기로서니 우리 집에 데려온 건 실수 아니었나 걱정되더라고.

하지만 이제는 전혀 실수가 아니었다고 딱 잘라 말할 수 있어. 개들이 어떻게 느낄지는 모르겠지만, 셋이 함께 살아서 내가 행복하거든. 나, 분명 외로웠던 거야. 내 아이를 가질 수 없다는 게 얼마나 원망스러웠는지 몰라. 그렇지만 개들은 내 자식의 대체품이 아니야. 어디 내놔도 부끄럽지 않은 자랑스러운 동생이지. 그래,

루카와 안나하고도 바꾸지 않을 거야.

저기, 언니. 물어봐도 될까. 왜 나한테 루카와 안나를 한 번도 안 보여 주는 거야? 아니, 알아. 내가 무서운 거겠지. 걔들을 보면 내가 기분 상할까 봐? 내가 걔들한테 무슨 짓을 할지도 모른다고 의심하는 거구나.

왜 그러는데?

안 돼, 얼버무리지 마. 언니가 자신의 죄를 자각한다는 걸 교회에서 신부님도 꿰뚫어 봤잖아. 언니가 내게 얼마나 잔혹한 짓을 했는지 언니 스스로 알고 있어. 그래서 이렇게 날 만나 확인하고 싶은 거야. 내가 옛날 일을 다 잊어버려서 분노를 싹 가라앉히고, 지금 그야말로 충족된 삶을 보내고 있는지.

나도 어른이 되고 꽤 세월이 흘렀잖아. 지금이라면 그 당시 언니의 마음이 어땠을지 이해해. 한 핏줄은 아니라도 어린 동생들을 위해 뭔가 해 주고 싶었겠지. 신기하게도 아주 자연스럽게 진심으로 그런 생각이 들어. 언니의 추억이 기억에 남아 있어서일까.

그렇기에 이해할 수 없어. 왜 언니가 우리를 버렸는지.

사정을 들어도 수긍이 안 돼. 어쩔 수 없는 일이었다고 내가 말하면 언니는 마음에 평안을 얻겠지. 하지만 할 수 없어. 난 언니를 아주 좋아해. 하지만 용서할 수 없다고. 아무리 사과하든, 언니가 죽든 그런 걸로는 위로도 보상도 안 돼.

알잖아? 난 언니를 숭배했어. 그렇기에 언니가 그 고아원에서 어린애들을 싹 빼내서 따뜻한 집과 제대로 된 교육을 제공할 수 있었으리라고 믿는 거야. 내가 할 수 있었는데 언니가 못 할 리 없잖아. 변명은 하지 마. 겸손의 말을 듣고 싶은 게 아니니까. 언니는 멋진 여자니까 난 그저 사실을 말하고 있을 뿐이야. 언니는 우리를 구할 수 있었는데 구하지 않았어. 그런 거야.

불합리하다고 생각해? 자기만 책망당하다니 불공평하다고? 불쾌한 생트집이라고? 우리는 언니가 없어진 후, 더 불합리하고 불공평하고 불쾌한 꼴을 당했어.

들어 봐, 언니. 장군의 집에 팔려 간 내 친구 위니프레드는 열네 살 때 저택의 예배실에서 뛰어내렸어. 다갈색 머리에 귀여운 보조개가 있고, 마음은 약하지만 그 고아원에서 제일 예쁜 애였지. 남부 농가 출신인데 기근이 발생했을 때 부모와 함께 갔던 교회에 버려졌어. 나랑 똑같아.

장군은 위니프레드 말고도 여자애만 여섯 명이나 집에 데려왔어. 여섯 명 모두 죽든지 병에 걸렸고, 결국 일곱 번째로 데려온 아이와 결혼했지. 장군은 걔들을 집에서 한 발짝도 내보내지 않았고, 양녀로 들이지도 않았대. 위니프레드가 죽었을 때도 장례식을 치러 주

지 않았지. 자살했다고 하면 체면에 안 좋다면서 무덤
도 만들지 않고 마피아를 불러서 처리했어.

언니, 마지막 왕녀를 기억해? 이제는 별로 화제에 오
르지 않지만…… 그래, 나보다 훨씬 어리고 이름은 에
베리스야. 에베리스가 국왕을 죽였을 때 난 화가 나서
집 안의 가구와 식기에 화풀이했지. 너무 늦었다 싶었
거든. 15년만 일찍 해치웠다면 우리도 무사했을지 모
르는데 말이야. 하지만 에베리스 덕분에 끔찍한 꼴을
당했던 아이들의 영혼은 구제받았을 거야. 그래서 이
나라의 권력자들은 죄다 싫지만, 에베리스만은 용서하
려고. 천국은 왕족의 것이니까 그런 곳에 끌려가고 싶
지는 않아. 위니프레드는 어딘가 훨씬 근사한 곳에 잠
들어 있으면 좋겠네.

나도 강하고 거대한 뭔가가 모든 것을 빼앗아 갔다
고 여겼던 시절이 있었어.

하지만 나쁜 건 시대라느니, 전쟁이라느니, 어른이
라느니 그렇게 막연한 생각을 했던 건 아니야. 우리를
팔아넘긴 원장 선생의 얼굴을, 우리를 사들인 더러운
고객의 얼굴을, 우리를 버리고 도망친 언니를 난 잊지
않아. 영원히.

언니. 프란체스카 언니. 내가 잘못된 소리를 하는 걸까.

만약 사후의 심판이라는 게 있다면 언니는 무죄판

결을 받을 거야. 하지만 무고하지는 않잖아? 원망을 늘어놓으려는 건 아니지만, 끝까지 책임지지 못할 거면 어중간하게 관여하지 말았어야지.

결국 자신이 저지른 일의 결말에서 도망치지 않고 받아들일 각오가 있느냐 없느냐가 중요해. 아무것도 희생하지 않는 다정함은 기만이지. 누군가에게 미움받아도 멈추지 않을 만큼 과감하지 않으면 단 한 명도 구해 내지 못해.

그런 점에서 에베리스는 정말로 훌륭했어. 약속받은 미래를 내버리고 전세대의 죗값을 치르는 선택을 했으니까. 결과적으로 지금은 뭘 어째도 용납되는 면죄부를 얻은 모양이지만, 왕을 죽였을 당시에 그렇게 된다는 보장은 어디에도 없었는걸. 모든 걸 한꺼번에 잃을 가능성도 있었는데…… 실제로 다들 미쳤다고 해도 에베리스는 묵묵히 비판을 받아들이며 살아왔어. 이상한 소문이 돌았지만, 에베리스는 자신을 무책임하게 숭배하거나 두려워하는 국민을 어떻게 하려는 마음이 없지.

어떻게 다 아는 것처럼 이야기하느냐고? 있지, 난 에베리스와 서로 이름으로 부르는 사이야.

언니에게 일 이야기는 한 적이 별로 없었네. 항공 업계에는 이권이 얽힌 문제가 산더미처럼 많아. 사방팔방에 적이 넘쳐 나지. 회사를 키우기 위해 마피아의 힘을 빌려야 할 상황도 있었어. 그때 파르팔라 항공에 협력해 준 조직이 자이온인데, 놀랍게도 실은 에베리스도 그 조직의 구성원이야.

왜 그래? 내가 마피아와 유착 관계를 맺은 건 어제오늘 일이 아니야. 나도 그들을 좋아하지는 않지만, 교활한 정치가들을 이기려면 협력자가 필요하잖아. 제발 무서워하지 마. 이건 어쩔 수 없는 일이야. 언니. 좋은 일을 하기 위해서는 돈이 필요하고, 돈을 얻기 위해서는 나쁜 짓을 해야 했어. 촌구석에서 태어난 고아라고 뒤에서 손가락질당해도, 창부 주제에 출세했다고 무시당해도, 욕심 많은 마녀라고 욕먹고 미움받아도, 난 웃으면서 견뎌 왔어. 마음속으로 다짐한 걸 지키기 위해서라면 악마에게 혼이라도 팔 생각이야.

그래, 언니. 내게는 선택할 수 있는 길이 없었어. 누구보다도 굳은 이상을 품고 있지만, 실은 내일 받을 수 있는 금화보다 지금 눈앞에 있는 은화를 집어야 하는 상황만 찾아오지.


아아, 향이 정말 매혹적이야. 이 홍차, 일부러 세르비아에서 주문한 가치가 있네. 한 잔 더 마실래?

전쟁이 끝나서 드디어 정세가 안정됐나 싶었는데, 요즘은 어디에나 헌병대가 어슬렁거리지. 서쪽 거리 쪽을 엄중하게 경계하는 것 같아. 연쇄 흡혈 살인귀가 마침내 국경을 넘어서 들어왔다는 신문의 표제가 점점 커지고 있고. 한 세 명만 더 죽으면 1면을 장식하겠지.

나, 진지하게 이야기하는 거야.

언니의 존재가 발각되는 것도 시간문제겠지. 여기는 안전하지만 베오그라드에 있던 시절의 동료가 어떻게 됐는지 잊어버렸어? 떠돌이 흡혈귀가 붙잡혔을 때, 시민의 인권조차 지키지 않는 정부가 인도적으로 취급해주기를 바라기는 어렵지 않을까?

언니, 자백하자면 언니를 몇 번이나 팔아넘기려고 마음먹었는지 몰라. 언니가 이 나라에 올 때마다 불로불사의 흡혈귀가 있다고 군의 연구소에 제보할까 말까 망설였지. 웰까. 이렇게나 언니를 사랑하는데.

그런데도 언니는, 나한테 자기를 죽이라고 하는 거구나.

# 제3장
# 은화

Prezzo del Sangue

피의 대가

다음 날, 난 상태가 좋지 않은 몸뚱이를 끌고 만물상으로 향했다. 육군병원이 있는 옛 피렌체는 이제 흡수돼서 그 명칭이 남아 있지 않다. 아무튼 베키오 다리가 보이는 그 부근까지 의족이 없는 몸으로 전철을 2시간이나 타고 갈 수는 없는 노릇이고, 근처에서 불하받은 군수 용품을 취급하는 곳은 그 만물상뿐이었다.

만물상에서는 유명 기업의 제품을 모조한 가짜 위장 장비와 어떻게 세관을 통과했는지 모를 수입 통신기 따위를 싼값에 팔고 있었다. 성인용 의수와 의족도 재고가 다양해서, 끼우기만 하면 사용할 수 있는 단순한 합성수지 제품부터 착용하려면 외과 수술이 필요한 기계 제어식 제품까지 골고루 갖추어 놓았다. 전부 구형이라 제품 보증은 해 주지 않지만 내가 노리는 알루미늄 의족도 있었으므로, 모르는 지역에서 아는 사람과 마주쳤을 때처럼 안심했다.

무사한 무릎 위쪽 접합부에 나사를 조여 의족을 연결했다. 조금만 조정하면 병원 신세를 지지 않고도 다시 걸을 수 있으리라. 사실 어색함이 없는 건 아니었지만 내 저금의 절반으로 살 수 있는 것치고는 쓸 만한 제품이었다. 다리를 잃고 1년쯤 휠체어 생활을 했던 시절에 비하면 불편한 축에도 들지 않는다.

드디어 제대로 걸을 수 있게 되자 그길로 공장에 가

서 피에르마르코가 시킨 일을 마친 후. 거추장스러운 목발을 돌려주러 옴브렐로에 들렀다. 누추한 보금자리보다 거기가 가까웠기 때문이다. 그냥 버려도 되겠지만, 불법 투기 같은 가벼운 죄로 경찰에 시달리기는 싫었다.

정오가 되기 전에 가게에 도착했다.

뒷문을 열려다가 잠겨 있지 않다는 걸 알아차렸다. 난 식자재를 반입하기 위해 가게 열쇠를 가지고 다니는데, 그걸 쓸 필요도 없이 문은 열려 있었다.

전날 밤에 그런 일이 있었던 만큼 마우리치오가 문을 잠그는 걸 깜빡한 게 아닐까 싶었다. 책임감 있는 사람도 가끔은 얼빠진 실수를 하는 법이다. 아니면 회계 업무를 보려고 피에르마르코가 출근했든가.

금고에 목발을 넣고 통로로 나갔을 때 객석 쪽에서 무슨 소리가 들렸다. 시선을 돌리자 불을 켜지 않아서 어두침침한 공간에 유령처럼 희미하게 흰빛을 발하는 형체가 보였다.

난 재빨리 옆쪽 주방에 들어가 가까이 있는 칼 꽂이에서 칼을 한 자루 뽑았다. 캔디와 테디의 얼굴이 머리를 스쳤다. 루카를 찾지 못한 놈들이 가게로 돌아와서 내가 나타나기를 기다린 것 아닐까. 내가 조리 도구를 만졌다는 걸 알면 마우리치오가 화내겠지만, 그런 걸 따질 때가 아니었다. 지금은 긴급사태니까.

하지만 객석에 있는 형체의 정체를 확인하기 전에 나는 칼을 떨어뜨리고 쓰러졌다. 몸이 기분 나쁘게 울렁거리는 것 같았고, 뱃멀미하듯 구역질이 밀려왔다. 갑자기 또 현기증이 나고 눈앞이 깜깜해졌다. 새 의족을 장착한 지 얼마 되지 않아서 익숙지 않은 탓도 있겠지만, 쓰러진 바닥의 나뭇결이 구불구불 휘어져 보이고 위아래도 구분이 되지 않아 한동안 웅크려 있을 수밖에 없었다.

그렇게 가만히 있으니 별로 무겁지 않은 사람이 다가오는 발소리가 들리고, 카운터 너머에서 "오스발도?" 하는 목소리가 날아들었다.

"응? 너……!"

루카의 모습을 본 순간, 온몸에서 힘이 쭉 빠지는 것 같았다.

"거기서 뭐 하는 거야? 안색이 창백하네."

"열쇠는? 어떻게 가게에 들어온 거야?"

"흡혈귀는 초대받지 않은 집에 들어가지 못한다는 그거? 그건 미신이야."

"그런 말이 아니잖아. 어름어름 넘어가려고 하지 마." 나는 여전히 상태가 별로였지만, 조리대 가장자리를 붙잡고 간신히 몸을 일으켰다. "왜 여기 있지? 언제부터 숨어 있었어?”

“오늘 옴브렐로는 휴일인가 보네. 몰랐어. 낮까지 기다려도 못 만나면 집으로 찾아가려고 했는데, 어디 사는지 물어보는 걸 깜빡했지 뭐야. 오스발도가 와서 다행이야.”

루카는 주방을 들여다보듯 객석 쪽에서 카운터에 우아하게 팔꿈치를 짚었다. 터틀넥 스웨터 위에 의사나 연구자가 입을 법한 흰색 겉옷을 걸쳤다. 아주 잘 어울리는데도 보고 있으려니 성질이 났다.

“이번에야말로 제대로 설명해, 이 흡혈귀야. 시뇨라 비앙카와 어떤 관계야? 왜 너석들에게서 도망치는 거지?”

“그들을 만났다면 당신도 이유를 알 텐데, 오스발도. 이미 짐작했을 테니 말할게. 우리를 상인의 냉동실에 가둔 건 그 쌍둥이야.”

“캔디와 테디가? 뭣 때문에.”

“그렇게라도 하지 않으면 붙잡아 둘 수 없으니까. 자, 생각해 봐. 오스발도 같으면 불사신을 상대로 움직임을 어떻게 봉쇄할지.”

그때 인내심이 한계에 도달했다. 안 그래도 몸 상태가 안 좋은데, 그 원인을 제공한 금발 애송이가 그딴 태도를 보이다니. 당신도 못 참지 않을까.

난 한 손으로 조리대를 짚고 바닥을 박찼다. 재빨리

팔꿈치 쪽에 허리를 붙이며 카운터를 뛰어넘었다.

깜짝 놀란 루카의 다리를 걸어서 쓰러뜨리고 몸 위에 올라탔다. 갑작스러운 통증에 인상을 찡그리는 놈의 멱살을 붙잡고 "이렇게 했겠지!" 하고 고함을 질렀다. "야, 어젯밤에 7번가에 갔었어?"

"갔을지도 모르지." 루카는 나를 밀어내기를 일찌감치 포기하고 대답했다. "거기에는 파르팔라 항공의 본사 사옥이 있어."

"또 인간을 습격했나. 아니, 동생이 그랬나? 이봐, 안나는 어떻게 됐어? 만난 거야?"

"진정해. 안나를 만났다면 혼자서 여기로 돌아오지는 않았겠지."

"진정하라고? 염병하네, 난 너 때문에 죽어 가고 있단 말이야. 내 협력을 원한다면 아는 걸 다 말해. 지금 당장!"

한 방 정도는 때려도 될 것 같았지만, 주먹을 움켜쥔 채 심호흡으로 마음을 다스렸다. 손까지 다치고 싶지는 않았다.

난 휙 내버리듯 루카를 놓아주고 일어나서, 일부러 큰 소리를 내며 제일 가까운 자리에 앉았다.

"약은 먹었어?" 옷을 털면서 일어난 루카가 아무 일도 없었다는 듯 물었다. 기죽은 기색은 전혀 없었다.

"하루에 세 번이잖아. 죽지 않으려면 시간은 꼭 지켜."

"네가 말 안 해도 잘 챙겨 먹어."

"과연 어떨지."

루카는 카운터 뒤쪽으로 돌아가서 멋대로 가게의 유리잔을 꺼내 물을 따랐다.

객석으로 돌아와 내 앞에 유리잔을 내려놓고 행실이 불량한 학생처럼 옆 테이블 상판에 걸터앉았다.

난 가죽 재킷 호주머니에서 약이 든 종이봉투를 꺼냈다. 기분 나쁘게 파란 알약을 하나만 꺼내서 입에 넣고 물로 삼켰다. "그래서?"

"일단 안나의 행방은 정말로 몰라."

흡혈귀가 들려준 이야기는 이랬다.

사흘 전, 루카와 안나는 비앙카의 명령으로 흡혈귀를 쫓고 있던 캔디와 테디에게 발견돼서 붙잡혔다. 하지만 당시 비앙카는 에콰도르 출장으로 자리를 비웠으므로, 두 수행원은 비앙카가 돌아오기까지 흡혈귀들을 안전하게 관리하기 위해 냉동 보존하기로 하고 상인에게 냉동창고를 빌렸다.

그런데 상인이 원래 옴브렐로에 납품할 예정이었던 인간의 시체와 착각해서 루카를 가게에 넘기고 말았다. 하기야 옴브렐로에서는 시체를 통으로 주문한 적조차 없으니, 그 거래 자체가 발주 용지를 잘못 읽어서 발생한 사고 같은 것이었지만.

사정을 알고 잔뜩 화가 난 비앙카는 원래부터 친교가 있었던 자이온에 불만을 제기했고, 조직은 불상사를 일으킨 상인을 처벌하기로 했다. 자이온의 의뢰를 받은 에베리스는 무슨 사정인지도 모르고 상인을 살해했다.

"중요한 부분이 빠졌잖아. 너희는 왜 시뇨라 비앙카에게 쫓기는 건데? 시뇨라 비앙카도 흡혈귀가 되려고 하는 건가. 어떻게?"

"빗나간 추측이야." 루카는 내 질문에 주저 없이 대답했다. "비앙카는 분명 우리 어머니처럼 되고 싶은 거겠지. 흡혈귀가 아니라."

"엥? 뭐야 그게. 너희 어머니는 죽었잖아."

"비앙카가 살해했지."

"흡혈귀는 불사신이라고 네가 그랬어."

"완벽하게는 아니야. 햇볕을 쬐거나, 1갤런의 피를 한꺼번에 잃으면 인간과 마찬가지로 죽어. 반대로 흡혈귀의 피를 대량으로 마신 인간은 흡혈귀가 될 수 있고."

어디까지 믿어야 할지 망설여져서 나는 잠시 침묵을 지켰다. 하지만 믿지 않으면 이야기가 진행되지 않는다는 것도 알고 있었기에 "왜 그걸 말 안 했어?" 하고 핀잔을 주었다. "그러니까 '저주'를 풀기 위해 내가 네 동생의 피를 마시면 나도 흡혈귀가 된다는 거야?”

“아니. ‘흡혈귀의 저주’는 피를 아주 조금만 마셔도 풀리거든. 말하지 않았던 건 내 약점을 드러낼 이유가 없으니까. 흡혈귀가 되는 방법을 알면 당신도 불로불사가 되고 싶어서 날 죽일지 모르잖아.”

“누가 그딴 걸 위해서 흡혈귀가 되겠냐. 난 싫어. 아무리 돈을 쥐여 줘도 사양이야.”

당신 생각은 어떤가. 노화를 모르고 죽지 않는 육체를 가지고 싶은가?

하지만 살아 있는 한 끝은 찾아오지 않고, 부끄러운 추억도 쓰라린 기억도 영원히 버릴 수 없다. 무의식중에 되살아나는 강렬한 과거의 체험을, 언젠가는 머릿속에서 지워져 사라지길 바라며 무시할 수도 없다. 난 남에게 말 못 할 짓을 하면서까지 생生에 집착해 전쟁터에서 도망쳐 왔는데, 여태 그 시절에 겪었던 일이 꿈에 나온다. 그래도 당시 내가 왜 그렇게 필사적이었는지는 기억이 안 난다. 만약 기억났다면 이미 어딘가에서 목을 맸을 테니 고해는 이쯤에서 그만두도록 하자.

“오스발도는 그렇더라도, 비앙카는 흡혈귀가 되고 싶었던 거야.”

루카는 다리를 흔들며 천장을 올려다보았다.

묘하게 목이 말라 나는 유리잔의 물을 벌컥벌컥 들

이켰다. "시뇨라 비앙카는 흡혈귀가 되기 위해 너희 어머니를 죽였겠지. 그런데도 아직 너희 쌍둥이를 노리고 있어. 어머니의 피를 빼앗는 것만으로는 목적을 달성하지 못한 건가."

"그게, 우리가 그 피를 가로채서 흡혈귀가 됐거든."

"……그렇군."

이해가 갔다. 루카와 안나가 흡혈귀가 된 건 유전이 아니라 어머니의 피를 마셨기 때문임을 그제야 깨달았다. 그래서 비앙카에게 쫓기는 신세가 된 것이다.

"지난달 초였어. 우리가 일터에서 숙소로 돌아가자 어머니는 이미 피를 뽑혀서 돌아가신 뒤였지." 루카는 경박한 웃음을 지었다. 어머니의 비극적인 최후가 가볍게 들리도록 일부러 그렇게 이야기하는 것 같았다. "주변을 살펴보니 강도나 괴한의 짓은 아니라는 걸 금방 알겠더군. 근처에 피 묻은 길쭉한 대롱과 채혈용 바늘이 떨어져 있었거든. 시신의 목, 겨드랑이, 허벅지에는 칼로 깊이 벤 듯한 자국이 있었고."

"하지만 그 정도 증거로는 시뇨라 비앙카가 범인이라고 단정할 수 없을 텐데."

"우리 말고 어머니가 흡혈귀임을 아는 사람은 몇 명 안 돼. 예를 들면 어머니가 젊은 시절부터 알고 지냈던 사람이라든가."

Prezzo del Sangue

"나이를 먹지 않는다면 그렇겠지. 옛날 지인에게는 늙지 않는다는 사실이 들통날 수밖에 없어."

맞아, 하고 루카는 테이블에서 뛰어내렸다. "어머니는 살아 계셨다면 예순다섯 살이야. 하지만 겉모습은 스물다섯 살 때와 변함없었지."

"시뇨라 비앙카는 너희 어머니와 아는 사이였던 건가."

"어머니는 팔레르모의 고아원에서 자랐어. 지금은 없어졌다고 들었지만 비앙카도 같은 시설 출신이래. 하지만 비앙카는 어머니가 어른이 되고 나서 그 시설에 들어갔으니까 생활한 시기가 겹친 건 아니야. 뭐, 어머니는 직장을 구한 뒤에도 한동안은 시설을 찾아갔던 모양이니까 그때 친해졌을지도 모르지만."

"아아, 그래서 시뇨라 비앙카가 자선 활동에 손을 댄 거로군."

어린 시절에 어떻게 살았는지를 포함해 비앙카가 자신의 출신을 전혀 공표하지 않은 이유를 알 것 같았다. 고아원 출신이라고 해서 딱히 창피해 할 일은 아니지만, 귀족 출신이 많은 업계다. 전략상 세간에는 자신의 인상대로 엄청난 뒷배가 있는 듯한 분위기를 풍기고 싶은 것이리라.

"어머니는 10년쯤 전부터 비앙카와 만났어. 옛날 지인과 만나는 건 피했으니까 어딘가에서 우연히 비앙카의 눈에 띈 거겠지만. 그래도 어머니는 비앙카와 재회한 걸 정말로 기뻐했고, 만나러 가는 날을 늘 고대했어. 그러는 사이에도 여기저기 옮겨 다니며 살았고 우리를 데리고 간 적도 없었지만, 비앙카를 마치 친동생처럼 아꼈어. 우리에게도 자주 이야기를 들려줬지. 국외에서 살았을 때조차 어머니는 비앙카를 만나러 일부러 비행기를 타고 이 나라에 왔을 정도야."

"그렇게 사이좋은 두 사람이 어쩌다 서로 죽이고 죽게 된 거지?"

"아까도 말했잖아. 비앙카는 어머니를 동경했다고. 그래서 어머니를 흉내 내 우리와 나이가 비슷한 쌍둥이를 시설에서 데려온 거야. 스스로는 아이를 낳을 수 없는 몸이었거든."

"캔디와 테디 말이야?"

나는 객석을 빙글빙글 돌아다니는 흡혈귀를 바라보았다. 지금까지 들은 이야기를 정리해서 판단하건대 루카는 어머니의 피를 마셨으리라. 어찌할 수 없는 상황이었다고는 하나, 자기 육친의 피를 마시는 건 어떤 기분이었을까. 목구멍으로 넘어가는 빨간색 액체를 상상했다. 인간이 다량의 피를 입으로 섭취하려 하면 구토 반사가 일어나서 괴롭다는 지식만 내 머릿속에 있었다.

"비앙카가 그들에게 명령해서 어머니의 피를 뽑아서 죽인 게 분명해."

"네가 그렇게 믿는 것뿐이잖아. 아무리 동경해서 똑같이 되고 싶다고 한들, 어렸을 적부터 친하게 지냈던 친구를 죽일까? 더구나 시뇨라 비앙카는 명색이 파르팔라 항공의 대표인걸?"

"그래서야. 재력도 권력도 있으니까 죄를 얼마든지 뭉개 버릴 수 있지. 에베리스도 비슷한 부류의 인간이고."

루카가 경솔하게 그 이름을 꺼내서 나는 가슴이 조마조마했다. "그러는 넌 어떤데? 피를 구하기 위해 수십 명이나 죽였으면서."

"오스발도도 전쟁에 나갔잖아. 거기서 죽인 적이 몇 명이나 되는지 헤아려 봤어?"

"적병은 죽이지 않았어. 단 한 명도."

아, 그러셔, 하고 루카는 흥미 없다는 듯한 표정을 지었다. "하여튼 우리는 어머니의 시체를 보고 비앙카의 짓이 틀림없다고 생각했어. 그래서 전에 어머니에게 들었던 비앙카의 저택으로 향했지. 어머니와 비앙카는 늘 거기서 만났거든. 거기 숨어들자 아니나 다를까 쌍둥이가 피를 채운 유리병을 잔뜩 옮기고 있더라고. 비앙카는 그때 집에 없는 것 같길래 내가 미끼가 돼서 쌍둥이를 유인하는 틈에 안나가 병을 훔치기로 했지. 그

작전은 성공했어.”

여러모로 하고 싶은 말이 많았지만 나는 그중에 하나를 골라 “용케 그 두 녀석을 떨쳐 냈군.”이라고만 말했다.

“이쪽도 둘이었으니까. 하기야 그때는 달아났지만 결국 사흘 전에 붙잡혔고.”

“너희도 흡혈귀가 되고 싶었던 거야?”

“설마. 하지만 어머니를 죽인 비앙카에게 빼앗길 바에야, 그게 낫겠다고 생각한 거지. 안나도 분명 그럴걸.”

그 심정은 이해하지 못한 바도 아니다.

하지만 부모의 원수가 세운 계략을 저지하기 위해 자기 자신을 괴물로 만들기로 결심하다니 어마어마한 정신력이다 싶었다. 상당한 각오가 필요하다고 할까, 무슨 정신머리로 결심을 행동으로 옮겼는지 나로서는 상상이 되지 않았다.

게다가 이 연약하고 젊은 금발 남자의 모습이 붉은 피를 한 방울도 남김없이 빼앗아 가는 무시무시한 괴물의 모습과는 도저히 결부되지 않는 것 같아서, 나는 여태 석연치 않았다. 아까 이 녀석을 바닥에 넘어뜨렸을 때 너무나 간단해서 놀랐다. 불사신이라는 사실을 잊고서 이대로 목을 꺾어 버릴 수 있을 것 같다고 생각했을 만큼.

*Prezzo del Sangue*

185

내가 흡혈귀에게 물린 당사자인데도, 그 사실 자체를 다시 확인해야 하는 게 아닐까 싶었다. 안나가 없어졌다는 것도 진짜로 그냥 서로 헤어졌을 뿐일까. 루카는 '상인의 냉동창고에서 옴브렐로로 납품될 때 동생과 떨어졌다'라고 했지만, 그렇다면 안나 쪽에서는 오빠가 어디 있는지 파악했을 가능성이 높고, 무사하다면 이미 옴브렐로에 대해 탐색하고 있어도 이상하지 않다. 여태 두 사람이 만나지 못한 데는 사실 다른 이유가 있는 것 아닐까.

"그날 안에 안나와 거기를 떠나기로 했지." 루카가 말을 이었다. "어머니는 방에 놔두고 왔어. 나중에 숙소 주인이 이변을 알아차리고 신고해서 경찰이 시신을 회수했지. 연쇄 흡혈 살인 사건의 피해자로서."

"그리고 이 거리로 온 건가. 그러고 보니 흡혈 살인귀에 관해 소문이 난 건 한 달쯤 전부터였어."

"내가 아는 건 이걸로 끝이야. 비앙카는 흡혈귀의 피를 되찾기 위해 우리를 쫓고 있어. 그게 전부지. 그 이상은 없어." 루카는 드디어 내 앞으로 돌아오더니 의자를 빼내서 천천히 앉았다. "여기서부터는 그냥 내 예감인데, 안나는 비앙카를 죽이려고 할 거야. 어머니를 죽였다고 해도 결정적인 증거가 없으니, 아무리 생각해도 지금 법률로는 비앙카를 심판할 수 없어. 그래서 직접 복수하려고 하는 거야."

"넌 어떻게 할 건데?"

"어떻게라니?"

"어머니의 원수를 갚을 마음은 있나?"

"나한테 그럴 자격이 있을까?"

루카는 금색 앞머리에 살짝 가려진 파란 눈동자로 나를 가만히 보았다.

"야, 그럼 나는 왜 저주해서 죽이려는 거냐?"

내가 그렇게 되묻자 루카는 깜짝 놀란 듯 입을 떡 벌렸다. 지금까지 한 번도 그런 생각은 해 본 적 없다는 표정이었다. "내가 오스발도를 죽인다고?"

"지금 이대로 가면 결과적으로 그렇게 되겠지. 게다가 넌…… 너랑 안나는 식량을 확보하기 위해 이미 수많은 사람을 죽였잖아. 거기에 시뇨라 비앙카가 더해질 뿐이야. 뭘 그렇게 고민하는 건데?"

"난 말이야, 오스발도. 난 어머니를 죽인 범인, 비앙카를 용서하지 않겠지만 딱히 그 여자를 죽이고 싶거나 그 여자가 죽길 바라지는 않아. …이건 너무 박정한 걸까?"

"스스로 알고 있었다니 의외로군."

난 한 손으로 빈 유리잔을 만지작거렸다. 유리잔 가장자리에서 물방울이 하나 흘러 떨어졌다.

Prezzo del Sangue

피해자가 평생 피해자로 지내야 한다는 법은 없고, 가해자가 영원히 가해하는 쪽에 머무를 수 있다는 보장도 없다. 불확실한 요소가 넘쳐 나는 이 세상에서 내가 아는 것이라곤 정이 많은 자부터 순서대로 죽어 간다는 잔혹한 법칙과 내가 살아남았다는 꺼림칙한 현실뿐이었다.

"어머니와 비앙카 사이에 무슨 사정이 있었을 것 같기도 하고, 위험한 다리라는 사실을 아니까 건너기 싫은 건지도 모르지. 모른다기보다 바로 그래서야." 흡혈귀는 어쩐지 겸연쩍은 듯 말했다. "내게는 위험에 맞설 만한 용기가 없어. 하지만 안나는 반대지. 걔는 어떻게든 복수하길 원해. 모두가 반대해도 해낼 작정이야. 그럼 동생을 혼자 보낼 수는 없어. 뭐가 잘못됐어도 그것만큼은 분명하잖아."

"말릴 수는 없나?"

"안 될걸. 나랑 달리 책임감과 사명감이 있는 애니까."

난 루카와 똑같이 금발과 파란 눈동자, 빚은 것처럼 단정한 생김새에, 용기와 확고한 의지를 갖춘 여자 흡혈귀를 떠올려 보았다. 안나는 어머니의 원수를 쫓고 있는 걸까.

옛날부터, 하고 루카가 맥락 없이 말을 꺼냈다. "동생과 싸울 때마다 남이 어떤 희생을 치르는지 관심이 없으니까 겁쟁이로 지낼 수 있는 거라는 말을 자주 들었어. 학교에 다니던 시절에 반 아이가 장난으로 교과서를 버린 적이 있었는데, 난 그 녀석과 싸우기 싫어서 포기하고 어머니에게 새 교과서를 사 달라고 했지. 난 그걸로 다 해결됐다고 생각했어. 하지만 안나는 '오빠는 자기가 겁쟁이라도 상관없다고 생각하는지 모르지만, 어딘가에 그 뒤치다꺼리를 하는 사람이 있는 거야' 하고 화를 냈지. 오빠의 못난 부분을 메우기 위해 어머니가 고생해서 번 돈을 쓰게 하지 말라면서."

"네 동생 말이 옳아."

"그렇지? 늘 그러니까 걔의 생각을 바꿀 수는 없어."

루카는 결론 났다는 듯 미소 지었다. 어쩐지 자학적이고, 살인자의 공범치고는 너무 맥 빠지는 태도였다.

좀 더 근성 있고 끈질기게 구는 게 어떻겠느냐고 격려하고 싶기도 했다. 내 예전 동료는 전선에 파견되는 신병이 "어차피 금방 죽을 테니 응급치료하는 방법은 배워 봤자 헛수고야." 하고 정색하자 "인간은 효율적으로 일생을 살기 위해 태어난 게 아니야." "인생에는 뻔히 들여다보이는 연기나 겉치레가 중요할 때도 있어." 라느니 어쩌니 하며 간곡히 타일렀다. 그때 이야기를 귀 기울여 들었어야 했다. 그랬다면 지금 좀 더 도움이 되는 말을 해 줄 수 있었을지도 모른다.

나는 테이블에 팔꿈치를 짚고 손바닥에 턱을 괸 채 시큰둥한 태도의 젊은이에게 충고했다.

"시뇨라 비앙카에게 복수해도 캔디와 테디가 남아 있잖아. 놈들은 어떻게 할 건데? 만약 너희가 손을 쓰면, 그 마녀를 잘 따르는 두 놈이 잠자코 있지 않을 거야."

"의수를 착용한 쌍둥이 말이구나. 요 부근은 귀족들 천지니까 너무 고르지만 않으면 금방 새로운 주인을 찾겠지."

"네 이야기가 진짜라면 캔디와 테디에게 비앙카는 가족이나 마찬가지일 텐데?"

"그래서?"

그래서? 그래서 뭐 어쨌다는 건가. 가족의 유무로 생명의 무게가 달라지지는 않는다. 확실히 그렇기는 하다.

하지만 난 할 말을 잃고 잠시 생각에 잠겼다. 이 녀석에게는 상상력이 없다고 할까, 근본적으로 뭔가 결여된 듯했다. 그러면서 사악함도 부족하다. "야, 지금까지 친구나 연인이 있었던 적 없어? 거짓말이라도 좋으니 남겨진 사람이 딱하다고 말이라도 해 봐."

"그럼 오스발도는 날 딱하다고 생각하는 거구나."

"그렇지. 소중한 사람을 잃어서 괴로웠을 거야."

내 대답에 루카는 반사적으로 뭔가 말하려다 아주 잠깐 눈을 감더니 "멋대로 과거형으로 만들지 마." 하고 대꾸했다. "내게는 이제 안나밖에 없어. 그 사실이 내 판단력에 얼마나 큰 영향을 주는지 알아?"

"동생이 소중하다면 더더욱 그렇겠지. 복수는 그만 두고 시골로라도 이사해. 남부 지방에는 아직 적발을 피한 매혈꾼이 있을지도 몰라. 영원히는 아닐지라도 시간은 벌 수 있겠지."

"사랑을 표현할 때는 망설이면 안 된대."

"……사랑이라고?"

"전에 어머니가 그랬어. 내 기억에는 없지만, 어머니 의 연인이었던 아버지는 온화한 성격과는 달리 어머니 를 위해서는 뭐든지 즉시 결정하는 사람이었대. 같은 결론을 내리더라도 망설인 순간, 그게 상대에게도 전 해지는 법이잖아. 어머니 본인이 그러다가 일을 한 번 크게 그르친 모양이라 내내 후회했었어. 지금의 내 나 이 무렵에 뭔가…… 몹시 큰일이 벌어졌을 때 즉시 자 기 한 몸 지키는 방향으로 도망치는 바람에 소중한 사 람들을 배신하는 꼴이 되고 말았대."

루카는 내게 어디까지 이야기할지 고민되는 듯 신 중하게 한마디씩 말을 꺼내 놓았다.

손에 든 패를 노골적으로 감추는 것 같아서 기분이 좋지는 않았지만, 이 녀석이 말을 흐리면서까지 무슨 소리를 하고 싶어 하는 건지 추측해서 물어보았다. "요컨대 안전한 곳에서 오래 살아 봤자, 동생에게 경멸당하면 아무 의미 없다는 거야?"

"난 지금 시험받고 있는 거야, 오스발도. 표현해야 할 때인 거지. 그러니까 난 망설임 없이 안나의 편을 들겠어."

"네가 그렇게 생각하는 것과 마찬가지로 캔디와 테디도 비앙카에게 충성심을 드러내려 하겠지. 가족을 잃기 싫은 건 너뿐만이 아니야."

"……아차, 위험했어. 남에게도 마음이 있다는 걸 깜빡했네." 흡혈귀는 소리 없이 웃었다. "뭐, 그렇더라도 동생에게만 죄를 짊어지게 할 수는 없는 노릇이지."

나중에 깨달았는데 난 이때 착각했었다.

녀석이 말하는 '죄'는 피를 구하기 위해 아무 관계도 없는 사람을 덮쳐서 죽인 것도, 어머니를 죽인 비앙카의 목숨을 빼앗으려 하는 것도 아니었다.

정말이지 그 녀석은 어마어마한 사기꾼이었다.


가게를 나서자 잔뜩 찌푸린 하늘에서 우산이 필요할 만큼 비가 내리고 있었다.

아침에는 빗발이 날릴락 말락 했는데, 날씨 한번 고약하다 싶었다. 해가 가려져서 루카가 밖을 돌아다닐 수 있는 건 다행이었지만, 내 몸 상태는 점점 나빠지기만 했다. 전날 밤에도 잠을 한숨도 자지 못해서 몸이 납덩이처럼 무거웠다.

우리는 전철을 타고 7번가로 향했다. 어젯밤에 시체가 발견된 파르팔라 항공의 본사 근처에서 에베리스와 만나기로 약속했기 때문이었다.

마우리치오와 소니아도 젊은 금발 여자를 보지 못했는지 지인을 통해 알아보겠다고 전화했다. 살해 현장에 같이 가겠다고도 했지만, 그 제안은 거절했다. 너무 요란스럽게 행동하면 비앙카 일당의 눈에 띨 수도 있다. 내게는 두 사람을 더 이상 끌어들이면 안 된다는 일말의 판단력과 양심이 아직 남아 있었다.

그런데 약속 장소에 도착하자마자 에베리스가 우리를 다른 곳으로 데려갔다. 목적지는 교외에 있는 비앙카의 저택, 정확하게는 비앙카의 고용인들이 사용하는 저택 옆쪽의 집합 주택이었다.

“범인이 마침내 비앙카가 어디 있는지 알아낸 모양이야.”

에베리스는 우산도 쓰지 않고 비를 고스란히 맞았다. 춥지 않을까 싶어서 내가 역에서 구입한 싸구려 우산을 건네려 하자 “필요 없어.” 하고 거절했다.

옆에 있는 루카도 우비가 없어서 홀딱 젖었다. 얇은 흰색 겉옷의 소매와 옷자락에서 물이 뚝뚝 떨어졌다.

어느 쪽이 더 우스꽝스러우냐는 이야기는 접어 두
겠지만, 나 혼자 비 맞을까 걱정하는 것도 바보 같아 보
일까 싶어서 어쩔 수 없이 새 우산을 접어서 손에 들었
다. 곧 눈으로 바뀔 테니 그때까지만 참으면 된다.

“이런 고급 주택가에 흡혈귀가 나타났습니까? 이 벌
건 대낮에?”

나는 새삼 주변을 둘러보았다.

도로 옆에 심긴 나무는 불길한 진녹색으로 우거졌
지만, 키 큰 가로수는 잎이 떨어지고 나뭇가지만 남아
서 앙상해 보였다. 하지만 담황색 벽이 줄지은 그 일대
에는 평온한 분위기가 감돌아서 아무래도 불사의 괴물
이 어슬렁거리는 것 같지는 않았다.

에베리스는 내 옆의 흡혈귀를 곁눈질하더니 “이 벌
건 대낮에.” 하고 되뇌었다. “피해자는 비앙카의 운전
기사로 일하는 여자야. 헌병대에도 아까에야 연락이
갔고, 경찰은 아직 현장인 건물을 완전히 봉쇄하지 못
했어.”

“말했잖아, 오스발도. 안나는 비앙카를 찾고 있어.”

“그렇다고 해서 주변 사람부터 죽일 필요는 없잖아.”

“꾀어내는 거지. 저쪽도 우리를 찾고 있으니까 단서
를 계속 남기다 보면 언젠가 만나게 돼. 그 김에 식량도
확보할 수 있으니 일석이조야.”

"시뇨라 비앙카의 집은요?" 내가 묻자 에베리스는 말없이 저 멀리 보이는 건물에 시선을 던졌다.

벽돌로 만든 전통적인 저택이었다. 유지비와 세금만 해도 내 벌이로는 감당이 안 될 게 분명했다. 길에서 보이는 정원은 주위에 있는 어떤 공원보다도 넓었다. 훌륭한 유리온실도 딸려 있었다.

"본인을 노린다는 걸 알 텐데 경비가 허술한 것 아닌가."

저택 앞에 사람의 모습은 보이지 않았다. 정문은 닫아 났고 드나드는 사람도 없는 듯했다. 여기가 집이라지만 비앙카는 아주 바쁜 경영자다. 내내 집에 머무르지는 않으리라.

내가 멀리서 비앙카의 저택을 살펴보는 동안, 루카는 혼자 걸어가서 집합 주택 앞에 통제선을 친 순경에게 말을 걸었다. 저래도 괜찮을까 싶었지만, 또 그 마술을 사용했는지 과장된 몸짓을 섞어 가며 오래 이야기를 나누었다.

"저건 언제 자는 거야?" 에베리스가 물었다. 세찬 바람에 젖은 흰색 머리가 휘날렸다.

"루카요? 글쎄요…… 하지만 저 녀석, 야행성 흡혈귀면서 오전부터 옴브렐로에 와 있더군요. 죽지 않으니까 잠잘 필요도 없는 것 아니겠습니까."

"잠은 너도 안 잔 것 같은데, 오스발도. 안색이 형편 없군."

"걱정해 주시는 겁니까." 나는 쓴웃음을 지었다. 우산을 쥔 손이 떨렸지만, 추운 탓이 아니라는 건 스스로도 알고 있었다. "솔직히 말씀드리자면 증상이 꽤 악화됐습니다. 눈이 침침해서 저기 있는 흡혈귀의 얼굴도 제대로 안 보여요."

정신 똑바로 차려, 하고 에베리스는 무표정한 얼굴로 짤막하게 말했다. 명령에 가까웠는지도 모르겠다. "스스로를 버리지 마라. 네가 편히 죽으면 네게 죽은 자들이 안식을 얻지 못해."

"시뇨리나 에베리스께서도 그런 생각을 하시는군요."

말하고 나서야 실례였나 싶어 후회했다. 하지만 에베리스는 화내지 않았다.

돌이켜 보면 언제나 그랬다. 주변 사람들이 흠칫흠칫하며 알아서 에베리스의 비위를 맞추려 애쓸 뿐, 무슨 소리를 들었다고 해서 에베리스가 실제로 흉기를 꺼내는 일은 없었다. 누구에게나 그런 인상을 준다는 점에서는 에베리스에게도 다소 잘못이 있겠지만.

"내가 생각하는 건 소니아뿐이야." 에베리스가 말했다. "그리고 집 안을 뛰어다니는 검은 개들도."

"실례한 김에 여쭤보겠습니다. 시뇨리나께서 마음

만 먹으면 소니아를 고향으로 돌려보낼 수 있지 않습니까? 소니아가 뭣 때문에 일하는지는 아실 테죠. 아니면 역시 소니아가 돌아가면 외로우십니까?"

내가 기어오르자 에베리스는 매섭게 노려보았다.

나도 모르게 뒷걸음쳤다. 하지만 전부터 꼭 물어보고 싶었다.

"돌아가고 싶다고 그 아이가 그랬나?"

"그게, 늘 그렇게 말하잖습니까. 소니아는 돈을 모으면서 메나그라로 가는 밀항선을 찾고 있어요."

"밀항선을 찾는 것과 거기 타느냐 마느냐는 완전히 별개의 문제야."

"무슨 말씀이십니까." 에베리스가 철학적인 말을 꺼내서 좀 당혹스러웠다. "타지도 않을 배를 왜 찾아다니겠어요?"

"찾아내면 탈지 말지를 확인할 수 있겠지. 그 아이는 돌아가지 못하는 게 아니라, 자기 의지로 돌아가지 않겠다는 결론을 내리고 싶은 게 아닐까."

반론해도 될지 정말 고민됐다. 고향에서 쫓겨나는 것과 원해서 떠나는 걸 똑같이 볼 수 없다는 건 안다. 하지만 그런 건 외양상의 차이에 불과하다는 생각도 들었다. 결과가 똑같다면 과정은 어떻더라도 다를 바 없지 않겠는가. 난 그렇게 받아들이는 버릇이 있다. 돌아가지 않겠다면 돌아갈 방법을 찾을 필요도 없으리라.

하지만 에베리스의 말을 듣자 조금 옛날 생각이 나기도 했다.

어머니가 암 진단서를 받아 와서 어른들이 심각한 표정으로 이야기를 나누었을 때, 당시 열두 살이었던 나는 끼워 주지 않았다. "걱정할 필요 없어." "괜찮으니까 밖에 나가서 놀렴." 하고 방에서 쫓아냈고, 자세한 내용은 전혀 가르쳐 주지 않았다. 난 가만히 있을 수가 없어서 도서관에서 의학 사전을 뒤져 암이라고 이름 붙은 병들의 생존율을 수없이 확인했다. 결국 그로부터 얼마 지나지 않아 어머니는 세상을 떠났지만, 그때 느낀 답답함과 무력함을 난 지금도 괴로울 만큼 생생히 기억한다. 이대로는 어머니가 죽는다는 것도, 내 힘으로는 어머니를 구할 수 없으리라는 것도 알았지만 닥치는 대로 책을 읽으며 치료법을 찾았다. 이른바 헛된 저항이었지만, 당시의 감정과 행동이 틀렸냐고 한다면 그건 절대로 아니라고 생각한다.

그렇기에 막연하지만 장래에 후회하지 않도록 최선을 다하고 싶다는, 스스로 결과를 받아들일 수 있도록 최대한 많은 수단을 시도해 보고 싶다는 소니아의 심정도 이해가 갔다.

그 아이가 왜 혼자 이 나라에 있는지 생각해 본 적

있느냐고, 에베리스는 몇천 마일 밖에 있을 메나그라를 내다보는 듯한 표정으로 말했다.

"전쟁 통에 부모 형제와 피난을 왔다가 헤어져서 미아가 됐기 때문이라고 들었는데요."

"정말로 그렇다고 생각하나?"

"……아니로군요."

"비앙카와 똑같아. 비앙카도 어린 시절에 입을 줄이기 위해 교회 앞에 버려졌다고 자이온 사람이 수군거렸지." 흐린 하늘 아래, 에베리스는 여전히 저 먼 곳을 바라보고 있었다. 에베리스는 남의 불행에 관해 이야기할 때조차 의연한 태도를 유지해서 멋이 난다. "소니아는 내가 가족을 죽였다는 사실을 알고 천국에는 못 갈 거라고 했어. 그 아이의 나라에서 사람은 죽으면 새로 환생한다는군. 난 어머니와 아버지, 할아버지에게도 죽으면 하늘에 받아들여질 거라는 말을 들으며 자랐지. 역대 왕들도 낙원에 잠들어 있다고. 하지만 거기에 내 자리는 없어."

"당신께서는 천국에 가지 않고 하늘 높이 날아다니는 자유로운 생물이 되겠죠."

그게 낫지 않겠습니까, 하고 내가 말하자 에베리스는 모호하게 동의했다.

"소니아는 내 나침반이야. 그 아이가 가지 않는다면

내가 낙원을 부러워할 이유도 없겠지.”

썩어 빠진 대왕을 죽여 약속된 미래를 내버린 에베리스는 몸과 마음을 다 바쳐 속수무책인 이 나라를 바꾸려고 도전해 왔다. 살을 깎는 노력으로 세상을 바로잡으려 한 사람에게 어떤 결말이 기다리고 있는지는 모르지만, 천국이나 지옥 말고도 갈 곳이 있다면 좋겠다. 예를 들어 혼이 편안히 쉴 곳이 어딘가에 있다면, 그 존재 자체가 구원이 되리라.

“메나그라는 좋은 곳이라고 소니아가 알려 줬어. 밤하늘은 잿빛이 아니라 깊은 남색이고, 온통 설탕을 뿌린 것처럼 별이 초롱초롱하다는군. 그 아이는 가족이 죽으면 집으로 돌아갈 거래. 나도 언젠가 이 나라를 떠나서—”

그때 흡혈귀가 이쪽으로 돌아오는 모습을 보고 에베리스는 말을 끊었다.

“경찰에게는 안나에 관한 정보가 전혀 없어. 죽은 운전기사가 오늘 아침까지 멀쩡하게 살아 있었던 걸 옆방 사람이 목격했고.” 루카는 재빨리 다가와서 탁한 물웅덩이를 밟으며 우리를 비앙카의 집 쪽으로 인도했다. “비앙카는 오전에 회사에 있었는데, 지금은 중앙 서로 가서 진술하고 있는 것 같아.”

“참 신기하게도 순경이 별걸 다 말해 줬군.”

“간단하지. 초면이었으니까.”

“그게 관계있나?”

오히려 초면이면 경계해서 정보를 알려 주지 않는 법이리라. 어쩌면 비앙카의 집에서 피를 훔쳤을 때도 뭔가 마술을 사용해 캔디와 테디를 잘 뿌리친 것 아닌가 싶었다.

루카는 내 질문에는 대답하지 않고 비앙카의 저택 정문 앞을 지나쳐 높은 외벽을 따라 뒤쪽으로 돌아갔다.

“안나가 죽은 운전기사에게 비앙카의 오늘 일정을 알아냈다면, 비앙카가 있을 터였던 회사로 갔을 가능성도 있지만, 그것보다 귀가 시간을—”

갑자기 루카가 멈춰 섰다.

“왜 그래?” 물어본 나도 숨을 삼켰다.

에베리스만 일직선으로 달려갔다. 단숨에 담장 모서리에 도착해 가죽 장갑을 낀 오른손으로 거기 있던 금발 여자의 가녀린 팔을 붙잡았다.

놀라서 돌아본 그 여자의 얼굴은 그야말로 루카와 판박이였다.

“안나!”

“……오빠?”

루카는 물론 안나도 얼떨떨해했고, 모두가 잠시 그 자리에 굳어 버렸다.

커다란 파란색 눈을 부릅뜬 안나는 기장이 짧은 다운재킷 차림이었다. 운동화는 진흙이 묻어 거무튀튀하게 더러워졌다. 여기저기 돌아다녔던 것이리라. 루카와는 달리 안나의 금색 머리는 긴 생머리였다.

"네가 흡혈귀, 아니, 연쇄 흡혈 살인 사건의 범인이 틀림없겠지?" 잠시 후 에베리스가 엄숙하게 입을 열었다. "너희들이라고 해야 하려나."

에베리스는 안나의 팔을 놓지 않았다. 놓아주기는커녕 점점 더 힘을 줘서 안나의 팔을 부러뜨리려 하는 것처럼 보이기도 했다.

흡혈귀는 에베리스에게서 달아나려고 몸을 비틀었지만 그 정도 저항으로는 당연히 아무 소용도 없었다.

"에베리스, 그만해."

루카가 달려가서 에베리스를 떼어 내려 했다. 하지만 오히려 팔을 꺾여서 제압당했다.

에베리스는 순식간에 뒤로 돌아가서 발끝으로 뒷무릎을 걸어차 쌍둥이를 젖은 도로에 꿇어앉혔다.

"왜 이러십니까, 시뇨리나."

난 이 싸움에 최대한 관여하고 싶지 않았다. 에베리스의 공격 범위에 들어가지 않도록 조심하며 살짝만 다가가서 설득을 시도했다.

"자이온이 국가 헌병대를 돕기로 약속했다고 말했

잖아. 내가 조직을 위해 흡혈 살인귀를 쫓는다는 건 너희도 알고 있었을 텐데.”

“소니아와 하신 약속은요?”

“‘저주’인지 뭔지를 걱정하는 건가? 오스발도, 넌 이 흡혈귀의 피만 있으면 되겠지. 헌병대에 넘긴 후에 피를 뽑아 달라고 할게.”

난 에베리스의 눈을 바라보며 뭐라고 말할지 고민했다.

앞으로 남은 귀찮은 일을 에베리스가 맡아 주겠다고 한다. 고마운 처사니까 아무 불만도 없어야 마땅하다.

나도 그렇게 생각했지만 에베리스의 손을 뿌리치려고 기를 쓰는 안나를 보고 있으니, 어째선지 에베리스에게 쌍둥이를 넘기는 것이 맞나 싶은 기분이 들었다.

수배범을 붙잡았다는 공로를 인정받고 싶었던 건 전혀 아니고, 어머니를 잃었다는 흡혈귀들에게 정이 든 것도 아니다. 그저 이걸로 된 건가, 라는 망설임이 생겼다.

지금 등을 돌리면 다시 변함없는 일상으로 돌아갈 수 있다. 그건 안다. 하지만 예전 생활을 사랑했던 건 아니다. 왜 대충 살았느냐 하면 전부 아무래도 상관없었기 때문이고, 모든 일을 적당히 건성으로 넘긴 건 사람을 죽이거나 인육을 먹여야 하는 환경에 내던져져 어떤 노력도 헛수고임을 깨달았기 때문이다.

난 하얀 빗속에서 도토레 후의 말을 떠올렸다.

심통 부리지 말고 앞을 봐야 합니다.

아무 근거도 없는 데다 무책임하다. 그 영감님이라고 그런 식으로 강한 희망을 품고 살아온 것 같지는 않았다. 열심히 살면 보답받는다는 확약도 없다. 하지만 만약 나보다 젊은 사람이 비탄에 젖어 사는 모습을 보면 나도 분명 그 사람에게 비슷한 말을 해 주지 않을까 싶다. ……아니, 과연 어떨까. 이 세상은 분명 살아갈 가치가 없고, 널 격려하려 하는 사람도 똑같은 지옥 속에 있다는 사실만 전해질지도 모른다.

아무튼 난 그 돌팔이 의사의 조언을 완전히 무시할 수가 없었다.

의사 하면…….

그대는 행운의 별 아래 태어나 영혼과 불꽃과 이슬로 만들어졌도다.

이 시를 낭독했던 녀석 또한 직업적 사명감을 품은 녀석이었다. 녀석의 최후를 떠올리면 정말로 가슴이 찢어질 것만 같다. 그래서 싫은 건데.

"잠깐만요." 쓰라린 기억을 밀어내며 간신히 에베리스에게 말했다. "도토레 후가 안나를 진료소로 데려오라고 했습니다. 헌병대에는 그 후에 연락하시면 안 되겠습니까.”

안나는 몹시 혼란스러운 듯했다. 에베리스는 둘째 치고 내가 누군지는 분명 모를 것이며, 그게 당연하다. 그나저나 정말 가련하게 느껴질 만큼 아름다운 아가씨이기도 했다. 머리카락이 흔들리면 주변의 빛이 섞여서 마치 별이 흩날리는 듯했다. 안나가 인간의 피를 먹는 흡혈귀라고 주장한들 아무도 믿지 않으리라.

“자이온에는 규칙이 있다.” 에베리스는 가면처럼 표정에 아무 변화도 없이 말했다. “범인을 붙잡으면 즉시 헌병대에 넘기기로 했어.”

“이번만 눈감아 주십시오, 시뇨리나. 자이온에, 헌병대에 신병을 넘기면 이 녀석들의 인생은 끝난 거나 마찬가지입니다. 법으로 심판하든 그렇지 않든, 여기서 붙잡히면 흡혈귀는 최악의 결말에서 벗어날 수 없어요.”

“왜 흡혈귀 편을 드는 거지? 규칙을 뒤집을 만한 이유가 있나?”

“아니요. 하지만 자이온을 따를 이유도 없잖습니까? 옛날 왕들이 지배했던 때와는 다른 나라를 지향한다면, 시뇨리나께서는 지금 자신의 의지로 결정하셔야 합니다. 조직을 정의로 보고 루카와 안나를 억지로 끌고 갈 것인지, 아니면 이 자리는 저한테 맡기고 유예기간을 줄 것인지.”

"······변했군, 오스발도."

에베리스가 무슨 생각을 했는지는 모른다. 다만 그녀는 고개를 숙이듯 하얀 속눈썹을 내리깔았다.

"당신께서 그러셔도 됩니다." 나는 마음을 단단히 먹고 말했다. "아실 텐데요. 자신의 존재 의의는 결단을 내린 횟수로밖에 가늠할 수 없습니다."

그러나 사태는 에베리스가 답을 내놓기 전에 수습 불가능한 쪽으로 흘러갔다.

인적 없는 뒷길로 자동차 한 대가 엄청난 속도로 달려왔다.

에베리스는 재빨리 안나의 팔을 잡아당기며 옆으로 물러섰다. 아슬아슬한 순간에 나와 루카도 구르다시피 차를 피했다.

문을 힘차게 열고 차에서 내린 사람은 비앙카를 섬기는 그 흉악한 쌍둥이, 캔디와 테디였다.

"안녕하십니까, 시뇨리나 에베리스." 캔디가 가슴에 손을 대고 과장된 몸짓으로 인사했다. "그리고 오스발도였나? 괜찮아 보이는군. 다리는 좀 어때?" 테디가 뻔뻔스럽게 웃었다.

"아주 좋아. 보면 알잖아?" 나는 낡은 부분과 새 부분이 섞인 의족의 밑동을 두드리며 검은 우산을 세게 움켜쥐었다. "오늘은 산탄총을 안 가져왔겠지? 근처에 경찰관과 헌병 놈들이 우글거려. 총소리가 울리면 전차戰車가 달려올 거야."

쌍둥이는 얼굴을 마주 보더니 캔디는 실실, 테디는 껄껄 웃었다. 그리고 둘 다 품속에서 소음기를 장착한 권총을 꺼냈다.

난 에베리스를 힐끗 보았다. 에베리스도 안나의 왼쪽 손목을 움켜쥔 채 어떻게 움직일지 생각하는 듯했다.

"그 흡혈귀를 넘겨주시지 않겠습니까?"

캔디는 권총을 내리고 신사 같은 태도로 에베리스에게 정중히 부탁했다.

테디는 아무 망설임도 없이 내게 총구를 향했다.

"비앙카의 명령인가?" 에베리스가 물었다. 에베리스는 얼굴이 새파랗게 질린 안나를 자기 뒤편에 숨기듯이 앞으로 나섰다.

"명령? 누님의 부탁이야말로 이 세상의 전부입니다. 시뇨리나의 말씀을 빌리자면 '하늘의 계시'랄까요? 하지만 저희도 당신의 소중한 여자를 다치게 하고 싶지는 않아요. 걔, 이름이 뭐랬더라, 으음……."

소니아 이야기라는 걸 대번에 이해했다. 내 눈꺼풀 안쪽에 빨간 머리가 떠올랐다.

이 쌍둥이는 만찬회에서 에베리스의 행동을 보고 소니아를 인질로 잡은 듯했다.

"소니아에게 손가락 하나라도 까딱해 봐." 에베리스는 내가 처음 보는 무서운 표정으로 캔디에게 날카롭게 소리쳤다. "상응하는 대가를 맛보여 주마."

"위협해도 소용없습니다, 시뇨리나. 이미 그 여자가 있는 곳에 사람을 보내 놨어요. 저희가 정해진 시각에 연락하지 않으면 놈들이 행동에 나서겠죠. 그리고 당신께서 그 여자 곁에 도착하기 전에 일이 다 끝날 겁니다."

입술을 깨물자 입안에 피 맛이 번졌다. 아니, 실은 이미 미각은 잃었지만 침과는 다른 액체의 감촉이 느껴졌다. 비열한 협박에 굴복하려니 너무 어이없고 성질이 났지만, 이렇게 된 이상 두 사람에게 흡혈귀를 넘기는 수밖에 없으리라. 하지만.

고개를 돌리자 루카는 안나 쪽을 계속 신경 쓰고 있었다.

이 녀석만이라면 도주시킬 수 있을지도 모른다.

그때 루카가 주문을 외듯 중얼거렸다.

"영은 시작 신호야. 그러니까 밤에 깨어날 때 헤아리는 거지. 하나, 둘, 셋, 넷, 다섯. 아침에 잠들 때는 반대로—"

누구 하나를 콕 집은 게 아니라 우리 모두의 의식을 빼앗듯 루카는 "다섯, 넷, 셋, 둘." 하고 숫자를 헤아렸다. 그 입술이 "하나." 하고 움직이는 것과 동시에 눈꺼풀이 무거워졌다. 몸에 힘이 안 들어갔다. 여기만 중력이 몇 배가 된 것처럼 느껴졌다.

마우리치오가 당했을 때처럼 갑자기 쓰러지는 일은 일어나지 않았다. 대신에 흡혈귀들을 제외한 네 사람은 집중력이 현저히 낮아져서, 잠들기 직전처럼 정신이 조금 멍했던 것 같다. 긴장이 풀리고 마음속 한구석에 초조함을 느끼면서도 난 어째선지 내 영혼의 색깔에 대해 생각했다. 하늘을 지나가는 혜성의 꼬리처럼 푸르스름한 빛깔.

그때 마법을 풀듯 루키가 갑자기 "도망쳐!" 하고 크게 소리쳤다. "가. 반드시 다시 찾아낼게!"

거의 동시에 안나가 오른손을 에베리스의 윗옷 호주머니에 쑤셔 넣었다.

다음 순간, 에베리스에게 붙잡힌 왼팔을 칼로 팔꿈치부터 잘라 냈다.

수돗물을 튼 것처럼 안나의 팔에서 피가 뿜어져 나왔다. 공중에 확 흩날린 재킷 속 깃털이 내리는 비를 맞고 금방 땅에 떨어졌다.

안나는 깜짝 놀란 우리를 뿌리치고 팔을 누른 채 뛰어갔다. 발치에 뚝뚝 떨어지는 피가 빗물에 바로 씻겨 나갔다.

나는 안나에게 품고 있던 의혹을 싹 잊어버리고 몸

을 부르르 떨었다. '넌 오빠가 복수에 매달리지 않도록 루카에게서 도망친 것 아니냐.' '지금 캔디와 테디를 어떻게 할 수도 있었을 것이다.' '전부 혼자서 마무리 지을 생각이겠지.' 등등 실은 확인해야 할 일이 많았지만, 무엇 하나 물어보지 못하고 흩어진 붉은 피와 하얀 깃털을 바라보는 것이 고작이었다. 아무리 불사신일지언정, 스스로 자기 팔을 잘라 낼 수 있는 걸까.

에베리스의 칼이 잘 들기는 하지만, 뼈와 살을 단번에 끊으려면 상당한 힘이 필요하다. 근성이 대단해 나는 외경심에 가까운 감정을 품었다. 의수나 의족으로도 그런 흉내는 내고 싶지 않은데, 안나는 자기 몸으로 그걸 해냈다.

캔디는 혀를 차더니 "오빠를 붙잡아 놔!" 하고 테디에게 고함을 지르고 안나를 쫓아 달려갔다.

"시뇨리나는 소니아에게 가십시오!" 나는 겨우 정신을 가다듬고 에베리스에게 소리쳤다. 에베리스는 우두커니 서서 잘린 안나의 팔을 바라보고 있었다. "캔디가 허풍을 떤 건지도 모르지만, 만에 하나라도 소니아에게 무슨 일이 생기면 안 됩니다."

에베리스는 아주 잠깐 망설이는 기색을 보였지만, 고개를 끄덕이고 저택 앞쪽으로 달려갔다. 경주마처럼 발이 빨라서 고작 몇 초 만에 모습이 시야에서 사라졌다.

남겨진 나와 루카는 총을 든 테디와 대치해야 했다.

루카는 자기 왼팔에 시선을 주더니 흰색 겉옷 위로 팔을 문지르며 "괜찮아." 하고 중얼거렸다. "괜찮아." 주문을 외듯 한 번 더. 호흡이 얕고 움직임도 둔했다. 두려움이 묻어나는 눈동자가 작게 흔들렸다.

테디는 총을 겨눈 채 천천히 우리에게 다가왔다.

"또 다리가 박살 나고 싶어, 오스발도? 빨리 그 녀석을 넘겨."

"특기인 마법은 더 못 쓰는 거야?" 내가 물어보자 루카는 "무리야." 하고 딱 잘라 말했다. 못 해도 해, 하고 나는 땅을 박찼다. 작전을 짤 여유는 없었다.

기계 팔을 뻗고 있던 테디가 방아쇠를 당겼다. 천을 찢는 듯한 총소리보다 총알이 지면에 맞고 튕기는 소리가 더 컸다. 즉, 놈은 움직이는 표적을 맞힐 만큼 사격 실력이 좋지는 않다는 뜻이다.

나는 몇 걸음 만에 거리를 좁힌 후 접은 우산을 재빨리 휘둘러 테디의 손목을 때렸다. 기계식 의수나 의족은 구조적으로 관절 부분이 약하다.

소음기 길이만큼 총신이 길어진 권총이 놈의 손에서 날아갔다. 루카가 눈치 빠르게 권총을 주웠다.

그러자 테디는 재킷 밑에서 개조 산탄총을 꺼내 느닷없이 정면에서 우리에게 발포했다.

한적한 주택가에 어마어마한 총소리가 울려 퍼졌다.

하지만 내게 공격받은 탓에 팔 상태가 안 좋아진 듯, 총구가 옆으로 크게 흔들렸다. 그래도 퍼져 나가는 수십 발의 산탄을 모조리 피할 수는 없었다. 뒤쪽에서 루카가 비명을 지르는 것과 동시에 내 팔에도 끓는 물을 끼얹은 것처럼 심한 통증이 몰려왔다.

그렇지만 여기서 쓰러졌다간 끝장이라는 걸 알고 있었다.

난 얼마나 다쳤는지 확인하지도 않고 테디에게 덤벼들었다. 미끈미끈한 액체가 손목을 타고 손끝을 적셨다. 한 방 더, 총구에서 엉뚱한 방향으로 산탄이 발사됐다. 이 종류의 산탄총은 두 발밖에 장전이 안 된다는 걸 난 알고 있었다.

난 피투성이가 된 손으로 테디의 얼굴을 힘껏 때렸다. 테디가 몸을 움츠린 틈에 금속 의족으로 명치에 발차기를 날렸다.

테디는 한심하게 비명을 지르며 웅크려 앉았지만, 내가 또 발길질하려 하자 산탄총의 굵은 손잡이 부분으로 의족을 때렸다. 나는 얼른 몸을 뒤로 빼서 거리를 두었다. 맞아서 충격은 있었지만 아프지는 않았다. 하지만 그제야 팔의 출혈이 심상치 않다는 걸 깨달았다. 인간의 몸은 신기해서 다친 곳이 시야에 들어온 순간

'이제 틀렸다' 하고 의지가 꺾인다. 멈출 방법도 없이 붉은 피가 빠져나갔다.

의미도 없이 다섯, 넷, 셋, 둘, 하나, 하고 루카의 주문을 머릿속으로 외웠다. 이건 잠들 때의 신호인가. 하지만 녀석은 분명 '아침에 잠들 때'라고 했던 것 같았다.

태세를 정비하고 싶었지만 상대가 용납해 줄 리 없었다. 노려보며 기회를 노리는 건 테디도 마찬가지였다. 다만 놈이 더 빨랐다.

내가 아주 잠깐 루카에게 눈을 돌린 틈에 테디는 자동차 뒤편으로 몸을 숨겼나.

그리고 의기양양하게 호주머니에서 원기둥 모양 산탄을 꺼내 난폭한 소리를 내며 재장전했다. "해체꾼 따위가 위대한 누님을 방해하게 놔둘 수는 없지."

큰일 났다고 후회할 틈도 없었다. 등을 돌려도, 정면에서 덤벼들어도 너무 늦었다. 끝장이다.

그때 어디선가 심장을 꿰뚫을 듯한 고음이 길게 들려왔다.

헌병대의 호각 소리였다.

테디는 눈을 휙 들어 우리와 멀리서 다가오는 헌병을 번갈아 보았다. 그리고 정말로 분한 표정으로 머뭇머뭇 총을 내리더니 "악운이 강한 녀석이로군." 하고 비아냥거리는 말을 남긴 후, 잠깐 망설인 시간조차 되찾겠다는 듯 서둘러 차에 올라타고 떠났다. 바닥에 내팽개쳐서 부수기 직전에 장난감을 빼앗긴 어린애 같은 모습이었다.

난 죽을 뻔한 것도 잊어버릴 만큼 기가 차서 '놈들은 언제부터 *저랬던 걸까.*' 하고 생각했다. 너무 숨이 차서 폐가 쪼그라드는 것처럼 아팠고, 커다란 물결 같은 현기증이 몰려왔다. 서 있을 수가 없어서 담장에 손을 짚고 미끄러지듯 그 자리에 주저앉았다. 금속 무릎 관절이 땅바닥에 딱, 하고 부딪치는 감촉이 느껴졌다.

루카를 보니 산탄이 얼굴을 스친 듯 뺨이 찢어져서 피를 흘리고 있었다. 흡혈귀가 걱정스러워하는 표정으로 내게 뭔가 말한 듯했지만, 귀울림이 심해서 잘 안 들렸다. 고막 바로 앞에 매미가 있는 것 같은 기분이었다. 귀를 막아도 너무 시끄러워서 자칫하면 정신이 나갈 지경이었다.

루카는 아까 주웠던 테디의 권총을 바라보더니, 공을 던지듯 비앙카의 저택 담장 안쪽으로 던져 넣고 아무것도 모르는 척 천연덕스러운 표정을 지었다.

의식이 희미해져 가는 가운데 아까까지는 그렇게 무서워했는데 뭐야, 하는 생각이 들었다. 그건 그것대로 연기가 아니었겠지만, 녀석은 자신을 완벽하게 제어할 수 있는 기술이랄까 인격을 전환하는 수단을 감

추고 있는 듯한 구석이 있어서 도대체 정체를 종잡을
수가 없었다.

　그 후 우리는 제복 차림의 헌병대에게 둘러싸여 이
것저것 조사받았는데, 하마터면 그대로 유치장에 처박
힐 뻔했다. 마우리치오가 신원을 보증해 주고 에베리
스에게 연락하지 않았다면 어떻게 됐을지 모른다. 어
쨌거나 거기에는 잘려 나간 흡혈귀의 한쪽 팔이 떨어
져 있었으니까.

　헌병대는 현장검증을 위해 질린 팔을 그대로 놔두
고 사진을 찍었는데, 잠시 후 비가 그치자 석양을 받은
팔은 검게 타서 재가 됐다고 한다. 정말로 무시무시한
이야기다.

　소니아에게 사람을 보냈다는 캔디의 이야기는 역시
거짓말이었는지 결국 소니아에게는 아무 일도 없었다.
오히려 무사하지 못했던 건 우리라서 헌병대의 취조에
서 해방됐나 싶더니 그대로 거리 외곽의 커다란 병원
으로 보내졌다. 헌병과 의사, 한나절 사이에 내가 세상
에서 제일 싫어하는 두 부류를 만나야 했으니 참으로
끔찍하다 하지 않을 수 없었다.

　병원에서는 도토레 후와 달리 젊고, 열의와 의사 면
허증이 있는 외과 의사가 상처를 꿰매 주었지만 두 번

다시 싸움은 하지 말라느니, 마피아 조직에서 손을 씻으라느니 잔소리를 퍼부었다. 우리가 사는 거리에 있으면 좋겠다 싶을 만큼 멋진 의사였다.

대기실에서 진료비를 수납할 차례를 기다리다 루카와 만났다. 녀석은 찢어진 뺨에 반창고를 붙였을 뿐이었다. 흡혈귀 입장에서는 치료할 필요도 없는 상처였겠지만, 녀석은 평범한 인간인 척 진찰을 받았다. 참 알다가도 모를 녀석이다.

모르겠다고 하니까 생각나는데 녀석은 그날도 왼팔 안쪽에 글씨를 적어 놨다. 소매를 걷었을 때 살짝 보인 것이니 확실하지는 않지만 '햇볕에 주의할 것Faccio attenzione al sole.' '캔디와 테디에게서 도망치지 말 것Non scappo da Candy e Teddy.'이라는 글씨였다.

이상하지 않은가? 벌써 한 달이나 흡혈귀로 살아온 녀석이 여태 '햇볕에 주의할 것'이라니. 그리고 '캔디와 테디에게서 도망치지 말 것'은 비망록조차 아니고 그냥 결의 표명이다.

병원을 나서자 이미 날이 저문 뒤였고, 집에는 한밤중에야 도착했다. 전날 거의 잠을 못 잔 탓에 난 상의를 벗자마자 침대에 쓰러져 기절한 것처럼 잠들었다.

도토레 후에게 처방받은 그 파란색 약을 먹는 것도 잊고서.

마침내 죽음이 가까워졌다 하더라도 일상생활을 완전히 포기하기는 어려웠다.

다음 날 아침, 단골 바르*에 가서 카푸치노를 마실 때 원두 냄새와 맛이 제대로 느껴진다는 걸 알아차렸다. 후각이 돌아왔다. 그제야 어젯밤에 깜박하고 약을 안 먹었다는 게 생각났다. 그리고 약을 집에 놔두고 왔다는 것도.

난 전날 입었던 검은색 가죽 재킷이 아니라 갈색 양가죽 외투를 걸치고 나왔다. 테디가 쏜 산탄총에 맞아서 왼쪽 위팔 언저리에 구멍이 뚫렸고, 흠뻑 스며든 피도 지워질 것 같지 않았으므로 그 재킷은 이제 버리는 수밖에 없었다. 그러다가 재킷 호주머니에 넣어둔 약봉투를 챙기는 걸 깜박하고 그냥 나왔다.

자포자기한 건 아니었다. 하지만 뭐 어떠냐 싶어서 가지러 가지 않았다. 오랜만에 푹 잔 덕분인지 몸 상태도 조금 나아졌다. 어제 꿰맨 팔과 목에는 꽤 묵직한 통증이 느껴졌지만, 귀울림과 현기증도 가라앉았다. 원래부터 약은 마음의 위안에 지나지 않는다고 생각했고, 한두 번 걸러본들 영향은 미미할 것이다. 약을 꾸준히 먹는다고 목숨이 얼마나 늘어나겠는가.

* 커피숍.

있겠지 싶어서 옴브렐로를 살펴보러 가자 아니나 다를까 흡혈귀는 가게에서 날 기다리고 있었다. 어제 가게를 나설 때 내가 분명히 문단속 상태를 확인했는데도 녀석은 또 멋대로 들어와 있었다.

어딘가에 숙소가 있는지 놈의 옷과 머리는 청결한 상태였다. 하지만 뺨의 반창고는 아직 떼지 않았다. 거즈 부분이 검붉게 물들어서 아파 보였다.

흡혈귀의 치유 능력은 인간의 그것보다 훨씬 뛰어날 줄 알았으므로 의외였다. 어제 찢어진 뺨이 아직 낫지 않았다면, 칼로 팔을 잘라 낸 안나는 어떨까 싶어서 불안했다. 있지도 않은 왼쪽 다리가 둔하게 욱신거렸다.

"오늘 아침에 그 저택을 찾아가서 고용인들에게 비앙카가 어디 있는지 물어봤는데." 루카가 말했다.

"오늘 아침?" 내게 이 녀석을 타이를 권리는 없지만 너무나 무모하다 싶었다. "그래서? 고용인들이 시뇨라 비앙카가 어디 있는지 순순히 알려 줬어?"

"뭐, 그렇게 쉽지는 않더라. 새로운 운전기사인 척 면접을 보러 왔다고 했더니 응접실로 안내해 줬지만, 그 사람들도 비앙카 일당이 지금 어디에 있는지 모르는 눈치였어. 어젯밤에도 저택에는 돌아오지 않았대."

"확실히 말해서 어때? 네 동생은 그 쌍둥이에게 붙잡혔을까?"

“그럴 가능성이 크겠지. 흡혈귀라고 해도 보통 사람보다 좀 더 힘이 세고, 날렵하고, 튼튼할 뿐이야. 어지간한 일이 아니면 죽지는 않고 안나는 재치도 있는 편이지만, 그 두 명을 상대로 끝까지 도망칠 수 있을 것 같지는 않아.”

루카는 냉정하게 분석했다. 마치 체스를 두다가 다음 한 수를 고민하는 듯한 표정이었는데, 이대로 이 일에서 손을 떼겠다고 말하려나 싶을 만큼 외통수에 몰린 것 같았다.

“안나가 걱정 안 돼?”

나는 주방 앞 카운터에 기댄 자세로 흡혈귀에게 물었다.

“걱정되지.” 루카는 이쪽에 등을 돌리고 대답했다. “하지만 가끔 이런 생각도 들어. 내가 아니라 안나가 먼저 태어났다면 이렇게 양심의 가책을 받지도 않을 텐데.”

“응? 대체 무슨 뜻—”

그때 가게 정면 입구에서 소리가 났다. 자물쇠가 풀리고 종이 울렸다.

“오스발도, 여기 있었구나.”

문을 열고 들어온 사람은 귀여운 빨간 머리 아가씨였다.

“소니아. 오늘 가게는 휴일이야.”

“알아. 하지만 여기저기 찾아다녔어. 전화도 했는데.”

“나한테? 무슨 일로?”

“어제 시뇨라 비앙카의 수행원, 캔디와 테디가 날 인질로 잡았다고 들었어. 짚이는 구석은 없지만, 아무튼 그래서 에베리스가 우리 집에 와 줬지. 에베리스 말고 다른 누구도 찾아오지 않았고, 다치지도 않았는데…… 봐, 이건 그저께 일하다 살짝 긁힌 상처인데 이걸 보고서 의사에게 진찰을 받으라는 둥 병원에 갈 때까지는 돌아가지 않겠다는 둥 성화를 부려서 어쩔 수 없이 도토레 후의 진료소에 갔었어.”

괜히 불똥이 튀었네, 하고 내가 웃자 소니아는 “과보호도 이만저만 아니라니까.” 하고 넌더리 난다는 표정을 지었다. “도토레 후한테 사정을 말하고 에베리스와 함께 치료를 받았지. 돌아갈 때 도토레 후가 오스발도를 만나면 주라면서 이걸 건네더라고.”

소니아가 테이블에 흰색 봉투를 내려놓았다. 찰카닥, 하고 금속이 부딪치는 소리가 났다.

“뭐가 들었는데?”

“몰라. 무슨 조각이 많이 든 것 같은데.”

나는 경계하며 신중하게 봉투 끄트머리를 찢었다. 처방약을 넣는 데 사용할 법한, 그리 크지 않은 종이봉투다. 봉투를 기울이자 은화가 잘그락거리며 우르르 쏟아져 나왔다. 그것도 지금으로부터 몇십 년을 거슬러 올라가 도토레 후가 젊은 시절에 사용했을 전쟁 이전의 화폐로, 지금은 거의 유통되지 않는 물건이었다.

은 하면 흡혈귀가 두려워하는 물건의 대명사지만, 루카는 개의치 않고 집어 들어 은화 양면에 새겨진 무늬를 들여다보았다. 그것도 그냥 미신이었나 싶어 나는 조금 낙담했다.

테이블에 펼쳐 놓고 헤아려 보자 딱 서른 개였다.

"은화가 서른 개……."

아니기를 바라며 나는 몇 번이나 다시 헤아렸다.

하지만 아무리 확인해도 서른 개였다. 찜찜한 예감이 들었다.

"내가 무죄한 사람의 피를 팔아서 죄를 지었습니다."

소니아가 싸늘하게 말했다.

"뭐야, 그게?" 루카가 물었다.

"성경도 안 읽어 봤나? 예수 그리스도를 배신한 유다가 한 말이야. 은화 서른 개는 그 대가였지." 내가 대답했다.

예수의 사도였던 유다는 최후의 만찬 전에 제사장을 찾아가 은화 서른 개를 대가로 예수의 신병을 넘기겠다고 약속했다. 제사장들이 예수를 십자가에 못 박으려 한다는 것을 알면서도. 하지만 정작 자신의 배신

때문에 예수가 붙잡히자, 유다는 후회에 시달리다 제사장에게 은화를 돌려주려 하지만 거절당한 후 목을 맸다고 한다.

당신이 어디의 어떤 신을 믿는지는 모르지만 우리의 복음서에는 그렇게 적혀 있다.

"무슨 짓을 한 거야?"

"잠깐만, 소니아. 내가 배신자라는 거야?"

"그 외에는 도토레 후가 오스발도에게 은화를 줄 이유가 없잖아."

"내가 누구를 어떻게 배신한다는 거야?" 난 막막한 기분으로 그 영감님의 속내를 추측했다. "지금까지 바가지 씌웠던 진료비를 돌려준 건지도 모르지."

루카는 일찌감치 은화에 흥미를 거두고, 차분하지 못하게 깍지를 꼈다가 풀었다가 하며 말했다. "에베리스가 같이 갔다면 도토레 후는 안나가 비앙카의 쌍둥이에게 습격당했다는 이야기도 들었으려나."

"응, 들었는데."

"도토레 후가 들으면 무슨 문제라도 돼? 그 영감님은 무면허로 영업하는 돌팔이야. 시뇨리나 에베리스도 함구령을 내렸을 테니, 너나 네 동생이 어디 있는지 알아도 경찰이나 헌병에게 찌르지는 않을걸."

"아니, 안 돼." 루카는 말했다. 표정에서 초조함이 묻어났고 얄미울 만큼 초연하니 여유 넘치는 태도도 어딘가로 사라졌다. "안 된다고, 오스발도. 지금 당장 진료소에 가야 해."

뭐가 좋아서 연일 병원에 가야 하나 싶었지만 루카의 얼굴을 보고 나는 그냥 고개를 끄덕였다. 불평이나 농담을 할 만한 분위기가 아니었다.


소니아와 헤어져 우리가 진료소에 도착했을 무렵에는 태양이 꽤 높이 떠 있었다. 택시에서 내려 건물 그림자 속으로 들어가려 하자 햇빛이 비치는 도로기 제일 먼저 눈에 들어왔다. 하지만 흡혈귀는 숨을 짧게 삼키더니 햇빛 속을 가로질러 나아갔다.

녀석이 무모한 선택을 할 만큼 서두르는 이유를 난 굳이 생각하지 않으려 했는지도 모르겠다.

'진료 시간 외Fuori oario'라는 팻말이 걸린 돌팔이 의사의 진료소 문을 열자 바람을 타고 꺼림칙한 냄새가 풍겼다. 콧속에 엉겨 붙는 듯한 녹슨 쇠 같은 냄새가.

우리는 얼굴을 마주 본 후 진찰실로 들어갔다.

당신이라면 거기 펼쳐진 광경을 보고 어떻게 생각했을까. 난 소니아를 돌려보내길 정말 잘했다고 생각했다.

도토레 후의 시신은 사무용 책상과 환자를 눕히는

진찰대 사이에 쓰러져 있었다. 오른쪽 손목 주변에는 강하게 압박해서 문지른 듯한 상처가 생겼고, 의자 밑에는 고리 하나의 안쪽에만 피가 묻은 수갑이 떨어져 있었다. 양손 손톱은 전부 빠졌다. 신발이 벗겨진 양쪽 발도 녹은 것처럼 엉망진창으로 문드러져서 원형을 알아볼 수 없었다.

작은 동그라미 모양의 얼룩이 남은 근처 바닥에는 자극적인 냄새를 풍기는 액체가 약간 남은 병이 놓여 있었다.

"어째서—"

고문당한 것이 확실한 손발을 바라보던 루카가 어찌할 바를 모르는 어린애 같은 표정으로 날 올려다보았다.

"과다 출혈이겠지." 난 머릿속이 싸늘해지는 걸 느끼며 대답했다. 죽은 이유를 맞히는 데 자신이 있다고는 했지만, 이런 식으로 증명할 순간이 올 줄은 몰랐다. "이쪽 목의 찔린 상처가 치명상이었을 거야. 봐, 경동맥에 다다를 만큼 상처가 깊어. 방향으로 판단컨대……."

절명한 도토레 후의 왼손 근처에는 피 묻은 메스가 떨어져 있었다. 옷깃부터 배까지 빨갛게 물든 흰색 가운의 호주머니에 손을 넣자 칼끝을 보호하기 위한 플라스틱 덮개가 나왔다. 도토레 후 본인이 수갑을 찬 채

한 손으로 메스를 꺼내 덮개를 벗긴 것이리라.

"자살이라는 뜻?"

"고문을 견디다 못해 그랬겠지. 손가락 관절까지 경직됐으니까 죽은 지 12시간 정도려나."

이렇게 냉정하게 대응할 수 있다니 스스로도 신기했다. 난 과거에 되풀이해서 몸에 밴 동작을 실행하듯 부릅뜬 도토레 후의 눈을 손으로 덮어서 눈꺼풀을 감겨 주었다.

너무나 부조리했다. 왜 이런 영감님이 죽어야 한단 말인가. 내버려둬도 몇 닌 지나면 세상을 하직할 노인이었는데.

"어쩌면 만찬회가 열린 밤에 미행당했을지도 모르겠군. 영업이 끝난 후 치료받으러 여기 오는 바람에 그 마녀 일당이 나와 관계가 있다고 의심한 거야."

난 이를 악물었다. 아무리 후회해도 모자랄 지경이었다.

"……하지만 도토레 후는 내가 어디 있는지 말하지 않았어. 그 증거로 난 아직도 붙잡히지 않았지."

루카는 진찰대에 살짝 걸터앉아 눈을 내리떴다. 금색 속눈썹이 만든 그림자를, 약간 건조한 입술을 나는 가만히 바라보았다.

한순간 이렇게 아름다운 남자가 애도해 준다면 죽

는 것도 나쁘지 않겠다는 유혹에 빠질 뻔했다. 유혹을 떨쳐 내고 생각해 보면 그래서는 도저히 수지 타산이 맞지 않는다는 걸 알 수 있겠지만.

난 어쩐지 가만히 있을 수가 없어서 도토레 후가 늘 앉아 있던 의자에 앉았다.

그리고 내게 보낸 것과 똑같이 오래된 은화가 책상 위에 있다는 걸 알아차렸다. 은화 아래에 깔린 진료 기록의 겉면에는 '피의 대가Prezzo del sangue.'라는 글자가 지렁이 기어가듯 지저분한 글씨체로 적혀 있었다.

뭔가 감이 딱 와서 나는 의자를 뒤로 물리고 책상 전체를 관찰했다. 상판 아래, 오른쪽에 나뭇결무늬가 들어간 서랍장이 설치돼 있었다. 목표는 위에서 두 번째 단이다. 홈에 동전을 끼워서 돌리면 열 수 있는 간이 자물쇠가 달린 서랍.

손잡이를 잡고 당겨 보자 잠겨 있었다. 책상에 놓여 있던 은화는 자물쇠 홈에 딱 들어맞았다. 은화를 돌리자 자물쇠는 바로 풀렸다.

서랍 속에 들어 있던 건 가죽 표지가 달린 낡은 수기 한 권이었다.

# 제4장
## 수기

## Ciarlatano
### 돌팔이

기숙사의 내 방은 문이 굳게 닫혀 있었다.

이 나라의 겨울은 혹독하다. 북방의 동토보다는 훨씬 낫겠지만, 그래도 눈이 내리고 길바닥은 얼어붙는다. 늦은 밤, 살이 에일 듯한 바람이 몰아치는 가운데 나는 기숙사 복도에 우두커니 서 있었다.

문이 잠겨 있었다.

열쇠는 없다. 아까까지만 해도 흰색 가운 호주머니에 들어 있었지만, 실습이 끝난 후 교수의 호출을 받고 자리를 비운 틈에 도둑맞았다. 그저께는 지갑이 없어졌고 어제는 누군가가 내 과제를 찢었으므로 조심했건만, 이제 돌아간다는 생각에 방심한 것이 화근이었다. 분명 약학부 동기의 짓이다.

놈들은 내 얼굴을 볼 때마다 손가락으로 자기 눈초리를 끌어 올리거나 일부러 더듬거리는 말투로 "시궁창 냄새 나는 너희 나라로 꺼져라." 하고 야유를 퍼부었고, 옛날 영화배우를 흉내 내서 내게 쿵푸 기술을 사용하기도 했다. 내가 동양인이라는 이유로 늘 그렇게 유치하게 괴롭히고는 했다.

라디오 일기예보에서 오늘 밤은 기온이 영하로 떨어질 것이라고 했다. 녹쇠 문고리를 돌리려 했지만, 덜컥거리기만 할 뿐 문은 꿈쩍도 하지 않았다. 손끝이 저리고 귓속이 아팠다.

기숙사 관리인은 한참 전에 퇴근했다. 학교 건물로 돌아가서 전화를 걸어 봐도 되겠지만, 연결되지 않을 게 뻔했다.

거리로 나가면 이 시간에도 영업하는 열쇠공이 있을까. 그러나 공교롭게도 거기까지 갈 만한 택시비가 없었다. 이틀 전에 지갑을 도둑맞아서 다음 달 장학금 지급일까지는 수중에 돈이 거의 없다. 그리고 여기서 시가지까지는 거리가 15마일이나 된다. 짧게 잡아도 걸어가면 가는 데만 6시간은 걸리리라.

너무 막막했다. 오늘 밤 재워 줄 친구도 없다. 그렇다고 이렇게 눈이 내리는데 밖에서 밤을 지새우는 것도 현실적인 방법은 아니었다.

지금쯤 내 열쇠를 훔친 놈은 따뜻한 방에서 이불을 덮고 누워 있으리라. 놈의 집을 불 질러 몸을 녹일까 싶기도 했다. 하지만 지금까지 꾹 참아 오지 않았는가. 앞으로 4년만 더 견디면 의사가 될 수 있다. 그 미래만이 날 격려하고, 늘 올바른 길로 나를 이끌었다.

일말의 희망을 품고 왔던 길과는 반대 방향으로 걸어갔다. 이 일대에 단 하나뿐인 역 쪽으로.

이 촌 동네에는 번화가라 할 만한 곳이 없고, 서쪽 변두리에 오래된 역 건물이 있을 따름이었다. 막차는 이미 떠났겠지만 역 뒤편에 작은 바가 있었을 것이다. 거기라면 푼돈으로도 아침까지 머무르게 해 주지 않을까 싶었다.

달이 밝게 빛나고, 별이 아주 잘 보이는 밤이었다.

바의 사장은 딱히 웃는 얼굴로 맞아 주지는 않았지만, 모멸적인 말을 퍼부으며 날 쫓아내지도 않았다. 손님은 별로 없었고, 어스름한 내부는 텁텁한 냄새로 가득했다.

당시 스무 살이 되고 얼마 지나지 않았을 무렵이라 술집에서 어떻게 행동해야 하는지 몰랐다. 나는 카운터석에 앉아 옆 손님의 술잔을 훔쳐보고 똑같이 럼주를 주문했다. 목구멍을 태울 듯한 호박색 액체를 삼키자 피가 돌면서 싸늘하게 식은 몸이 데워졌다.

어느덧 잔이 비었고 의식이 몹시 몽롱해졌다. 그쯤 되자 약학부 놈들에 대한 분노가 사라지는 대신, 속상함과 비참함에 눈물이 핑 돌았다. 이럴 때면 모국이 그리워져서 큰일이다.

술을 한 잔 더 시켰을 때 나온 초콜릿을 먹고 있는데, 가게 안쪽에서 덜컥거리는 소리가 들렸다. 누군가 뒷문을 열려고 하는 듯했다.

그러다 카운터에 서 있던 사장까지 모습을 감추더니 문을 흔들기 시작했다.

"미안하지만, 라가초.[*]" 잠시 후 돌아온 사장이 말을

걸었다. 주변을 둘러보자 다른 남자는 다들 '시뇨레[**]'
라고 불릴 나이였으므로 아무래도 나를 가리키는 듯했
다. "좀 도와주지 않겠나. 가게 뒷문이 열리질 않아."

나는 승낙하고 사장을 따라 술병이 늘어선 비축 창
고로 들어갔다. 외부와 내부를 구분하는 철문이 창고
안쪽에 보였다. 문밖에 다른 종업원이 있는지 내려가
지 않는 문손잡이가 시끄럽게 덜컥거리고 있었다.

"열쇠는요?" 나는 사장에게 물었다.

"당연히 있지. 하지만 돌아가질 않아. 지금 밖에서도
시험해 보고 있는데, 안 되는 것 같군. 열쇠가 들어가기
는 하는데 어느 쪽으로도 돌아가질 않아. 억지로 돌렸
다간 부러질 것 같고."

문밖에서 외치는 소리가 들렸다. "사장님! 안 되겠는
데요. 업자를 불러서 자물쇠를 통으로 교체해야 할 것
같습니다!"

"됐으니까 이만 돌아와." 사장은 한숨을 내쉬고 대답
했다.

하루에 두 번이나 열리지 않는 문 때문에 고생할 줄
은 꿈에도 몰랐다.

나는 사장에게 열쇠를 받아서 열쇠 구멍에 꽂았다.

* 젊은 남자를 친근하게 부르는 말.
** 성인 남성을 가리키는 경칭.

확실히 돌아가지 않았다. 문손잡이를 밀거나 당기면서도 시도해 보았지만 결과는 마찬가지였다.

"문이 꽉 낀 탓일지도 모르겠네요." 나는 깨끗이 체념하지 못하고 문 아래쪽을 걷어차 보았지만, 열쇠는 여전히 뻑뻑해서 조금도 돌아가지 않았다. 구두 앞코에 흠집만 났다.

"정말 골치 아프네. 아침 일찍 도매상에서 한 달 치 술통과 술병을 회수하러 오겠다고 했는데. 앞문으로 내가려면 아주 고생스러울 거야."

보이는 범위만 해도 커다란 나무통 하나에 삭은 빈 병이 몇백 개는 될 듯했다. 술에 취한 머리로도 힘든 작업이 되리라는 건 이해가 갔다.

귀찮았지만 손님이라고 해서 모르는 척할 수는 없으리라. 사장도 애초에 젊은 남자의 체력을 기대하고서 말을 건 게 아닐까 싶었고, 어차피 난 아침까지 갈 곳이 없어서 가게에 머물러야 한다. 사정을 들은 이상, 이대로 놔두고 자리로 돌아가기는 망설여졌다.

"저도 옮기는 걸 돕겠습니다." 내가 결심하고 그렇게 말했을 때 뒤에서 여자 목소리가 들렸다.

"문이 안 열려요?"

돌아본 사장의 얼굴이 확 밝아졌다.

"오, 프란체스카! 이거 행운이로군. 지금 네 힘이 필

Ciarlatano

233

요한 참이었어.”

프란체스카라고 불린 여자는 눈이 빙하처럼 파랬다. 땋아 내린 금색 머리는 풍성했고, 커다란 사슴처럼 늠름한 분위기를 풍겼다. 20대 중반쯤일까. 나보다 나이가 조금 많아 보였다.

“방금 뒤쪽을 지나가다가 종업원이랑 마주쳤는데, 문 때문에 고생하는 것 같던데요.”

“그래서 일부러 와 준 거야?”

“네, 마침 출장 갔다 돌아오는 길이라 도구도 있고요. 한번 볼게요.”

프란체스카 양은 갈색 여행 가방을 바닥에 펼치고 안에서 접이식 도구함을 꺼냈다. 겉으로 보기에는 수술용 메스나 겸자 등을 넣어두는 의료 용구함 같았다.

우리가 자리를 비켜 주자 프란체스카 양은 문 앞에 쪼그려 앉아 가느다란 손전등으로 열쇠 구멍을 비췄다. 도구함에서 아무렇게나 작은 스프레이캔을 꺼내서 망설임 없이 뿌렸다. 그 후 핀셋 같은 도구를 들고 카메라 파인더를 들여다보듯 한쪽 눈을 감은 채 핀셋 같은 도구를 열쇠 구멍에 살짝 넣고 위아래로 세심하게 움직였다.

소지품과 사장의 말로 판단컨대 프란체스카 양은 이런 상황을 해결하는 것이 특기이리라. 열쇠공이나 공구상, 또는 철물상. 출장 갔다 돌아오는 길이라고 했지만 작업복 차림이 아니라 고급스러운 외투 밑에 진청색 양복을 입었는데, 아주 잘 어울렸다.

어쨌거나 프란체스카 양은 막힘없이 작업을 해 나갔다. 어정쩡한 의학도보다 훨씬 믿음직스럽고 도움이 되는 사람인 건 틀림없었다.

잠시 후 금속음이 높게 울렸다. 바라보니 바닥에 아주 작은 은색 조각이 떨어져 있었다.

프란체스카 양은 그걸 줍더니 "내부가 부식돼서 벗겨진 모양이네요." 하며 사장에게 긴넸다.

프란체스카 양이 열쇠를 다시 꽂고 돌리자 찰칵, 하고 경쾌한 소리가 났다.

자물쇠가 풀려서 문이 열렸다. 어둠 속에서 눈이 섞인 차가운 바람이 불어왔다.

"과연 대단해, 프란체스카! 너만큼 실력 있는 열쇠공은 어딜 찾아봐도 없을 거야."

사장은 진심으로 감탄한 듯 칭찬했다.

"당연하죠. 이 동네에 열쇠공은 저 하나뿐이니까." 프란체스카 양은 겸손을 떨지도 않고 고상하게 미소 짓더니 조언했다. "그나저나 이 실린더는 교체하는 편이 나을 거예요." 그리고 옆에 있는 나를 보며 고개를 갸웃했다. "이쪽은 새로 들어온 종업원인가요?"

Ciarlatano

"아아, 아니야. 이 사람은 손님."

넋 놓고 프란체스카 양을 바라보고 있던 나는 당황해서 자세를 바로 했다. "이자 후라고 합니다."

이름을 대지 않아도 생김새로 타지 사람이라는 걸 알 수 있으리라. 안 그래도 세계정세가 불안정한 지금, 이방인과 적극적으로 소통하려는 사람은 얼마 안 된다.

내 고향은 독재국가로서 너무나 유명하다. 세계대전을 일으킬 다음 국가라는 말까지 들렸다. 이제는 우호국을 찾기가 어려울 정도고, 이 나라와도 정치적으로 대립하는 중이었다. 기름과 물 같은 두 나라의 피가 섞인 나는 여태 어느 나라에도 녹아들지 못한 상태였다.

하지만 프란체스카 양은 그런 점을 신경 쓰는 기색 없이 "그렇군요, 잘 부탁해요."라고만 말하며 길쭉하고 고운 손으로 악수해 주었다.

부드럽고 섬세한 그 손끝의 감촉을 난 평생 잊지 못하리라.

"덕분에 살았어. 정말 고마워." 사장은 다시 프란체스카 양에게 감사를 표했다. 출장비를 내려다가 대번에 거절당하자 그럼 대신에, 하고 제안했다.

"뭐 좀 마시고 가겠나? 오늘 밤은 내가 낼게. 그리고 이자랬나? 자네도 계산할 필요 없어."

"아니요, 저는 아무 도움도 드리지 못했는데, 그럴 수는……."

"됐어. 젊은이의 선의에는 보답해야 한다고 법전에 적혀 있으니까."

이쯤에서 내가 이 바에 온 이유를 밝혀도 됐을 터였다. 악의에 찬 장난으로 기숙사의 열쇠를 도둑맞아 내 방에 들어갈 수가 없다고. 난 어찌할 방법도 없어서 그나마 추위를 피하기 위해 술집에서 밤을 새우려고 하는 불쌍한 인간에 지나지 않는다.

그러니 술을 마시기 전에 같이 기숙사로 가서 문을 열어 달라고, 또는 여벌 열쇠를 만들어 주지 않겠느냐고 프란체스카 양에게 부탁해야 했다. 그러면 고작 수십 분 만에 내 방 문이 열리고, 내일 오전 강의 시간까지 잠깐은 눈을 붙일 수 있었으리라.

하지만 프란체스카 양이 내 손을 잡아끌며 테이블 자리에 앉으라고 했다. 거절할 수 없었고, 거절하고 싶지도 않았다.

프란체스카 양은 내 출신을 알자마자 흥미진진하다는 듯 이야기를 졸랐다. 사장은 인심 좋게 치즈와 과자를 내놓았고, 틈만 나면 술을 따라 주었다. 프란체스카 양은 여행을 좋아해서 당시로서는 보기 드물게 몇 개 국어나 할 수 있다고 했다. 동양에 속하는 몇몇 나라의 언어도 약간은 아는 듯했다.

나는 조국에서 쌓은 추억과 거기에 사는 가족에 대해 들려주었다. 프란체스카 양이 반짝이는 눈으로 쳐다보며 폭풍같이 질문을 퍼붓는 통에, 서투른 이 나라 말로는 제대로 대답할 수 없어서 오랜만에 모국어까지 사용했다.

의기투합했다기보다 프란체스카 양이 평범한 나를 모험자로 바꾸어 준 것이다. 이야기는 끊임없이 샘솟았다.

아침이 되자 우리는 영업을 마친 바를 나섰다. 그토록 아쉬웠던 적은 또 없으리라. 헤어지면서 연락처를 교환하지는 않았지만, 언젠가 또 보자면서 포옹을 나누었다. 만취한 상태였지만 신기하게도 머리는 맑았고, 입김이 하얗다는 걸 잊어버릴 만큼 충만감으로 가득했다.

기숙사로 돌아와 관리인에게 사정을 설명하자 성가시다는 듯한 표정을 지었지만, 그날 안에 자물쇠를 교체해 주겠다고 했다. 열쇠를 훔친 녀석이 언제 멋대로 방에 들어올지 모르므로, 여벌 열쇠를 주고 치우는 것이 아니라 자물쇠를 교체해 주겠다고 해서 고마웠다. 출장비는 자비로 충당해야 하니까 뼈아픈 지출이긴 하지만, 안심하고 학교로 향했다. 한숨도 못 잔 것치고는 몸이 가벼웠다.

그날 강의를 마치고 돌아오자 방 앞에 프란체스카 양이 있었다.

난 펄쩍 뛰어오를 것처럼 놀랐지만, 생각해 보면 당연했다.

왜냐하면 프란체스카 양은 그 동네의 유일한 열쇠공이었으니까.

그 후로 우리는 가끔 그 바에서 만나 서로에 관해 이야기를 나누는 사이가 됐다. 나보다 다섯 살 많은 프란체스카 양은 태어난 지 얼마 지나지 않아 유행병으로 부모님을 잃고 팔레르모에 있는 고아원에서 자랐다고 한다. 한 핏줄은 아니었지만 거기서 생긴 형제자매를 끔찍이 아꼈고, 어른이 된 지금은 그들을 지원하기 위해 열쇠공으로 독립해서 일하고 있다고 했다.

처음 본 순간부터 반한 셈이나 마찬가지이긴 했지만, 총명하고 열심히 살아가는 프란체스카 양에게 더욱 매력을 느꼈으므로 다음번에 만나면 호감을 전하기로 어느 날 결심했다. 알고 지낸 지 반년이 지났을 무렵이었다.

하지만 결국 그날은 오지 않았다.

프란체스카 양이 느닷없이 사라졌기 때문이다. 작업실도 텅 비었고, 쪽지 한 장도 없이 마치 야반도주한 것처럼 자취를 감추었다.

그로부터 오랫동안 난 걱정과 의문으로 미칠 것만 같았다. 다시는 못 만나더라도 하다못해 무사하게 잘 지내는지만큼은 알려 달라고 누구에게랄 것도 없이 간곡히 빌었다.

바의 사장과 거래처, 프란체스카 양에게 들었던 고아원에도 수소문했지만 프란체스카 양의 행방을 아는 사람은 없었고, 아무 실마리도 얻지 못했다.


프란체스카 양의 모습을 다시 본 건 그로부터 10년 후, 즉 은익 전쟁이 발발하고 5년이 지난 해였다.

나는 의사 면허를 취득하고 수련의 신분으로 시내의 대학 병원에서 일하고 있었다. 어떤 시대든 밀라노는 대도시이므로 학생 시절을 보냈던 그 촌 동네와 비교하면 너무나 눈부셨다.

전쟁터에 나가지 않는 나를 주변에서는 겁쟁이 취급했고 "혼혈은 말이 안 통하는 척하면 소집영장도 안 나오는 건가." 하고 비아냥거리는 사람도 있었다. 하지만 야전병원으로 차출된 동기들의 부고가 그보다 더 자주 귀에 들어왔다.

전선에서는 어떤 깃발이나 십자가도 무시당했고, 구호 텐트마저 표적이 돼서 환자고 의사고 간호사고 전부 다 죽었다. 본부에 버림받아 보급이 오지 않는 현장은 지옥이나 다름없었고, 의료 용품과 식량이 다 떨어진 뒤로는 자살자가 속출했다고 한다.

나도 의사 나부랭이다. 뜻은 있었다. 국가나 사상은 관계없다. 이 손으로 하나라도 더 많은 생명을 구하고 싶었고, 그러기 위해 내 영혼을 바칠 각오도 있었다. 다만 이건 변명으로 들릴 수도 있겠으나 당시 정세와 법이 내 입대를 허용하지 않았다.

야간 담당이었던 나는 그때 의국에서 수면실로 향하는 중이었다.

앞쪽에서 키 큰 경비원이 다가오는 모습이 보였다. 조용한 복도에 고무 신발을 내디디는 소리를 내며 좌우의 검사실과 치료실 문이 제대로 잠겼는지 하나씩 확인했다.

내가 수혈 관리실 앞을 지나쳤을 때 경비원이 그 방의 문에 손을 댔다.

그러자 문이 옆으로 스르르 열렸다. 누군가 잠그는 걸 깜박한 걸까. 경비원이 발을 멈췄고, 나도 마음에 걸려서 멈춰 섰다.

방을 들여다보자 어두웠고 인기척도 없었다.

경비원이 허리에 찬 열쇠고리에서 마스터키로 추정되는 열쇠를 빼내다가 문득 생각난 것처럼 손전등을

Ciarlatano

쳐들어 수혈 관리실 안쪽을 비췄다.

어둠 속에 누군가 서 있었다.

"누구십니까? 거기서 뭐 하는 거예요?"

경비원이 경계하는 태도로 한 발짝 앞으로 나섰다.

손전등 불빛을 꺼리듯 어깨까지 내려오는 짧은 금발이 흔들렸다. 나는 그 여자의 얼굴을 본 적 있었다.

"프란체스카?"

목소리가 뒤집어졌다.

잘못 본 줄 알았다. 하지만 그 파란 눈은 분명 프란체스카 양의 것이었다.

"선생님, 아시는 분입니까?" 경비원이 나를 돌아보고 물었다.

"아, 아아. 지난달에 들어온 간호사예요." 나는 냉큼 거짓말을 했다. 그렇게 해야 할 듯한, 묘하게 강한 사명감에 휩싸였다. "이런 곳에서 뭐 하는 거죠?"

"……혈액 내과 선생님 지시로 뭘 좀 찾느라요."

프란체스카 양은 극히 흰색에 가까운 하늘색인 이 병원 간호사 근무복 차림이었다.

내가 몰랐을 뿐 정말로 병원에 취직했을 가능성도 있다. 아니, 하지만 열쇠공인 프란체스카 양이 왜.

"불도 켜지 않고 괜찮습니까? 아주 피곤해 보이는데요. 지금은 휴식 시간이니 나도 같이 찾아 줄게요."

나는 감정이 북받쳐 몸이 떨리는 걸 숨기고 "아무 문제도 없어요. 여기는 내가 알아서 할게요." 하며 경비원의 어깨에 손을 얹었다. 나갈 때는 문도 꼭 잠그겠다고 하자 경비원은 석연치 않은 표정을 지으면서도 고개를 끄덕이고 다른 곳을 순찰하러 갔다.

"이자…… 아아, 이자로구나."

불을 켜고 다가가자 프란체스카 양이 나를 확 끌어안았다. 난방을 켜지 않은 방이라 추웠는지 체온이 몹시 낮게 느껴졌다.

하지만 여기 있는 건 틀림없이 프란체스카 양이었다.

"보고 싶었어." 프란체스카 양이 눈물 어린 목소리로 말했다.

"나도! 지금까지 대체 어디서 뭘 한 거야?"

나는 프란체스카 양의 얼굴을 빤히 바라보았다. 10년 전에 잃어버렸던 사람이 바로 눈앞에 있었다. 그렇게 인식할 수 있었던 건 내내 머릿속에 그려 왔기 때문만은 아니었다.

프란체스카 양의 외모가 마지막으로 만났을 때와 전혀 달라지지 않았기 때문이다.

재회를 기뻐할 때의 올바른 예의라는 듯 나는 양손으로 프란체스카 양의 오른손을 잡았다. 뽀얀 피부에는 탄력이 있었고, 주름이나 잡티는 눈에 띄지 않았다. 손톱에도 윤기가 돌았고, 금색 머리카락은 짧게 잘랐지만 10대 소녀처럼 숱이 많았다. 앳되다는 표현으로는 부족할 만큼, 프란체스카 양은 조금도 나이를 먹지 않은 것처럼 보였다.

그제야 프란체스카 양의 발 쪽에 시선이 갔다. 정확하게는 발 옆에 놓인 커다란 천 가방에서 삐져나온 빨간 액체가 든 비닐 팩에.

어떤 소문이 떠올랐다.

당시 거리의 모든 병원에서 떠들썩했던 화제가 있었다.

수혈용 혈액제제, 즉 혈액 팩, 그것도 적혈구나 혈소판이 아니라 전혈 팩만 혈액형을 불문하고 잇달아 없어진다는 내용이었다.

처음에는 숫자를 잘못 헤아렸거나 기록이 누락돼서 실제 재고 수량과 차이가 생겼다고, 마치 병원 관리 체제의 미흡함이 원인인 것처럼 보고됐다. 하지만 분실은 그 한 번으로 끝나지 않고 부정기적으로 계속 발생했다. 들은 바로는 우리 대학 병원뿐만 아니라 시민 병원이나 개인 병원에 이르기까지 여기저기서 혈액 팩 숫자가 들어맞지 않았다고 한다.

이제는 법률이 개정돼서 성형외과 수술처럼 생사에

직결되지 않는 수술은 금지에 가까운 규제를 받고 있다. 그만큼 의료 자원이 고갈됐다는 뜻이다. 혈액도 예외는 아니었다. 시민들의 선의에서 비롯된 무상 헌혈만으로는 공급량이 모자라서 몇 년 전부터는 제공자에게 대가를 치르고 혈액을 확보하는 상태였다. 따라서 현장에서도 엄중하게 관리하건만 이렇게나 자주 재고 수량이 부족해지자 역시 의심하지 않을 수 없었다.

고가로 거래되는 혈액 팩을 훔쳐서 비밀리에 암상인에게 넘기는 자가 있다고.

나는 프란체스카 양의 눈을 봤다. 심장이 세차게 뛰었다. 긴장한 걸 얼버무리듯 흰색 가운 소매를 걷고 손목시계로 시선을 돌렸다. 아직 1시간 반쯤 휴식 시간이 남아 있었다.

"지금도 열쇠공 일을 해?"

내 질문에 프란체스카 양은 고개를 끄덕였다.

그녀가 의사나 간호사가 아니라는 것만 알면 충분했다.

나는 프란체스카 양의 손을 잡고 연옥에서 달아나듯 병원 밖으로 나갔다.

다행히 우리 집은 병원 바로 근처였다. 긴급 상황에 언제든지 달려갈 수 있도록 도보로 오갈 수 있는 거리의 아파르타멘토*로 이사했다.

현관으로 들어가면 방은 하나밖에 없고, 구석에 가스레인지와 개수대만 설치된 간이 주방이 있었다. 학생 시절과 다름없이 보잘것없는 주거 공간이었지만, 광장이 보이는 창문으로 외등 불빛이 비쳐 들어 그 희미한 불빛만으로도 생활할 수 있을 정도였다.

예전에 살던 사람이 넘겨주고 간 낡은 나무 테이블에 꿀을 타서 데운 우유 두 잔을 내려놓았다. 1인용 소파는 프란체스카 양에게 양보하고, 난 관엽식물 받침대로 사용하는 동그란 의자에서 화분을 치우고 거기 앉았다.

난 프란체스카 양이 옛날처럼 수다스럽게 이야기해주길 기대했다. 일찍이 내 앞에서 사라진 이유도, 지난 10년간 어떻게 지냈는지도, 간호사 차림으로 병원에 있었던 사정도, 전부 다.

하지만 그녀는 고개를 숙인 채 입을 꾹 다물었다.

원래 같으면 좀 더 시간을 들여서 순서대로 사정을 물어봤어야 하리라. 하지만 내게는 고작 1시간 정도밖에 시간이 없었다. 휴식 시간이 끝나면 프란체스카 양을 남겨 두고 일하러 가야 한다. 그래서 그녀와 내 기분을

* 아파트

무시하고 "그걸 어쩔 작정이었어?" 하고 질문했다.

"그거?"

"시치미 떼지 마, 프란체스카. 요즘 이 부근 병원에서 혈액제제를 도둑맞아서 난리야. 그거, 네 짓이잖아. 자, 너라면 수혈 관리실이 잠겨 있어도 문제없이 드나들 수 있겠지. 부탁이니까 솔직히 말해 줘. 왜…… 그런 짓을 한 거야?"

돈이 필요했다고 말해 주길 바랐다.

그렇다면 내가 어떻게든 마련해 줄 수도 있으리라. 전쟁이 시작되고 5년이 지니는 동안 세상 물성이 많이 변했다. 만약 프란체스카 양이 생활고 때문에 도둑 같은 짓을 해야 했다면, 나는 그 죄를 눈감아 주고 최대한 도울 작정이었다.

한편 내 가슴은 냉정하게 '아니다'라고 경고했다.

프란체스카 양은 금고도 열 수 있는 뛰어난 열쇠공이다. 마음만 먹으면 돈 자체나 보석 또는 군사기밀같이 큰돈이 될 만한 물건을 훔칠 수 있다. 의료 종사자도 아닌 그녀가 관계자에게 들킬 위험을 무릅쓰면서까지 24시간 체제로 돌아가는 병원에 침입해 혈액 팩을 훔칠 이유가 '불법으로 판매해 돈을 얻기 위해서'일 리 없다.

잠시 바닥의 화분을 바라보던 프란체스카 양이 "내 말을 믿어 줄래?" 하고 중얼거렸다.

기억 속 그녀와 완전히 똑같은 얼굴로 그렇게 말해서 나는 주춤했다.

"안 되겠지." 내가 동요한 걸 꿰뚫어 보았는지 프란체스카 양은 서글프게 미소 지으며 눈을 내리떴다.

"아니, 그런 게 아니야. 난…… 난, 네가 말해 준다면 아무리 시시한 거짓말이나 어이없이 꾸며 낸 이야기도 믿을게."

"그렇게 말해 줘서 기쁘지만 의지의 문제가 아니야."

"그럼 어떤—"

내 의문을 막듯 프란체스카 양이 자리에서 일어섰다. 그대로 주방 쪽으로 가서 개수대 안쪽에 수납된 식칼을 망설임 없이 뽑았다.

"잘 봐." 프란체스카 양이 칼을 거꾸로 쥐었다. "이러는 편이 빠르겠지."

"그만해. 장난에도 정도가 있어!"

나는 소리쳤다. 벌떡 일어서자 의자가 뒤로 넘어졌다.

프란체스카 양은 고개를 저었다. "장난이라면 얼마나 좋을까."

그리고 칼로 자기 목을 푹 찌르더니 주저 없이 옆으로 그었다.

으름덩굴 열매처럼 일직선으로 쩍 벌어진 상처에서 붉은 피가 뿜어져 나왔다.

프란체스카 양의 팔이 축 늘어지고 무릎부터 바닥에 털썩 쓰러졌다.

떨어진 칼이 높은 금속음을 냈다.

나는 그녀의 이름을 불렀다. 달려가서 몇 번이나 불렀다. 건조한 입술 가장자리가 찢어져서 피가 배었다. 거의 울부짖다시피 했다. 세면실까지 가는 시간도 아까워서 근처에 걸려 있던 카디건을 끌어내려 상처를 강하게 압박했다. 피를 빨아들여 붉게 물든 양털이 점점 무거워졌다.

그밖에 할 수 있는 일은 없었다.

얼마나 그러고 있었는지 모르겠다. 내 손에 묻고 손톱 밑으로 들어간 피는 이미 말라서 굳었다.

난 프란체스카 양의 상처를 본 순간, 의사로서 결말을 예감했다. 이렇게 다쳐서는 무슨 조치를 해도 살아남을 수 없다고.

잠시 후 물방울이 바닥에 고인 피에 떨어져 파문을 그렸다.

내가 이 나라에 와서 눈물을 흘린 건 분명 그때가 처음이었다. 눈을 깜박일 때마다 기숙사의 내 방 앞에 서 있던 프란체스카 양의 모습이 되살아났다. 술에 취했을 때 나오는 사랑스럽고 경쾌한 말투를, 유창하게 읊은 내 조국의 시를, 폐쇄된 지하실에 숨겨진 비밀스러운 보물 이야기를 다시는 프란체스카 양에게 들을 수 없다. 멈출 방법도 되돌릴 수단도 없이, 그저 모든 걸 잃었다.

왜. 그런 의문만이 머릿속에 가득했다.

왜 프란체스카 양은 이런 짓을 한 걸까. 일부러 내 앞에서 죽기 위해 돌아온 걸까? 아니면 내가 그녀를 의심하지 않았다면 이렇게 되지는 않았을까. 프란체스카 양을 죽음으로 몰아붙인 건, 죽인 건 나일까.

갑자기 목소리가 들렸다.

"의사인 네가 보기에도 난 죽었겠지."

숨을 거두었을 프란체스카 양을 꿇어앉은 자세로 내려다보자 파란 눈동자와 눈이 마주쳤다.

아연실색한 내 앞에서 그녀는 천천히 상반신을 일으켰다. 목에 손을 대고 몇 번 콜록거렸지만 그게 전부였다.

살펴보자 믿기지 않게도 칼에 찢긴 상처가 딱 맞물려 있었다. 피가 묻어 몹시 더러워지긴 했지만, 옅은 잿빛으로 변한 일직선은 생긴 지 몇 달은 된 상처 자국처럼 보였다.

뭔가 어떻게 된 건지 몰라서 아무 말도 못 하자 프란체스카 양이 내 손을 잡았다. 죽은 사람처럼 차가운 손이었다.

"믿을 수 없겠지만 들어 줘."

자신은 이른바 흡혈귀가 됐다고 그녀는 말했다. 그래서 병에 걸리지도 않고, 다쳐도 죽지 않는다고.

일의 발단은 10년 전으로 거슬러 올라간다.

스물다섯 살의 프란체스카 양은 외딴섬의 제철소로 출장을 나갔다. 공장 내부의 사무소에 대형 금고를 새로 설치해 달라는 의뢰였다. 프란체스카 양은 별 탈 없이 작업을 마치고 돌아가는 배에 탑승했다.

그 배가 기상 악화로 난파했다.

벼락이 떨어져 배가 손상됐고 선장과 선원을 포함한 동승자 십수 명이 사망했다. 살아남은 사람은 프란체스카 양과 베오그라드 출신의 노파 한 명뿐이었다. 더욱 불행하게도 벼락이 떨어졌을 때 화재가 발생해 조타기와 전기통신기계가 고장 나서 사용할 수 없게 됐다고 한다. 배에 남은 프란체스카 양과 노파는 악천후 속에서 바다를 표류하며 구조되길 바랐지만 아무리 기다려도 구조대는 오지 않았다.

사흘이 지나자 프란체스카 양은 피로와 굶주림으로 쇠약해졌다. 선내에 식량과 물이 없어서 젊은 그녀도 체력이 한계에 가까웠다. 그런데 노파는 조금도 수척해진 기색 없이 오히려 프란체스카 양을 격려하기까지

했다. 분명히 돌아갈 수 있으니까 걱정하지 말라고.

그날 밤, 프란체스카 양은 노파가 갑판에 널브러진 시체의 목을 깨무는 모습을 목격했다.

인간의 살점을 먹고 피를 삼킨다. 그 기괴한 모습을 목격당한 노파는 완전히 체념한 듯 프란체스카 양에게 자신이 불로불사의 흡혈귀라고 밝혔다고 한다.

세르비아어가 모국어인 노파가 자신의 이야기를 얼마나 정확하게 전달했는지는 모르겠다. 다만 프란체스카 양과 나는 그 이야기를 진실로 받아들였다. 그것만큼은 분명한 사실이다.

노파는 고백했다.

벼락이 떨어져 모두 죽었을 때 실은 자신도 감전됐다고. 그대로 죽은 척했어도 상관없었지만, 유일하게 살아남은 프란체스카 양이 너무나 딱해서 생존자인 척하고 말을 걸었다고 한다.

자신이 어떻게 흡혈귀가 됐는지 노파는 결코 말해주지 않았다. 하지만 오랜 세월 인간으로 살면서 늙었고, 드디어 하늘로 불려 가려 할 때 불사신의 육체를 손에 넣어 소생했다고 한다.

처음에는 자녀, 손주들과 계속 함께 살 수 있어서 기뻤지만, 좋은 일뿐만은 아니었다. 살아 있는 한 생활을 위해 일해야 하고 하루에 1갤런이나 되는 인간의 피가 필요했다. 그리고 햇볕을 쬘 수도 없었다.

노파는 다른 사람들에게 의심받지 않도록 이름을 바꾸며 각지를 전전했고, 다른 흡혈귀에게 피를 나누어 받으며 간신히 연명했다. 그러는 동안 자녀와 손주는 수명이 다해서 사망했다. 하지만 불로라는 사실이 들통날 위험성이 있으므로 장례식에도 참석하지 못했다.

인간들은 점차 죽어 가고, 동포들은 피를 얻기 위해 인간들을 습격해서 죽인다. 노파는 점차 고독해졌다. 그럼에도 어느덧 2세기 넘게 살았다.

완전히 지친 노파는 죽기로 마음먹고, 마지막 여행을 떠나고자 그 배에 탑승했다고 한다.

노파 말에 따르면 전부 지긋지긋해졌다는 모양이다.

프란체스카 양은 말을 잘 골라가며 노파에게 구체적인 방법을 물어보았다. 불사신이라는 흡혈귀가 죽을 것 같지는 않았기 때문이다.

그러자 노파는 두 가지 방법을 알려주었다.

첫 번째는 햇볕을 쬐는 것. 햇볕에 노출된 흡혈귀는 화상을 입은 것처럼 살이 문드러지며 불타 죽는다고 한다.

두 번째는 피 1갤런을 잃는 것. 1갤런은 평균적인 성인의 몸속에 흐르는 혈액의 거의 전부에 해당하는 양이다.

그리고 그 피를 전부 마신 인간은 흡혈귀의 힘을 이어받는다고 한다.

노파는 굶어 죽는 흡혈귀는 없다고 단언했다. 굳은 의지로 아사를 선택하려 해도 본능적인 흡혈 욕구를 거스를 수 없어서, 근처에 인간이 있는 한 충동적으로 그 사람을 덮친다. 그리고 세상에 인간이 완벽하게 없는 곳은 존재하지 않는다. 감옥에 갇히더라도 간수를 죽이고, 달려온 다른 사람의 피를 마신다. 인간이 멸망할 때까지 그런 짓을 되풀이할 것이라고.

프란체스카 양에게 주어진 선택지도 두 가지였다.

흡혈귀가 되어 살아서 돌아갈 것인가, 이 배에서 인간으로서 죽을 것인가.

노파는 재촉했다. 만약 후자를 선택한다면 자신은 다음 날 일출과 함께 태양 아래로 나가겠노라고. 그러면 프란체스카 양은 배에서 홀로 어쩔 도리도 없이 죽음을 맞을 것이라는 협박 같은 말과 함께.


프란체스카 양은 거기서 이야기를 마쳤다.

하지만 지금 여기에 그녀가 있다는 사실이 대답이다.

나는 프란체스카 양의 죽음과 소생을 내 두 눈으로 똑똑히 지켜보았다. 받아들이든, 웃어넘기든, 한탄하든 현실은 흔들리지 않는다.

"맙소사……. 그래서 우리에게 아무 말도 없이 자취를 감춘 거야?"

내가 찾으러 간 곳에서 사람들은 모두 프란체스카 양을 걱정했다. 특히 고아원 관계자는 프란체스카 양의 실종에 큰 충격을 받았고, 그런 어른들 사이에 감도는 심상치 않은 분위기를 감지했는지 응접실 밖에 있는 휴게실은 우는 아이들로 가득했다.

"다음 날 밤이 되길 기다렸다가 난 혼자 육지로 향했어. 도저히 헤엄칠 만한 거리가 아니었지만, 바다에 빠져도 죽지는 않을 테니 끼깃깃 해 보사는 기분이었지." 피로, 추위, 통증은 느껴졌지만 움직이려고 하면 몸은 얼마든지 움직였어, 하고 당시를 떠올리듯 프란체스카 양은 눈을 감았다. "할머니가 베오그라드에는 수많은 흡혈귀가 있다고 했으니까 나도 거기에 가는 수밖에 없겠다고 생각했지. 그래서 일단 그 동네로 돌아갔다가 즉시 베오그라드로 이사했어."

"왜 한마디도 상의하지 않은 거야?"

"난 할머니를 죽였어. 혼자 죽기가 무서워서 남을 해쳤다고. 의사가 목표인 너한테 어떻게 그런 말을 할 수 있겠니?"

"하지만 어쩔 수 없는 상황이었잖아." 갈라진 목소리가 나왔다. 두려움이 아니라 프란체스카 양을 안쓰럽게 여기는 마음이 컸다. 동시에 당시 아무 도움도 되지 못했던 나 자신이 원망스러웠다. "10년이야. 10년이나 낯선 타지에서 넌—"

"할머니가 한 이야기는 진짜였어. 베오그라드에서는 밤이 되면 흡혈귀가 인간을 습격하기 위해 거리를 배회했지. 그들과 접촉해 나도 동료가 됐어."

가짜가 아니라는 걸 증명하기 위해 아까처럼 보통 사람은 죽을 정도로 자해해야 했지만, 하고 프란체스카 양은 농담하듯 미소 지었다.

나는 조금도 웃을 수 없었다. "하지만 이 나라로 돌아왔다는 건."

"그쪽에서 흡혈귀 사냥이 시작됐거든. 한 곳에 너무 많이 뭉쳐 있었던 탓이지. 인간이 너무 많이 피해를 입는 바람에 세르비아 정부 기관이 우리의 존재를 눈치채고 말았어. 5년 전, 전쟁이 막 시작됐을 무렵이야. 군사적 목적으로 이용하려는 연구자들에게 차례차례 붙잡힌 흡혈귀들은 돌아오지 못했어. 그 후로 몇 년이나 필사적으로 도망쳐 다니다…… 내가 그곳의 마지막 흡혈귀가 됐을 때, 베오그라드에 남을 의미를 잃었지. 그래서 밀라노로 돌아왔어. 참 얄궂다니까. 또 나 혼자 살아남았어."

"지금은 안전해? 여기도 위험할지 모르잖아."

"위험하다고? 위험한 건 너야, 이자." 파란 눈동자를 감추며 금색 속눈썹이 바람을 일으켰다. 프란체스카 양은 옛날과 다름없이 또렷또렷한 어조로 말했다. "난 분명 사람을 죽일 거야."

"아니야. 만약 네가 사람을 습격하는 무시무시한 흡혈귀라면, 병원에 숨어들어 피를 훔치지는 않겠지."

프란체스카 양은 내 말을 부정하지 않고 기도하듯 깍지를 꼈다.

"오래는 못 갈 거라고 생각했어. 그래도 너한테 들켜서 다행이야."

"그게 무슨 뜻이지?"

"이번 일은 눈감아 줘."

"처음부터 그럴 작정이었어."

나는 방바닥에 고인 피에 젖은 채 즉시 답했다.

프란체스카 양은 고개를 살짝 끄덕인 후 일어서서 나를 내려다보았다.

"오늘 밤 안에 밀라노를 떠날게. 도둑질한 걸 변상은 못 하겠지만, 더 이상 너한테 폐를 끼치지 않을게."

"잠깐만. 어디로 가려고? 의지할 만한 사람은 있어?" 내가 그 사람이 되면 안 되느냐고 덧붙여 물었다. "뭘 어쩌면 되는데? 어떻게 하면 네게 힘이 될 수 있는데?"

알고 있었다. 의사로 살고 싶다면 그걸 물어봐서는

안 된다는 것을. 지금 당장 여기서 나가 달라며 프란체스카 양을 쫓아내야 했다. 그러지 않으면 의료 종사자로서 모든 자격을 영원히 잃으리라는 걸 알고 있었는데.

매달리는 내 모습은 틀림없이 꼴사나워 보였으리라. 그렇지만 프란체스카 양은 날 끌어안고 다정하게 입맞춤을 해 주었다.


내가 맡은 역할은 병원이 관리하는 혈액을 입수해 프란체스카 양에게 건네는 것, 단지 그뿐이었다.

난 진료 기록을 위조해 가공의 환자를 만들어 내고, 그 환자에게 수혈한다는 명목으로 혈액제제를 빼돌렸다. 환자들이 많이 들락거리는 병원의 특성상 내 악행을 알아차리는 사람은 없었다. 우리는 아무도 모르게 밀회를 거듭하며 공습경보가 시끄럽게 울려 퍼지는 하늘 아래서 5년이라는 시간을 보냈다.

내가 서른다섯 살이 된 해에 전환점이 찾아왔다.

내 모습은 완전히 후줄근해졌고 머리에도 새치가 늘었지만, 프란체스카 양은 시간이 멈춘 것처럼 변함없이 스물다섯 살 때 모습 그대로였다.

그래서 그녀가 임신했다고 알렸을 때는 아무 걱정도 품지 않고 그저 오롯이 기쁨을 만끽했다.

하지만 그때를 기다렸다는 듯 내 죄가 병원에 발각

됐다.

반쯤 무너진 경찰서에서 조사를 받을 때 난 돈 때문에 그랬다고 거짓으로 진술했다. 누구에게 팔았느냐는 질문에는 절대로 대답하지 않고 오로지 '고액의 보수를 받고 불법 업자에게 넘겼다. 상대의 이름과 연락처는 모른다'라는 주장으로 일관했다. 구속 기간 내내 프란체스카 양이 식사를 어떻게 하고 있는지 걱정돼서 죽을 지경이었다.

형사들은 수긍하지 못한 눈치였지만, 그 일을 제외하면 성실하게 근무하며 병원에 크게 공헌했다는 게 인정됐는지 나는 징계면직 처분을 받은 후 의사 면허를 박탈당하는 것만으로 풀려났다. 교도소에 나 같은 범죄자를 수감할 공간이 없었던 것도 이유였을 것이다.

하지만 2주일 만에 돌아간 집에 프란체스카 양은 없었고, 그 후로는 한 번도 그녀를 보지 못했다.


나는 실의의 구렁텅이에 빠져 살다가 3년 후 저금이 다 떨어지자, 이름에 성城이라는 단어가 들어가는 이웃 거리로 이사했다. 더는 밀라노의 비싼 집세를 감당할 여유가 없었다.

그 후로는 공장에서 일용직으로 일하며 하루하루를 탕진하듯 무의미하게 시간을 보냈다.

아무리 길어도 10년이면 결판난다던 전쟁은 31년이나 계속됐다.

31년은 전쟁 통에 태어난 아기가 훌륭한 의사가 될 수 있는 시간이기도 하다. 실제로 특례를 허용받아 졸업이 앞당겨진 의학도들은 차례차례 전선으로 보내져 목숨을 잃었다. 전쟁이 벌어지는 동안 아무 피해도 입지 않은 국가는 없었고, 전 세계 육지의 4분의 1 이상에 폭약의 비가 쏟아졌다고 한다. 내가 일했던 밀라노의 대학 병원도 내가 그만두고 몇 년 후에 무차별폭격으로 불탔다.

전쟁이 끝난 후의 혼란을 틈타 나는 거리 외곽에 작은 진료소를 열기로 했다.

용납되지 않을 일이라는 건 알고 있었지만, 50대 후반에 접어들자 일할 곳을 찾기가 힘들어서 달리 방법이 없었다. 부상당한 마피아를 환자로 받고, 순찰하는 헌병들에게 돈만 좀 쥐여 주면 근근이 영업해서 먹고살기가 그리 어렵지는 않았다. 의사를 목표로 아침부터 공부에 힘썼던 시절의 내 영혼은 이제 어디에도 남아 있지 않았다.

그렇게 또 몇 년이 지난 어느 날, 그 쌍둥이가 갑자기 나타났다.

"옛날에 어머니가 자기한테 무슨 일이 생기면 찾아

가라며 여기를 가르쳐 줬어." 그렇게 말하며 그 아름다운 남매는 내게 의지했다. "오래 알고 지낸 친구죠? 당신은 모든 걸 알고 있고, 친절한 사람이니까 분명 힘이 돼 줄 거라고 했어요."

그들은 루카와 안나라고 스스로를 소개했다.

내가 놀란 점은 세 가지다.

첫 번째는 그 쌍둥이가 프란체스카 양을 '어머니'라고 불렀다는 것이었다. 들어 보니 그들은 올해 스물다섯 살이라고 했다. 프란체스카 양이 내 앞에서 다시 자취를 감춘 시기도 그 무렵이었다. 금발. 파란 눈동자. 총명한 말투. 그들을 구성하는 모든 요소에 프란체스카 양의 옛 모습이 담겨 있었다.

두 번째는 프란체스카 양이 이 진료소의 존재를 알고 있었다는 것이었다. 나는 그녀가 어디 있는지조차 모르고 방황했는데, 프란체스카 양은 내가 어디서 어떻게 생활하는지 알고 있었다. 그 사실이 내게 얼마나 큰 아픔으로 다가왔는지 모른다. 알면서도 프란체스카 양은 한 번도 내 곁으로 돌아오기를 선택하지 않았다.

마지막 하나는 프란체스카 양이 이미 세상을 떠났다는 것이었다.

"어떻게 된 거지? 프란체스카는 흡혈귀였잖아. 나는 흡혈귀의 능력을 두 눈으로 똑똑히 봤어. 프란체스카가 죽다니 말도 안 돼.”

나는 스스로도 어찌할 수 없을 만큼 감정이 격해졌다. 등에 식은땀이 맺혔다.

“엄마는 흡혈귀의 비밀을 알아차린 같은 고아원 출신 여자에게 살해당했어요. 하지만 흡혈귀의 피까지 빼앗길 순 없었죠. 이제는 제가 그 힘을 이어받았어요.”

안나는 말을 마치자마자 진찰대 위의 가위를 집어 자기 목을 찌르려고 했다.

나는 허둥지둥 안나의 손을 붙잡고 말렸다. “믿을 테니 그런 짓은 하지 마!”

“우리도 피가 필요해. 어머니는 장기 밀매 업자에게 사거나…… 밤에 혼자 있는 사람을 습격해서 얻은 것 같은데, 우리가 그럴 수 있을 것 같지는 않거든. 어떻게든 돈을 준비할 테니까 수혈용 혈액을 당신이 구입해 줄 수 없을까?”

루카가 심각한 표정으로 내 눈을 바라보며 말했다.

할 수만 있다면 나도 그러고 싶었다. 프란체스카 양을 도와주지 못했던 걸, 약속을 지키지 못했던 걸 만회할 수 있는 기회를 얻은 심정이었다.

하지만 의사 면허가 없는 나로서는 정식 병원에만 공급되는 수혈용 혈액을 입수하기가 아주 힘들었다.

“진정제나 근이완제라면 얼마든지 구할 수 있어.” 나

는 매달리듯 쌍둥이에게 설명했다. 그들이 실망해서 또 내 곁을 떠나지는 않을까 두려웠다. "주사를 놓으면 누구든 꼼짝도 못 하지. 여기 오는 환자에게 주사를 놔서 움직임을 봉쇄하고 혈액을 채취하면—"

"아니. 몇 번이고 그런 짓을 했다간 당신이 붙잡히겠지. 약만 준비해 주면 나머지는 우리가 알아서 할게." 루카가 내 말을 막았다.

다른 선택지는 없었으므로 내가 고민한 끝에 고개를 끄덕이자 안나는 "감사합니다." 하고 내 손을 잡았다. 시체처럼 차갑고 사랑스러운 손이었다.

나는 결국 내가 그들의 아버지라는 사실을 밝히지 않았다.

25년간 무책임하게도 프란체스카 양만 고생시킨 주제에 이제 와서 아버지 행세를 할 자격이 어디 있겠는가. 속죄를 위해 서슴없이 다른 죄를 저지르는 내 모습을 보고 예전의 의학도는 대체 무슨 말로 책망할까.

그 후로 거리에서는 매일 피를 잃은 시체가 발견됐다.


루카와 안나는 며칠 간격으로 진료소를 찾아왔고, 그때마다 많은 약을 받아서 돌아갔다. 루카는 밀라노의 대학교에서 일하며 어머니 프란체스카 양을 살해한 범인인 비앙카라는 이름의 여자를 찾고 있는 듯했다.

마찬가지로 그 여자도 쌍둥이의 피를 노리고 있다고 했다.

위험한 짓은 그만두라고 말리고 싶었지만, 그랬다가는 쌍둥이가 거리를 둘 것이다. 나는 필요한 인간이 되고 싶었다. 도움을 주고 싶었다. 프란체스카 양의 아이들이 올바른 일을 하고 있다고 믿고 싶었다. 엎지른 것을 주워 모으려 하면 할수록, 손안에서 뭔가가 빠져나가는 기분이었다.

약을 받으러 와야 할 그들이 진료소에 나타나지 않았던 날, 나는 십자가를 움켜쥐고 뜬눈으로 밤을 지새우며 신에게 기도했다. 그들이 무사하기를, 죄를 용서해 주기를, 그들이 내 곁으로 돌아오기를 빌었다. 언제 두 사람이 와도 만날 수 있도록 집에 돌아가지 않았고, 교회에도 가지 않았다.

그래서 다음 날 오후에 옴브렐로의 요리사가 오스발도와 함께 루카를 여기로 데려왔을 때는 눈물을 참고 태연한 척하는 것이 고작이었다. 곁에서 보기에는 이상한 말과 행동을 했을지도 모르겠다. 그때 내가 평소와 달랐던 이유를 그들 중 누구도 몰랐으리라.

왜 옴브렐로의 종업원들과 같이 있는 거냐고 물어보려 하자 루카는 날 엑스선 촬영실 구석으로 끌고 가서 "저 사람은 분명 쓸모가 있어." 하고 말했다. "내 유도에 간단히 걸려들었지. 그리고 칼을 쥐는 법으로 보건대 분명 용병이나 군인이야. 이렇게 마침맞은 사람은 별로 없어."

"오스발도가?"

"나 혼자서는 안나를 찾아낼 수 없어." 전날 밤 루카는 비앙카의 수하에게 붙잡혔고, 거기에서 도망칠 때 여동생과 헤어졌다고 한다. 인육을 제공하는 요리점에서 깨어나 오스발도에게 해코지를 당할 뻔했고, 재빨리 반격에 성공하긴 했지만 자기 몸을 지키기 위해 모여든 다른 종업원에게는 기짓말로 설명하는 수밖에 없었다는 이야기였다. "협력자가 필요해. 부탁이야, 도토레 후. 나랑 이야기를 맞춰 줘."

나 자신이 부끄러웠다. 어쩌면 이렇게 한심하냐고 한탄했다.

그 무엇과 바꿔서라도 지키고 싶었던 아이들이 납치당했는데 난 아무것도 모르고 안전한 방에서 기도만 올렸다. 그 결과가 이것이었다. 루카가 공범자로 고른 사람은 늙고 힘없는 아버지가 아니라 악덕 요리점의 종업원이었다.

루카는 할 말을 잃은 내게 소매를 걷으라고 하더니, 흰 가운 가슴 주머니에서 은색 만년필을 꺼냈다. 그리고 내 쪽에서 똑바로 보이도록 내 왼팔 안쪽에 '흡혈귀의 편을 들 것<sub>Sono alleato dei vampiri.</sub>'이라고 적었다.

"이건—"

"이제부터는 고개만 끄덕이면 돼. 잊지 마. 당신만이 우리의 버팀목이야."

나는 그것이 하늘에서 내게 부여한 유일한 역할로 느껴졌다.

"하다못해 네 거짓말을 진짜로 바꾸는 걸 나도 돕도록 해 다오." 그렇게 애원하는 내 목소리는 떨렸으리라. "오스발도에게 약을 처방하마. 중추신경계의 활동을 억제하는 약이야. 한도를 넘어서 계속 먹으면 몸 여기 저기에 말썽이 생기지. 그는 자신이 죽음에 다가가고 있다고 착각할 거야. 넌 그걸 '흡혈귀의 저주'라고 주장하면서 저주를 풀기 위해서는 안나의 피가 필요하다고 하렴. 그러면 안나를 찾는 걸 도와주겠지."

# 제5장
# 풀리다

## Sciogliere
녹다

군데군데 영어와 처음 보는 언어도 섞여 있어서 수기 내용을 이해하기가 쉽지 않았다. 글씨체도 의사답게 지저분해서 알아보기 힘들었다. 하지만 마지막 쪽에 '난 더 이상 의사가 아니다Non sono più un medico.'라고도 휘갈겨 써 놓았다.

"어디까지 사실일 것 같아?"

내 옆에서 수기를 다 읽은 후, 루카는 눈썹 하나 까딱하지 않고 물었다.

난 의족을 감싸며 도토레 후의 시신 옆에 쪼그려 앉아 흰 가운의 소매를 걷었다.

주름이 쪼글쪼글한 왼팔 안쪽에 검은 얼룩 같은 잉크 자국, 즉 희미해진 글자가 남아 있었다. '귀의 편을 것'이라고 쓰여 있는 걸 간신히 알아볼 수 있었다.

루카는 말없이 그 글자를 바라보았다.

"변명할 거면 지금 해."

"……멋대로 옴브렐로에 들어가서 화났어? 자물쇠 따는 방법은 어머니에게 배운 거야."

"남을 너무 얕보지 말아라, 이 흡혈귀야. 자물쇠 같은 건 아무래도 상관없어."

"그럼 뭔데?"

"난 옛날에 군의관이었어. '저주'와 비슷하게 몸에 이상을 일으키는 약이 존재한다는 것 정도는 알아."

군의관? 하고 루카가 경직됐다. "의사였는데 사람을 서른여섯 명이나 죽이고, 결국 시체 해체꾼이 된 거야?"

"이 자식이, 그 이야기는 누구한테 들었어? 그래서 말하기 싫었던 건데." 고함을 지르며 한바탕 날뛸까 싶기도 했지만, 무참한 모습으로 쓰러져 있는 영감님이 불쌍해서 난 주먹을 살그머니 풀었다. 시체 앞에서 소란을 떠는 건 일할 때만으로도 충분하다. "알약 먹는 걸 깜빡한 한나절 동안 묘하게 몸이 가볍더라니. 두통, 현기증, 귀울림과 후각 장애…… 증상으로 보건대 항경련제 같은 거였겠지. 구역질이 나고 눈의 초점이 잘 안 맞은 것도 그 약 때문인가? 약을 복용하기 시작했을 때나 다량으로 복용했을 때 나타나는 부작용이야. 원래 발작을 막기 위해 뇌 기능을 억제하는 약이니까 말이지. 나도 참 멍청했군. 빌어먹을 돌팔이 같으니라고."

"좀 더 빨리 알아차릴 줄 알았어."

"시끄러워. 은화 서른 개는 나와 이 거리 사람들을 희생양으로 삼은 대가라는 건가."

영감님은 요전에 흠씬 두들겨 맞은 나를 검사한 데다 에베리스에게 비앙카의 쌍둥이 이야기까지 들었으니 더는 비밀을 지킬 수 없겠다고 생각한 것이리라. 그래서 소니아를 통해 진실을 밝히기로 했다. 어쩌면 양심의 가책도 느꼈을지 모르지만, 그 이전에 불법 의료 영업 자체가 윤리 규정 위반이다.

다만 이 가짜 의사는 자신이 비앙카 일당에게 봉변을 당할 줄은 몰랐던 걸까. 어쩌면 고문을 당하지 않았어도 그는 그리 머지않은 미래에 자살하기로 마음먹지 않았을까. 그러면서 나한테는 '살아서 사명을 다하라' 같은 소리를 지껄였다.

"그나저나 후의 기록이 전부 사실이라면, 넌 아직도 중대한 비밀을 감추고 있는 셈이야."

나는 이 자리에서 죽은 남자를 그냥 '후'라고 부르기로 했다. 이 돌팔이가 스스로 그렇게 적었듯이 개인적인 감정에 휘둘려 환자를 이용해 먹는 사기꾼 영감쟁이를 '도토레'라고 불러서는 안 될 것 같았기 때문이다.

"그 말은 내가 흡혈귀가 아니라는 뜻?" 루카는 천연덕스러운 표정으로 진찰대에 기대서 웃으며 말했다. "어딜 보고 그렇게 생각했어?"

난 이제 누구에게 분노를 표출해야 할지 모를 지경이었다. 한숨을 내뱉고 다시 의자에 앉았다.

"여기에 인간이 흡혈귀가 되려면 흡혈귀의 피 1갤런을 마셔야 한다고 적혀 있었어. 너희 어머니의 덩치가 극단적으로 크지 않은 이상, 몸속에 피가 2갤런이나 흐르지는 않겠지. 흡혈귀가 유전되지 않는다면, 비앙카 일당에게서 어머니의 피를 되찾았더라도 흡혈귀의 힘을 이어받을 수 있었던 건 너희 쌍둥이 중 하나뿐일 거야.”

루카는 내 신경을 긁듯 한참 후에야 “명답이야.”라고만 말했다. 젊고 아름답게 생기지 않았다면 용서받을 수 없는 짓이었다.

햇볕을 조심해, 하고 나는 빈정거렸다. “왜 흡혈귀인 척한 거야?”

“내가 평범한 인간이고 ‘흡혈귀의 저주’가 존재하지 않는다면 당신은 냉동실에서 되살아난, 아니, 애초에 한 번도 죽지 않았지만, 아무튼 그런 나를 죽이지 않고 봐줬을까?”

“사흘 전의 너를?”

“일반인이 옴브렐로가 불법으로 인육을 제공하는 리스토란테라는 사실을 알아차렸는데도 흠집 하나 없이 풀어줬을 거냐고 묻는 거야.”

그야 안 되겠지, 하고 나는 다른 사람들의 반응을 예상하고 대답했다. “난 아무래도 상관없지만, 다른 종업원과 자이온이 가만히 있지 않을걸. 괜히 동정을 베풀었다가 신고당하거나 신문사에 정보를 제공하면 귀찮아져.”

“맞아. 하물며 여동생이 흡혈귀라는 사실을 믿어 줄리 없고, 여동생을 찾는 걸 도와주길 바랄 수도 없겠지.

마피아에게 둘러싸인 상황에서 고립되면 최악의 사태에 빠질 수도 있어. 저주받은 건 오히려 나았다고.”

난 팔짱을 끼고 고개를 기울였다. “흡혈귀에게 물린 인간이 저주에 걸려 죽는다는 건 사실이 아니야. 네가 흡혈귀라는 이야기도 거짓말이었고. 다만 어제 잘려 나간 네 여동생의 팔은 햇볕을 쬐자 재가 됐어. 넌 흡혈귀에 얽힌 소문을 ‘미신’으로 치부하는 한편으로 ‘햇볕은 쬐지 않는 게 좋다’라고 두루뭉술하게 말했지. 대체 무슨 작정이었던 거야.”

“우리와 안나기 합류했을 때를 고려했던 거야. 햇볕이 약점인 줄 모르면 당신들이 악의 없이 햇볕을 쬐게 할지도 모르니까. 은이나 마늘, 십자가는 만져도 화상을 입는 정도에 그치지만 햇볕은 쬐면 정말로 죽거든. 안나를 만났을 때를 위해 당신들도 햇볕을 주의해 주길 바랐어.”

“즉, 미신이라는 것도 거짓말이었군. 진짜 흡혈귀는 은, 마늘, 십자가를 싫어하고 거울에 모습도 비치지 않아.”

“그런 셈이지.” 루카는 착실하게 발판을 다지려고 하는 내 앞까지 와서 책상 위의 은화를 집었다. “모든 걸 내 연기력으로 소화하기는 불가능했어. 옴브렐로의 냉동실에서 눈을 뜬 시점에 거기가 요리점이라는 사실은 알아차렸지. 마늘이 여기저기 있을 테고 객석에는 거울도 있어. 식기류 중에도 은을 사용한 제품이 있겠지. 처음 한동안은 거울에 비치는 곳에 서지 않도록 조심하고 은, 마늘, 십자가를 볼 때마다 싫어하거나 무서워하는 척할 수 있을지도 모르지만, 계속 당신들 가까이 있으면 언젠가는 실수할 거야. 그럼 내가 흡혈귀가 아니고, 흡혈귀의 저주도 존재하지 않는 것 아니냐는 의혹이 생기겠지. 그렇기에 차라리 그런 건 다 미신이라고 단정하는 게 편했어. 생사에 관계되지 않는 제약은 없는 셈 치면 흡혈귀인 척하기가 꽤 쉬워지지.”

“나름대로 앞뒤가 잘 맞도록 이야기를 꾸며 낸 건가. 언제부터 생각했던 거야?”

“내가 한 말은 거의 다 엉터리야.” 루카는 몹시 차가운 한숨을 내쉬고 서글픈 눈으로 나를 보았다. “하지만 오스발도를 비롯한 요리점 사람들은 다른 흡혈귀를 모르고, 흡혈귀의 특질에 대해서도 해박하지 않으니까 내 거짓말을 꿰뚫어 볼 수 없었어. 내 말이 옳다고 주장하면 믿는 수밖에 없지.”

“우리가 안나를 찾아내서 비교하면 네가 흡혈귀가 아니라는 사실이 금방 들통날 텐데.”

“동생과 만나기만 하면 어떻게든 돼. 이쪽에 하나라도 진짜가 있는 한, 당신들도 섣불리 손을 쓰지는 못할 테니까.”

편도 차표라고 나는 생각했다. 이 녀석은 앞일을 고려하는 것 같으면서도, 무슨 상황이 닥칠 때마다 손에 든 패를 모조리 내놓는다. 분명 자기 몸을 지킬 마음도 없으리라.

"……그런데 나와 마우리치오에게 사용한 마술은 어떻게 설명할 거지? 시뇨리나 에베리스도 그렇고, 어제는 순경까지 네게 조종당했어. 그건 분명 인간의 힘이 아니야. 대체 넌 뭐야?"

"난 평범한 학자야, 오스발도. 이런 일이 벌어지기 전에는 대학교에서 이상심리학을 연구했지."

"학자." 난 그 말을 되뇌며 후가 남긴 수기의 표지를 쓰다듬었다. 그 영감님은 자기 자식이 그렇게 거창한 직업을 가졌다는 걸 알고 있었을까. "심리학자가 어떻게 마법을 쓸 수 있지?"

"마법이 아니라 최면술이야. 우쭐거리려는 건 아니지만 방법은 어렵지 않아. 예를 들어 여기 흰색 배경에 검은색 글자로 '흰색'이라고 쓴 종이가 있다고 치자."

루카는 상의에서 필기구를 꺼내 "이건 거짓말쟁이의 만년필." 하고 자조하더니 자기 손바닥에 검은색 잉크로 '흰색Bianco'이라고 써서 내게 내밀었다.

나는 머릿속으로 '흰색'이라고 생각했다. 글자의 의미를 음미한 것에 가까울까.

"여기서 내가 빨리 대답하라고 재촉하며 글자의 색깔을 물으면 대부분 어떻게 대답할까?"

"'흰색'." 하고 나는 즉시 답했다. "어, 아니지. '글자의 색깔'이라면 '검은색'이야."

"맞아. 정답은 '검은색'이지만 머릿속에 더 많이 입력되는 시각적 정보와 시간제한 때문에 틀린 답을 내놓고 말지. 그리고 내 질문에 어떻게 대답할지 미리 정해놓지 않아서 묵살한다는 선택지도 떠오르지 않았어. 정답을 맞힌 사람도 비슷한 질문을 연속해서 출제하면 대개 어딘가에서 걸려들어."

"그래서 뭐 어쨌다는 건데?"

"뇌는 너무 복잡한 법칙에 대응하지 못해. 집중하면 할수록 순간적으로 제일 가까운 곳에 있는 정보를 택하지. 육체는 나태해서 편한 쪽을 추구하기 마련이고 거짓말은 생각하지 않으면 만들 수 없어. 그래서 생각해서 선택하려고 하면 그만큼 늦어지는 거야. 난 그 반응을 보며 질문을 바꿔서—"

"멋지게 원하는 대답을 끌어내거나, 긴장을 풀어서 잠재우거나, 생각대로 남의 행동을 억제한다는 건가. 심리학이라는 학문은 만능이로군. 그런데 왜 테디에게는 못 써먹었을까?"

비아냥거릴 작정으로 말한 건데 루카는 진지한 표

정으로 "그들에게는 안 통해." 하고 고개를 저었다.

"최면술의 기본은 압축된 신뢰 관계의 구축이거든. 날 아예 모르든지 어느 정도 신뢰하든지, 또는 방심한 사람에게는 암시를 걸 수 있지만 완전히 적으로 인식하는 사람은 조종할 수 없어. 애당초 그들은 내 이야기를 들을 생각도 없고."

"혹시 네 팔에 '접시 두 개와 와인 잔 다섯 개를 옮길 것'이나 '캔디와 테디에게서 도망치지 말 것'이라고 적은 것도 자기암시의 일종인가? 정신과 의사에게 그런 인지 요법이 있다는 말을 들었는데."

"어, 들켰네." 루카는 부끄러워하는 기색 하나 없이 잘생긴 입술을 일그러뜨렸다. "뭐, 무의식을 이용해서 행동을 교정하는 간단한 방법이야. 자기 자신에게 그렇게 할 수 있다는 믿음을 심는 거지. 하지만 어디까지나 노력하면 할 수 있는 일에 대해서만 효과를 발휘해. 듣도 보도 못한 나라의 언어를 사용하거나 몇천 파운드는 나가는 차를 한 손으로 들어 올리는 등 의지력으로는 해결할 수 없는 일을 이루어 주지는 못해. 그래도 눈에 보이는 글자의 힘은 의외로 얕볼 수 없으니까 시험해 볼 가치는 있지. 오스발도도 나중에 힘든 일이 있으면 해 봐."

"일부러 자기암시를 걸어야 할 만큼 비앙카가 거느

린 쌍둥이가 무서웠던 거야?”

“그야 당연하지.” 루카는 떨리는 손끝으로 뺨의 반창고를 만졌다. “그 두 명의 얼굴만 떠올려도 몸이 내 것이 아닌 것처럼 말을 안 들어. 민간인의 무기 소지가 금지된 지 몇십 년이나 지났는데…… 군인 말고 총을 가진 사람은 처음 봤어. 난 양으로 태어나 양 떼 속에서 평생 평화롭게 살고 싶었단 말이야.”

그 말을 들은 순간 묘한 기분이 들었다. 갑자기 루카가 아무 힘도 없는 어린애로 느껴져서 가슴이 찡하니 아팠다. 전선에 투입된 나이 어린 위생병들이 떠올랐다. 누가 이 살육전에 이 녀석들을 끌고 왔느냐는 분노가 솟아오를 지경이었다.

“거리에서 피를 뽑힌 채 발견된 시체는 어때? 그것도 전부 네 동생 짓이야?”

“그렇지. 사흘 전, 내가 오스발도와 처음 만난 날 기억해?”

“그걸 어떻게 잊겠냐?”

짜증나는 기억이 되살아났다. 흡혈귀에게 목을 물렸을 때처럼 심장이 또 쿵쿵 뛰는 것 같았다. 더구나 그것의 정체가 흡혈귀조차 아니었던 만큼 더욱 불쾌했다.

“그때 난 오스발도에게 진정제를 놓아. 후가 준 강력한 액체 약제지. 지난 한 달간 안나를 위해 피를 확보하느라 사용했던 것과 똑같은 물건이야. 느닷없이 인간을 덮쳐 봤자 저항해서 피를 빨 수 없으니까.”

루카는 가느다란 손가락으로 가지고 놀듯이 만년필을 빙글빙글 돌렸다. 이야기에 집중하지 못한다는 게 느껴졌다. 피상적인 말로 피비린내를 숨기고, 머릿속에는 아무것도 떠올리지 않으려고 애쓰는 낌새였다.

왜 그걸 아느냐 하면, 처음으로 사람을 찔러 죽인 후부터 나도 그런 식이었기 때문이다. 자신이 저지른 짓의 처참함도, 끊임없는 긴장감도, 내장을 좀먹는 듯한 죄악감도 누군가에게 전하려고 입 밖에 꺼낸 순간 진부하게 바뀐다. 그래서 평소는 마음속 깊은 곳에 가라앉혀 놨다가 이따금 꺼낼 때는 “이런 건 별것 아니야.” 하고 과도할 만큼 가볍게 취급했다. 하잘것없는 일이라고 몇 번이나 확인하듯.

루카는 그 추위에 약병 속 약제가 얼어붙지 않은 게 기적이지만, 이라고도 말했다. “오스발도는 내 최면술에 제대로 걸려서 주의가 산만해졌어. 그렇지 않더라도 갑자기 사람에게 깨물리면 의식이 그쪽에만 집중되겠지. 그리고 그 때문에 주삿바늘로 목 반대쪽을 찌른 걸 알아차리지 못 한 거야. 설령 위화감을 느꼈더라도 진정제의 효력이 나타나 금방 잠이 왔을 테니 대처는 못 했겠지만.”

"넌 몰랐겠지만 다음 날에 멍이 심하게 들었더라. 생초짜가 함부로 주사를 놓다니."

난 외투 옷깃 위로 목을 눌렀다.

이 녀석의 손재주 여하에 따라서는 정말로 죽을 뻔했다고 생각하자 몹시 화가 치밀었다. 한편 그렇게 하지 않았다면 내가 식칼로 녀석을 찔렀을지도 모르니까 냉동실에서 일어난 일에 대해서는 루카만 탓할 수도 없는 노릇이었다.

"그저께는 후가 혈액제제를 준비해 줄 거라고 했지만, 거기 적혀 있는 대로 그는 수혈용 혈액을 입수할 수 있는 처지가 아니었어. 그래서 우리가 알아서 피를 구해야 했지. 약으로 의식을 잃게 한 후 안전한 곳으로 옮기고 목을 찢어. 흡혈귀가 인간을 사냥할 때 사용하는 상투 수단이지."

루카는 바닥에 떨어져 있는 메스를 조용히 바라보았다.

예리한 은색 칼날에는 마른 피가 들러붙어 있었다.

"전부 다 자기가 했다는 듯한 말투로군." 나는 의자에 앉은 채 진찰대 가장자리를 걷어차고 가짜 흡혈귀를 노려보았다. 이 마당에 와서도 뻔뻔하게 거짓말을 하는 거냐는 기분으로. 이제 다시는 속아 넘어갈 마음이 없었다. "이 순 거짓말쟁이야, 이제 그만 솔직하게 말하는 게 어때?"

"당신에게는 미안한 짓을 했어. 그건 진심이야."

큰 소리로 으르댔는데도 루카는 동요하지 않은 척했다. 그러자 나만 감정적으로 나가는 것 같은 기분이 들었다. 분하지만 남을 지배하는 능력만큼은 아주 탁월한 녀석이었다.

진정하라고 나 자신을 타이른 후, 대놓고 물어보았다.

"살인은 전부 안나가 저지른 거야. 그렇지?"

"그걸 확인해서 어쩌려고?"

"넌 거짓말의 수렁에 푹 빠졌어. 그러다가 자신에 대한 불신감으로 머리가 이상해지지 않겠어? 그쯤 하고 진실을 털어놓지 않으면 정신을 제대로 유지하지 못할걸."

그러자 녀석은 한순간 뭔가 말하려다 고삐를 다시 죄듯 고개를 젓더니, 짐짓 경박한 웃음을 지었다.

"'흡혈귀는 둘이서 하나. 반드시 쌍둥이로 태어나지.' 내가 생각하기에도 참 그럴싸한 거짓말이었어. 내년에는 미신에 새로이 추가될 것 같아."

"왜 안나지?" 난 녀석이 계속 돌리고 있는 만년필을 바라보았다. "어째서 너 말고 안나가 흡혈귀가 된 거야?"

"당신이 듣고 수긍할 만한 이유는 없어. 그저 내게는 배짱이 없었고, 안나에게 용기가 있었을 따름이지. 안

Sciogliere

나가 어머니의 강인함을 이어받기에 적합한 사람이었던 거야."

그런데 넌 그걸로 괜찮은 거야, 하고 내가 묻자 루카는 호주머니에 양손을 넣고 일어서서 아무 말도 못 들었다는 듯 벽에 붙은 천체력을 보러 갔다.

대답은 없었다. 너무나 긴 침묵이었다.

"우리는 성격이 정반대야." 잠시 후 드디어 녀석이 말을 꺼냈다. "쌍둥이인데 신기하지? 옛날부터 어머니를 따라 자주 이사 다녔는데, 동생은 어딜 가든 금방 적응해서 사람들과 친해졌어. 하지만 난 아니었지. 간신히 정붙인 집을 떠나는 건 몇 번을 경험해도 괴로운 일이었고, 늘 혼자 책을 읽거나 창밖을 지나가는 사람들을 관찰하곤 했지. 안나가 바라는 건 언제나 새로운 자극과 전진이었고, 내가 원하는 건 안정과 안전이었어."

난 "그렇군."이라고만 대꾸한 후 고독하고 내향적인 유랑민 아이를 상상했다. 이 가족에게 아버지가 있었다면 얼마나 달라졌을까, 후는 아들을 잘 돌보고 편들어 주지 않았을까. 이 녀석은 건방지고 입이 험하지만, 손끝이 꽤 야무진 편이고 결코 머리가 나쁘지도 않다. 기본적인 예의범절과 남의 비위를 맞추는 방법을 배웠다면 지금쯤 수많은 사람에게 둘러싸여 지내고 있을 것이다.

"우리가 열다섯 살 때 어머니가 흡혈귀의 비밀을 가르쳐 줬어. 그 이전부터 어머니가 남들과 뭔가 다른 존재라는 건 알고 있었지만, 이야기를 듣자 여러모로 이해가 가더군. 안나는 어머니를 끌어안고 '나도 똑같은 게 좋아' 하고 말했어. 어른이 되면 자기도 흡혈귀가 되고 싶다고 말이야. 어머니는 웃으면서 '나중에' 하고 우리 머리를 쓰다듬었어. 난 어머니가 얼버무리고 넘어갔다는 걸 알았어. 하지만 따질 수는 없었어. 확실하게 짚고 넘어가지 않는 편이 나을 것 같았거든. '나중이라니 언제?' '어머니는 우리가 죽을 때까지 살아 있어 줄 거야?' '나나 안나가 흡혈귀가 되면 어머니는 죽는 거잖아' 하고 물어본들 두 사람을 당혹스럽게 만들 뿐이야. 눈을 돌리고 귀를 막고 대답을 모호하게 남겨 두면 무서운 일은 절대 일어나지 않아. 그렇지?"

말을 쏟아내던 루카가 거기서 입을 꾹 다물고 파란 눈동자를 책상 위의 수기로 향했다. 또 침묵이 흘렀다. 지금까지 건방지게 행동한 게 전부 연기 아니었을까 싶을 만큼 비통함이 넘쳤다.

벽시계의 초침 소리가 울렸다. 곧 오후 2시다.

"어머니가 살해당한 후부터야." 이윽고 루카가 불쑥 말을 꺼냈다. 동생이 점점 멀게 느껴졌어, 하고 작은 목소리로 말을 이었다. "비앙카가 흡혈귀로 변하기 위해 어머니를 살해했다는 걸 알고 안나는 주저 없이 자기가 어머니의 피를 마시겠다고 했지. 난 무서워서 그럴 엄두도 내지 못했는데 말이야. 난 평범하게 살고 싶었어, 오스발도. 출생이 그런데도 남들같이 살고 싶다는 미련을 버리지 못했지. 알겠어? 그 결과가 이거야. 내가 져야 할 책임까지 동생 혼자 짊어졌지. 이제 돌이킬 수 없어."

"흡혈귀의 피를 마시면 더는 인간으로 지낼 수 없어. 그리고 영원히 하루에 1갤런의 피가 필요하다니, 불로불사가 된다고 해도 그 대가가 너무 크잖아. 망설여지는 게 당연하지."

"하지만 10년이나…… 어머니에게 이야기를 듣고 유예 기간이 10년이나 있었는데 나만 각오를 다지지 못했어!"

루카는 쉰 목소리로 고함을 질렀다.

난 동정을 거부당했다는 걸 금방 알아차렸다.

"하지만 동생은 아무 쓸모도 없는 날 내버리지 않았지. 나흘 전에 캔디와 테디에게 붙잡혀 상인의 냉동실에 갇혔을 때, 추워서 꼼짝도 못 하는 날 구해준 건 안나였어. 동생이 실제로 아무렇지도 않았는지는 몰라. 하지만 걔는 불사신이니까. 냉동실에 흩어져 있던 포장재를 모아서 날 감싸고, 숨겨서 가지고 있던 진정제

주사기와 함께 나무 관에 쑤셔 넣었지. 잘 기억은 안 나지만, 전표를 손봐서 옴브렐로에 납품할 예정이었던 시체를 나로 바꿔치기했을 거야. 안나 혼자라면 도망칠 방법이 있었겠지만, 인간인 나는 거추장스러운 짐짝이라 둘이 함께 밖으로 나가려면 그게 제일 간단한 방법이었거든. 저기, 오스발도. 관 속은 의외로 따뜻한 거 알아?”

단숨에 말을 늘어놓고 마지막으로 그렇게 물었지만, 정작 대답은 원하지 않는 듯 루카는 씁쓸하게 웃었다.

그러고 보니 그날만 쇠지게가 포대가 아니라 묘하게 튼튼한 나무 관에 담겨서 가게로 배달됐다. 어째서 눈치채지 못 했느냐고 머리를 벅벅 긁는 것과 동시에 난 할 말을 되찾았다. “패기 없는 네가 용케 그런 상황에서 동생을 찾아내겠다는 쪽으로 마음을 바꿨군 그래.”

“아니야. 올바르고 다정한 동생을 놔두고 달아날 용기가 없었을 뿐이지.” 거기서 문득 루카가 시선을 내려 후의 시체를 바라보았다. “내가 왜 이렇게 겁쟁이인지 드디어 이유를 알았네.”

후는 겁쟁이가 아니었잖아, 하고 나는 말하지 않을 수 없었다. 덧붙여 난 정말로 그렇게 생각했고, 누가 뭐래도 그건 사실이었다. “돈 많은 무법자들이 이렇게 끔찍하게 고문했는데도 끝까지 자기 아이들이 어디 있는지 붙지 않았어. 긍지 있고 용감한 남자야."

우리는 영감님의 시신 앞에서 십자를 긋지 않았고, 특별히 애도하는 말을 남기지도 않았다. 그저 루카가 "나도 그래야 해." 하고 한마디 중얼거렸다.

생이별했다가 드디어 만난 아버지가 이런 꼴이 되다니, 녀석은 대체 기분이 어떨까. 하지만 결국 루카는 눈물을 흘리지 않았다.

"비앙카는 아마 내가 인간이라는 사실을 아직 모르겠지. 아니면 둘 중 누가 흡혈귀인지 몰라서 둘 다 붙잡으려고 하는 건가."

그때 방의 공기가 흐르고 인기척이 느껴졌다.

문에 '진료 시간 외'라는 팻말이 걸려 있었던 게 기억났다. 팻말을 무시하고 들어오는 자가 선량한 사람일 리 없다.

또각또각 다가오는 발소리를 듣고 나는 그자가 누구인지 알아차렸다.

굽 높은 구두. 질 좋은 자주색 외투. 윤기 있고 구불구불 물결치는 듯한 갈색 머리. 비꼬기라도 하는 것처럼 장소에 어울리지 않는 차림새로 그 여자는 우리 앞에 다시 나타났다.

"급하게 진찰받아야 할 상황입니까, 시뇨라 비앙카?"

"다친 데는 좀 어때, 오스발도?"

진찰실로 들어온 비앙카는 우리에게 생긋 미소를 지었다. 피투성이로 쓰러진 후의 모습은 전혀 눈에 들어오지 않는 듯했다.

"늘 데리고 다니는 착한 두 아이는 어쨌습니까?"

난 신경을 곤두세우고 주변을 경계했지만, 캔디와 테디의 모습은 보이지 않았다. 그 밖에 비서나 경호원도 데려오지 않은 듯했다.

"뭐 하러 왔어?" 루카가 물었다. "여기는 왜?"

"어쩌면 너희들이 같이 있지 않을까 싶어서. 조금 전에는 옴브렐로에도 들렀어."

비앙카는 환자인 양 내 앞의 의자에 앉았다. 내가 그녀를 진찰하는 의사고, 루카가 조수같이 느껴지는 위치였다.

"그 가게에?"

"그랬더니 과자를 만드는 여자애, 소니아랬나? 참 귀여운 애야. 걔가 가게에서 나오는 모습을 봤거든."

"소니아에게 저희가 있는 곳을 물어봤다고요?"

"좀처럼 알려 주지 않으려고 해서 고생깨나 했지."

비앙카는 부드러워 보이는 면장갑을 낀 손으로 권총을 꺼내서 우아하게 모은 두 무릎 위에 보란 듯이 얹었다.

옆에서 루카가 숨을 삼켰다.

"······소니아는 무사하겠죠?"

"그렇게 화내지 마, 오스발도. 당신이 더 이상 날 방해하지 않는다면 개의 안전은 보장할게. 그 주방장의 안전도."

"또 실속 없는 협박을—"

"이번에는 진심이야." 비앙카는 온화한 웃음을 무너뜨리지 않고 고개를 기울였다. "흡혈귀들을 놓친 상인이 어떻게 됐는지는 알지?"

"놀랐습니다. 마녀라고 불리시는 분이 화를 못 이겨 사람을 죽이다니요."

내가 비난하듯 그렇게 말하자 비앙카는 섭섭하다는 듯 눈썹을 내렸다. "하지만 그를 살려 두면 꼬리를 잡히는걸. 특별한 쌍둥이가 있다는 사실을 정부나 군이 눈치채면 큰일이잖아."

"어디까지나 누구보다도 먼저 흡혈귀를 손에 넣고 싶었다는 겁니까."

그때 루카가 신중하게 입을 열었다. "안나는? 내 동생은 어디 있어?"

"그 일로 너한테 부탁이 있어서 온 거야."

"무슨 놈의 부탁? 안나를 어떻게 했느냐고 묻잖아?"

루카의 시선은 비앙카가 쥐고 있는 권총에 고정돼 있었다.

녀석이 몸에 두르고 있는 침착함이 가짜라는 걸 비앙카는 간파한 듯했다.

"동생을 만나고 싶니? 그럼 날 따라와. 해치려는 건 아니야. 네 피는 필요 없으니까."

"그게 무슨 말입니까?" 난 비앙카의 눈을 보았다. 실컷 내려다보기로 했다. 이렇게 된 이상 알랑거릴 수만은 없었다. "안나에게 들었습니까?"

"그래. 흡혈귀는 자기 하나뿐이니까 오빠는 건드리지 말라고 걔가 그러던데."

"안나는 당신이 데려간 거로군요." 말문이 막힌 루카를 대신해 확인했다. "그 정도까지 알고 있으면서 왜 아직도 루카를 노리는 겁니까. 흡혈귀를 확보했으니까 됐잖아요."

"그 아이는 내 집에 있어. 그런데 부주의하게 접근한 고용인들을 전부 물어 죽였지."

너무하지 않아? 하고 비앙카는 동의를 구했다.

그 말을 듣자 자기 잘못은 제쳐 놓고 남 탓하는 데 천재구나 싶었다.

"루카가 있다면 흉포한 흡혈귀도 길들일 수 있다, 그 겁니까? 왜 그렇게 흡혈귀에 집착하는 거예요? 시뇨라, 이유 정도는 알려 주면 안 되겠습니까. 난 이번 일 때문에 엄청 열받았어요."

댁의 쌍둥이에게 신세도 갚아야 하고요, 하고 덧붙였다. 농담 삼아 꺼낸 말은 아니었다.

"그래……." 비앙카는 잠시 생각에 잠긴 표정을 짓더니 내 왼쪽 다리로 시선을 옮겼다. "당신도 은익 전쟁의 피해자라면 이해하려나."

피해자가 아니라는 가시 돋친 말만 떠올랐다. "당신은 자기가 무력 분쟁에 희생됐다고 생각하는 겁니까? 그 혼란스러운 상황과 부흥 특수 덕분에 사업을 키울 수 있었는데도요? 이제 북반구에서 '파르팔라'라는 이름을 모르는 사람은 없겠죠."

"당신도 그런 소릴 하는군, 오스발도." 비앙카는 서글픈 듯 눈을 내리떴다. 짙은 보라색 화장품이 잘 어울리는 얼굴이었다. "전쟁이 시작된 열 살 때, 난 팔레르모의 아동보호시설에 있었어. 입소한 건 그로부터 5년 전이었지만."

"루카에게 들었습니다. 당신이 이 녀석들의 어머니, 시뇨라 프란체스카와 같은 고아원 출신이라고요."

루카가 힘없이 진찰대에 걸터앉는 모습이 시야 가장자리로 보였다.

"맞아. 프란체스카 언니는 우리의 희망이었지. 정부의 지원이 끊겨 운영이 어려워진 그 고아원에 매달 기부했고, 주말에는 찾아와서 따듯한 요리를 만들어 줬어. 고작 다섯 살이었는데도 기억에 똑똑히 남을 만큼 좋은 추억이었지. 시설의 어른들은 못된 사람뿐이었지만 언니가 오는 날만큼은 다들 기분이 좋았어. 우리가 그때 외롭지 않게 지낸 건 전부 언니 덕분이야.”

“그럼 어째서?”

“언제인가부터 갑자기 언니가 고아원에 발길을 끊었어. 시설에 기부도 들어오지 않았고, 연락도 안 됐지. 처음에는 다들 걱정했지만 어른들은 점점 신경질을 내며 그렇게 좋아했던 언니를 욕하기 시작했어. ‘돈이 아까워진 건가’ ‘남자가 생긴 거야’ ‘은혜두 모르는 인간’…… 그 밖에도 입에 담을 수 없을 만큼 더러운 말로. 우리가 그런 말들을 어떤 기분으로 들었는지 상상이 가려나.”

“그야 시뇨라 프란체스카가 찾아갈 수 있는 상황이 아니었기 때문이고…….”

난 후가 남긴 수기의 내용을 떠올리며 프란체스카를 변호했다.

프란체스카는 바다에서 조난된 것을 계기로 본의 아니게 흡혈귀가 됐고, 동족을 찾아 아무도 모르게 베오그라드로 이주했다. 비앙카는 딱 그 무렵의 이야기를 하는 것이리라.

“고아원은 점점 형편이 안 좋아졌어. 하루 한 잔의 우

유조차 더는 지급되지 않아서 근처 트라토리아*에서
버려지는 잔반을 두고 매일 서로 다퉜지. 난로를 땔 장
작도 사지 못했고, 눈에 파묻힌 폐기물을 먹으며 연명
했어. 얼어붙은 음식물 쓰레기가 우리에게는 만찬이었
다고. 이제는 상상도 할 수 없는 일이지. 하지만 그런
생활조차 오래 가지는 않더군. 결국 이 나라에서도 전
쟁이 시작되자 어른들이 고아원과 우리를 도거리로 마
피아나 다름없는 민간 업자에게 팔아넘겼거든. 입양돼
서 외국으로 간 아이도 있었고, 약물 밀매의 운반책으
로 이용된 아이나, 폭격으로 다친 VIP의 자녀에게 장
기를 제공하기 위해 살해당한 아이도 있었지. 자이온
은 지금도 비슷한 짓을 하잖아. 당신도 알 텐데.”

비앙카가 매서운 눈빛을 똑바로 던졌다.

난 떠오른 광경을 머릿속에서 떨쳐 내고 “그렇죠.”라
고만 대답했다. 불타 죽은 아이의 작은 뼈는 단 한 순간
이라도 떠올리고 싶지 않았다.

“살아서 어른이 된 아이는 한 줌뿐이었어. 그때까지
그들이 우리를 얼마나 부려 먹었을지는 말하지 않아도
알겠지. 매일 밤 ‘내일 아침에는 깨어나지 말았으면’ 하
고 눈물을 흘리고, 또래 아이들이 실의에 빠져 높은 건

*　대중식당. 리스토란테보다는 격식이 낮고, 오스테리아보다는 높은
　이탈리아 식당의 한 종류이다.

물에서 뛰어내리는 모습을 보며 살다가 겨우 거기서 빠져나왔을 때는 어느덧 스물한 살이었어. 그래서 그로부터 십몇 년 후, 업무차 갔었던 공항에서 언니를 봤을 때 얼마나 놀랐는지 몰라. 어릴 적에 올려다봤었던 프란체스카 언니가 옛날과 전혀 다름없이 나보다 젊은 모습으로 나타났으니까. 그것도 대도시의 고등학교에 다니는, 똘똘하게 생긴 쌍둥이를 데리고.”

“그러니까 결국 질투한 거잖아.” 루카가 내뱉듯이 말했다. “자기가 개고생 하는 동안 어머니가 편하게 살았던 게 부러웠던 거야”

비앙카는 대꾸하지 않았다. 마치 루카가 화풀이하리라는 걸 예상한 듯했다.

“왜 아무 말도 없이 우리 곁을 떠났느냐고 다그친 끝에 진실을 알았지. 하지만 수긍은 할 수 없었어. 완전히 제멋대로잖아. 자기만 영원한 생명을 얻고 우리를 내버리다니.”

“그런 억지가 어디 있어!”

그만해, 하고 내가 외치기 전에 루카는 총알 같은 기세로 비앙카에게 덤벼들려고 했다.

즉시 비앙카가 권총을 겨누었다.

루카는 총구에서 뻗어 나온 보이지 않는 손에 떠밀린 것처럼 다시 진찰대에 털썩 앉았다.

Sciogliere

"알아, 나도 내가 이상하다는걸." 비앙카가 방아쇠에 손가락을 건 채로 말을 이었다. "……아무것도 없는 인간에게서 얼마나 빼앗으면 직성이 풀리는 걸까. 애초에 주어진 것이 없으면 포기할 수 있어. 자기 분수를 알고서 희망 따위는 품지 않겠지. 하지만 언니는 행복이 손에 닿는 곳에 있다는 착각을 우리에게 심어 줬어. 일시적으로 구해 주는 척하고, 자기가 베푼 걸 도로 빼앗아서 없애 버렸어."

비앙카는 그제야 처음으로 후의 시신을 힐끗 보았다.

이 영감님이 루카와 안나의 아버지라는 사실을 비앙카는 알고 있었을까. 알면서도 이렇게 만든 걸까. 아니면 알고 있었기에 이렇게 만든 걸까.

"부탁드립니다, 시뇨라." 위험신호를 발산하는 비앙카를 자극하지 않도록 최대한 느릿느릿한 몸짓으로 총을 내리라고 부탁했다. "쏠 거면 왼쪽 다리를 노리십시오." 내가 양손을 아래로 향하며 그렇게 말하자 비앙카는 표정을 풀었다.

"오스발도. 당신은 지금 그 일을 하면서 어때?"

"어떠냐니요?"

둘 다 원한을 사는 장사잖아, 하고 비앙카는 자학적으로 웃었다. "나쁜 짓을 해서라도 돈을 벌었어. 난 언니와 달리 일단 시작한 일에서는 손을 떼지 않아. 회사를 성공시키고, 그 시설 운영권을 사들이고, 거기 살던 아이들도 돌봐 주기로 했지.”

“돌봐 준다고?” 루카가 말꼬리를 물고 늘어졌다. 입만 살았는지도 모르지만, 겁쟁이치고는 아주 대담한 소리를 하는 녀석이다. “돌봐 주겠답시고 거두어들인 캔디와 테디에게 더러운 짓을 시키는 주제에.”

“걔들이 자청해서 내게 힘을 보태 주기로 한 거야.”

“그럴 리가 있나. 지금 당신은 어린 시절에 당신들을 부려 먹은 놈들과 똑같은 짓거리를 하고 있는 거야.”

그 말을 듣고 난 두 가지 처사가 어떤 면에서 무엇이 다른지 이 금발 젊은이에게 알려줄 방법이 없을까 생각했다. 녀석은 자신이 무신경하다는 걸 전혀 모르는 듯한 눈치였다. 그 증거로 “우리 어머니를 흉내 내 쌍둥이를 키우는 건 재미있었어?” 같은 소리를 했다. 다 아는 척 입을 놀릴 때는 제일 먼저 자신의 상상력이 모자라지는 않는지 의심해 봐야 하는데도.

“왜 내가 아이를 못 낳게 됐는지 알아?” 비앙카는 결코 고함을 지르거나 하지 않았다. 그저 담담한 말투로 세상 물정 모르는 철부지를 훈계했다. “열네 살 때 낙태를 강요당했기 때문이야. 그런데 언니는 사랑하는 남자와 맺어져서 아이를 둘이나 낳았지.”

“불공평하다고 생각합니다.”

내가 진심으로 그렇게 말하자, 자기의 발언이 부주의했다는 걸 겨우 자각했는지 루카의 시선이 흔들렸다. 잠시 말문을 닫았다가 누구에게랄 것도 없이 반성이 담긴 짤막한 말을 꺼냈다.

비앙카는 녀석의 어리석음과 순진함이 부럽다는 듯 눈을 가늘게 떴다.

너무나도 자애에 넘치는 표정이라서 난 비앙카가 순수한 선의로 고아원을 매수했으며 캔디와 테디에게도 진정한 애정을 쏟고 있다고 믿을 뻔했다.

그런데 비앙카가 왜 '마녀'라고 불리는 거였더라?

"불공평해도 받아들이는 수밖에 없다고 하잖아." 비앙카는 날 보고 말했다.

"당신은 현실을 바꾸기 위해 노력했습니다. 뭘 빼앗겨도 기어 올라왔죠. 그것도 옛날의 자신과 같은 처지에 있는 사람들을 구하기 위해……. 파르팔라의 대표직이 내세울 건 혈통밖에 없는 요 부근의 얼간이들이 감당하기 불가능한 자리라는 건 본인도 잘 아시겠죠. 제가 보기에 당신은 구름 위에 있는 분입니다. 당신이 잘 처신한 덕분에 주변의 누구도 당신의 내력을 의심하지 않아요. 그걸로 충분하지 않습니까?"

"완벽한 끝맺음에 대해 생각해 본 적 있어, 오스발도? 당신 말대로 난 이미 사명을 완수했어. 기나긴 속

박이었지. 하지만, 그러게. 모든 걸 이루기에는 시간이 아무리 많아도 부족했어. 앞으로 내 본연의 모습은 달라지겠지만, 하다못해 당신은 선량한 어른으로 살면서 미래가 있는 아이들을 올바르게 이끌어 줘."

비앙카는 그렇게 말하고 고개를 끄덕이더니 총을 넣고 일어섰다. 뭔가 개운해진 것처럼 밝은 표정이었다.

"앞으로의 일을 상의하자. 나랑 같이 가 줄 거지, 루카?"

"함정이 뻔해." 루카가 아무 말도 없이 벌떡 일어서길래 얼른 제지했다. 비앙카가 들어도 상관없었다. "널 인질로 삼아서 아나에게 피를 내놓게 할 작정이야."

"그런 짓은 안 해. 정말이야. 생각해 봐. 피를 원할 뿐이라면 너희를 은으로 만든 우리에라도 가둬 놨겠지. 그렇게 하지 않은 걸 내 호의로 받아들여 줘. 캔디와 테디는 상황을 잘 모르니까 너희를 보호하기 위해 난폭한 짓을 한 모양이지만, 난 정말로 언니가 남긴 쌍둥이에게 해를 끼치고 싶지 않아. 설령 흡혈귀라고 해도."

"……안나가 날 기다려. 거짓말이든 함정이든 가는 수밖에 없어."

파란 눈동자에는 흔들림이 없었다.

자기는 망설임 없이 동생 편을 들겠다고 전에 말했던 대로다. 이 녀석은 '사랑을 표현할 때는 망설이면 안 된다'라는 어머니의 가르침을, 그녀의 연인이었던 아버지처럼 충실하게 따를 작정이다.

머리보다 몸이 먼저 움직였다. 난 비앙카를 따라 방을 나서려는 가짜 흡혈귀의 팔을 꽉 붙잡았다.

비앙카가 돌아보았다.

총을 들이댈 줄 알았다.

하지만 비앙카는 난감하다는 듯 고개만 저었다.

"믿기지 않겠지만 난 그저 헌병과 경찰에게 들키지 않을 안전한 장소에 흡혈귀를 숨겨 주고 싶을 뿐이야. 혈액도 충분히 확보할 수 있어."

"과자로 만든 집의 마녀도 아이를 납치할 때는 좀 더 그럴싸한 말로 유혹할 텐데요."

"아무리 모순되고 불합리해 보이더라도, 전부 언니와 나눈 약속을 지키기 위해서야."

비앙카는 꽃처럼 미소 지었다.

문이 닫히고 두 사람의 발소리가 멀어졌다.


홀로 남겨진 나는 머릿속에 전부 다 떠올렸다. 전부란 사흘 전에 옴브렐로의 냉동실에서 가짜 흡혈귀와 만난 후 그 녀석이 진짜 흡혈귀를 위해 몸을 던지기로 결정하기까지 있었던 모든 일이다.

후도 비앙카도 '살아서 사명을 다하라'라는 둥 '아이들을 올바르게 이끌라'라는 둥 너무 터무니없어서 내게는 버겁기만 한 훈계를 남기고 떠났다. 그걸 무시하지 못하는 나 자신에게도 화가 났다.

죽은 영감님의 특등석에 앉아 진찰실을 둘러보자 내가 의사로 지냈던 시절이 떠올랐다. 이렇게 벽과 지붕이 있는 병원에서 일했던 건 몇 개월뿐이었지만. 나머지 기간은 전선에 파견돼 위장 무늬 천막 속에 처박혀 있었다. 사방에 누워 있는 환자들 사이를 날벌레가 날아다니는 곳에.

전선의 후방에 펼쳐진 그 습지대에서 돌아온 지 반년이 지나도 내 정신 상태는 아주 좋지 못했다. 누구와도 말을 나누지 않았고, 아무 생각도 하지 않도록 향정신성의약품과 수면 유도제를 최대치로 복용해 거의 온종일 입원 병동의 침대에서 꾸벅꾸벅 졸며 시간을 보냈다.

거기로 의사가 찾아왔다.

의사라고 해도 그 병원에서 일하는 사람이 아니라 전선에서 살아남아 나와 함께 귀환한 군의관, 즉 예전 동료였다. 아아, 기억하나? 문학서를 수집하는 버릇이 있고 시를 낭독했던 그 녀석이다.

새벽 3시쯤이었을 것이다.

녀석은 면회 절차도 밟지 않고 내 병실에 숨어들어 칼을 휘둘렀다.

왜 이러냐고 간신히 따졌는지, 아니면 아무 말도 못 했는지는 모르겠다. 당시 나는 몹시 약해진 상태라 녀석에게서 도망치거나, 칼을 내려놓으라고 설득하거나, 안전하게 제압할 수 없었다. "미안해. 하지만 난 이제 틀렸어." 하고 녀석은 눈물을 흘리며 흉기를 마구잡이로 휘둘러 댔다. 몸싸움이 벌어져 하얀 시트가 찢어졌고, 어느덧 오른팔이 피투성이가 됐다.

미지근한 붉은색. 그게 누구의 피인지조차 알 수 없었다.

난 칼을 빼앗아서 녀석을 찔러 버렸다.

내가 그런 짓을 저질렀다는 걸 믿을 수 없었다. 찌르려고 작정하고 그런 게 아니다. 녀석은 전우고, 둘도 없는 내 단짝이었으니까. 찌는 듯이 더운 습지의 천막 속에 있었을 때, 군의관은 나와 그 녀석뿐이었다. 고향으로 돌아갈 그날이 올 때까지 서로 격려하고 가끔은 농담을 주고받은 사이였다.

하지만 녀석에게는 날 죽이고 싶어 할 만한 정당한 이유가 있었다.

옛 동료는 배에서 피를 줄줄 흘리며, 얼어붙어 있던 날 덮쳤다. 광대뼈가 흉하게 튀어나왔으며, 아마 색 곱슬머리는 척 보기에도 많이 상했고 건조했다. 이제 거의 힘이 남아 있지 않았을 것이다. 그런데도 나는 밀쳐

내지 못했다.

녀석은 공허한 눈으로 입을 쩍 벌리더니 가지런한 이로 내 왼쪽 허벅다리를 물어뜯었다. 얇은 환자복은 이를 막을 만큼 튼튼하지 않았다. 살이 파여서 허연 뼈가 보였다. 녀석은 뜯어낸 살점을 질겅질겅 씹어 삼키고 나서 "난 먹기 싫었는데…… 네가 말을 꺼내지 않았다면…… 네가…… 너도 잊어버리지 못할 거야!" 하고 절규한 후 푹 엎어져서 움직임을 멈췄다.

요란스러운 소리를 듣고 달려온 간호사들이 날 즉시 치료실로 옮겼다. 의식이 몽롱해져서 잘 기억나지 않지만, 잇자국을 따라 살점이 사라진 상처는 정말로 석류 같은 색깔이었다.

그 후에 어떻게 됐는지는 새삼스레 설명할 필요도 없으리라.

아까도 당신한테 말하지 않았던가. 사람의 입속에는 성가신 감염증을 일으키는 세균이 우글거리기 때문에 물려서 다치면 골치 아프다. 내 왼쪽 다리는 빠르게 괴사가 진행됐다. 도저히 감염을 억제할 방법이 없다길래 절단하는 수밖에 없었다.

운이 좋았다고 해 봤자 죽지 않고 살아남은 것과 녀석을 찔러 죽였는데도 정당방위가 인정돼서 감옥행을 면한 것 정도다.

Sciogliere

퇴원한 후 난 은행과 불법 사채업자를 찾아다니며 최대한 많은 돈을 빌렸다. 자이온의 입김 아래 있는 금융업자와도 다중 계약을 맺었다. 내가 죽인 사람들의 유족에게 얼마나마 보상을 하기 위해서였다. 그 고지식했던 예전 동료의 부모님을 제외하고 내가 살인을 저질렀다는 사실을 아는 사람은 없었지만, 돈을 거절하는 사람도 없었다.

무슨 인과로 이렇게 됐는지는 내가 제일 잘 안다.

왼쪽 다리를 뜯어먹힌 그날 밤, 난 내가 해 왔던 일에 아무 의미도 없다는 걸 깨달았다. 큰 충격을 받아 마음이 꺾였다. 의사가 되기 위해 들인 시간과 노력도, 전선을 내달리며 수많은 사람을 치료한 것도, 집에 가고 싶다며 우는 젊은 위생병을 위해 바친 기도도, 전부 다 헛수고였다. 어디서 길을 잘못 들었는지조차 모르겠다. 아군 병사들을 몰살시키면서까지 구해 낸 생명도 결국 자기 손으로 빼앗게 될 줄 대체 누가 상상할 수 있겠는가.

그 후로 난 뭐가 어찌 되든 상관없다는 기분으로, 나 자신을 내팽개치고 철저히 체념한 인생을 살았다. 좋은 것과 올바른 것을 멀리하고, 썩은 영혼을 품은 채 삶이 더 망가지는 방향으로 계속 선택해 왔다.

비앙카가 루카를 데려간 날로 이야기를 되돌리자.

난 이걸로 전부 마무리됐다고 생각했다. '저주'가 존재하지 않는다고 판명됐으니, 내게 흡혈귀를 추적해야 할 이유는 없었다. 더구나 비앙카에게 방해하지 말라고 위협받았다. 적 앞에서 도망치는 건 군법 위반이라 그 자리에서 총살감이지만, 그들은 더 이상 적이 아니고 나도 퇴역한 지 한참 됐다.

그런데 당신이라면 어떻게 할 텐가? 만약 당신이 나였다면 거기서 물러났을 건가?

'그대는 행운의 별 아래 태어나 영혼과 불꽃과 이슬로 만들어졌도다.'

난 만년필로 내 왼팔 안쪽에 그 시를 적는 상상을 했다.

녀석의 낭독 솜씨가 아주 기막혔던 건 아니지만, 입에서 나온 시구는 실체를 띠어 눅눅하니 어두운 습지에서 찬연하게 빛나는 듯했다. 그런 일이 일어나기 전까지만 해도 난 그 한 구절을 버팀목으로 삼아 지내 왔다. 그야말로 자기암시를 걸듯 되풀이해 입속으로 외워서 확인했다.

내 동료였던 그 녀석도, 비앙카도, 후도, 처음에는 숭고한 목적을 위해, 타인과 국가와 미래를 위해 온 힘을 다했을 것이다. 모두가 선하게 살려고 애써 왔다. 하지만 인간은 변하는 법이고, 무엇이 원인이 돼서 안 좋은 방향으로 뒤틀릴지 모른다. 나 자신이 그 계기가 되기도 한다. 남의 인생에 간섭하는 건 참으로 무서운 일이다.

하지만 앞으로 내내 흡혈귀의 소식을 궁금해하며 살기는 딱 질색이었다. 나보다 젊은 사람이 죽는 꼴도 더는 보고 싶지 않았다. 그 식인 요리점에 돌아가는 것도 뭔가 아니다 싶었다.

"왜 다들 하고 싶지도 않은 일을 하는 건데?" 가게에서 루카가 그렇게 물어봤을 때, 난 속으로 진지하게 대답을 찾았다. 하지만 아무리 생각해 봐도 주장할 가치가 있는 이유는 없었다. 후회막심한 과거에 사로잡혀 지내는 동안에도 실은 언젠가 의사로서 남의 목숨을 구하고 싶다는 뜻을 버리지 못한 것처럼, 반드시 내 손으로 운명을 바꾸고 싶었다. 그렇다면 이제 와서 뭘 망설이겠는가?

믿기에 적합한 계시는 언제나 그렇다는 걸 알 수 있는 형태로 눈앞에 나타나는 법이리라.

'0은 시작 신호야.' 머릿속에서 루카의 목소리가 들렸다 '헤아리는 거지. 하나, 둘, 셋, 넷, 다섯, 하고 말이야.'

그 가짜 흡혈귀를 그냥 내버려둘 수는 없다고 결론을 내렸다.

원점으로 돌아갔어도 상관없었다. 그저 인간이고 괴

물이고 구분 없이 손이 닿는 한 모두를 구하고 싶을 뿐
이었다.

거리로 나가자 낯익은 차림새의 여자가 있어서 나
는 무심코 발을 멈췄다. 잿빛 거리에서는 못 보고 지나
칠 수 없을 만큼 붉은 머리칼이었다.

"소니아!"

숨을 헐떡이며 하얀 입김을 연신 뿜어내던 소니아
도 날 알아본 듯 이쪽으로 뛰어왔다. 흉악할 만큼 햇살
이 내리쬐는데도 기온은 아침부터 조금도 올라가지 않
았다.

"미안해, 오스발도……!"

소니아는 입을 열자마자 정말로 미안한 듯 사과했다.

"사과는 무슨. 다친 데는 없고?" 난 소니아의 양쪽 어
깨에 손을 얹고 몇 번이나 고개를 끄덕였다. "그 망할
마녀, 해도 해도 너무하네."

"루카는? 설마—"

"소니아 탓이 아니야. 그리고 녀석은 흡혈귀도 아니
었어."

"뭐?"

자세한 이야기는 나중에, 하고 난 화제를 바꿨다. "얼
른 집에 가서 문 꼭 잠가. 누가 와도 문 열어 주지 말고.

그리고 마우리치오에게도 전화해서 밖에 나가지 말라고 해. 어제 만났을 때 들은 바로는 분명 연인이 입원한 병원에 병문안을 갈 테니까.”

“오스발도는?”

“쌍둥이를 쫓을 거야. 시뇨라 비앙카가 안나를 어디로 데려갔을지는 짐작이 가.” 벽돌로 만든 그 저택이리라. 아니라면 두 손 들어야겠지만 비앙카가 “안나는 내 집에 있어.” 하고 말했고, 어쩐지 손님을 자기 집에서 제대로 대접하는 성격일 것 같기도 했다. “아아, 그리고 시뇨리나 에베리스가 어디 있는지 몰라?”

예상대로 소니아에게는 에베리스의 연락처가 있었다. “한 번도 걸어 본 적은 없어.” 소니아는 그렇게 말하며 전화번호를 종이에 적어서 건네주었다.

밤이 되면 대개 교회에 있고, 에베리스가 참석하는 자이온의 회합은 언제나 시간과 장소가 일정하므로 아무도 그녀의 전화번호를 모른다. 하기야 전화번호를 알더라도 그렇게 까다로운 여왕님을 불러낼 수 있는 사람은 이 나라에서 소니아뿐일 것이다.

난 일단 진료소로 돌아가 입구 근처에 있는 전화를 빌려 에베리스에게 연락했다. 사정을 간추려서 설명하자 에베리스는 비앙카의 저택으로 가겠다고 한 후 친절하게도 “진료소로 경찰을 불러. 넌 얼른 떠나도록 해.”라고 경고하고 전화를 끊었다.

이로써 영감님이 불법으로 영업했다는 사실은 널리 알려지겠지만, 시신이 다 썩을 때까지 방치되거나 진료소에 드나드는 마피아가 아무렇게나 묻어 버리는 것보다는 나으리라.

후가 죽었다는 사실을 알고 소니아는 크게 동요했다. 그래도 이래저래 급하게 움직이는 날 보고 “경찰이 물어봐도 가게나 오스발도는 무관하다고 할게.” 하며 먼저 마음을 써 주었다. 불안할 텐데도 이것저것 물어보지 않는 점이 소니아다웠다.

건물 밖으로 나왔다. 난 가지고 나온 수기를 보관해 달라고 소니아에게 부탁했다. 읽으면 혼란스러울지도 모르지만 곧 경찰이 출동할 텐데 여기 놔둘 수는 없었다.

소니아를 보내고 혼자 비앙카의 저택으로 향했다.

우리는 행운의 별 아래 태어나 영혼과 불꽃과 이슬로 만들어졌도다.

그러니 그에 어울리게 언제나 최선을 다해야 한다.

# 단장 II
# 마녀들의 다회

## Dopo il Tramonto
### 해가 진 후에

너무해. 내 손은 이미 더러워졌으니까 몇 명을 죽여도 똑같다 그거지? 벌써 많이 해쳤으니까 한 명쯤 더 늘어나도 개의치 않으리라고 생각하는 거구나. 하지만 그건 큰 착각이야, 언니. 그렇게 죽고 싶으면 맘대로 해. 토라진 게 아니야. 진심으로 하는 말이라고!

……갑자기 울어서 미안해. 나도 참, 언니에게 조금 심술을 부리고 싶었나 봐.

그게 언니는…… 말하지 마, 내가 맞혀 볼게. 언니의 어머니와 관계가 있어? 수면제를 잔뜩 먹고 세상을 떠난 어머니를 생각하는 거지? 아내를 잃은 아버지는 혼자서는 딸을 못 키우겠다 싶어서 언니를 고아원에 맡겼어. 하지만 그 덕분에 우리가 만난 거니까 신과 부모님에게 감사해야겠지. 나와 알게 된 건 언니에게도 행운이었을 거야. 그렇지? 표정이 왜 그래? 농담하는 거 아니야. 우리는 힘들고 어려운 일을 많이 당했잖아. 이제부터는 함께 웃으며 지내야지.

루카와 안나가 언니와 똑같은 고통을 맛보지 않길 바라는 심정은 이해해. 언니가 태양 밑으로 나가서 자살했다는 걸 알면 그 아이들은 마음에 큰 상처를 입겠지. 하지만 어머니가 살해당한다면 어떨까? 슬픔의 절반 정도는 분노에 가려질지도 모르지만, 역시 가슴 아픈 건 변함없을 거야. 언니는 그래도 괜찮다는 거야?

쌍둥이를 위해 나더러 원수 역할을 맡으라는 뜻이구나.

언니는 너무 자기중심적이야.

이제 인생에 여한이 없다는 뜻? 아니면 아이들이 자기 나이를 넘어서는 게 두려워졌어? 군에 붙잡혀 실험에 이용당할까 봐 무서워? 뭐, 전부 정답이겠지.

이 기회를 놓치면 원하는 죽음을 맞을 수 없다는 이유로, 자기는 만족했으니까 죽고 싶다니 비겁하지 않아? 완전히 뒤통수를 맞은 기분이야. 언니에게 피를 마시게 한 베오그라드의 할머니와 똑같이 교활하고 무책임해.

난 가끔 내가 언니라면 어떨지 상상해 보곤 해. 만약 내가 불로불사의 흡혈귀가 됐다면 도망치거나 숨지 않고 그 힘을 좀 더 효과적으로 사용하겠지. 못된 정치가와 마피아, 대부호를 싹 죽여 없애고 아이들을 위해 평화로운 나라를 만들 거야.

……아이들을 위해서라는 건 거짓말. 순 생색이지. 도움을 원했던 먼 옛날의 나를 구하기 위해서라고 말해 둘까. 아무튼 나라면 주어진 특별한 능력을 헛되이 하지 않아. 하지만 언니는 원해서 흡혈귀가 된 게 아니니까.

우리는 앞으로 얼마나 더 살 수 있을까. 잘 생각해 보면 죽는 건 참 무서워, 언니. 언니는 아니야?

바깥의 꽃은 겨울이 되면 시들겠지. 내가 꽃이라면 그 전에, 예쁘게 피어 있을 때 꺾이고 싶을 거야. 욕심을 부리자면 온실 속에서 언제까지나 아름답게 피어 있고 싶어. 하지만 그게 이루어지지 않을 꿈이라면 하다못해 아무것도 모른 채 끝났으면 해. 여명을 선고받고 남은 시간 동안 두려워하며 죽음이 찾아오길 기다리는 건 너무 끔찍하잖아. 언니도 그렇겠지. 아무 대비도 없이 예상치 못한 방법으로 고통스럽지 않게 죽는 게 최고야. 멀리서 총으로 머리를 쏜다든가, 그야말로 금발 흡혈귀에게 피를 완전히 빨리는 것도 분명 멋지겠네. 이 소원을 언니가 들어줄 수는 없으려나.

물이 완전히 식었네. 가정부를 불러서 다기를 치우라고 해야겠어.

딱 하나 걱정인 건, 언니. 내가 없어진 후 캔디와 테디가 길에서 벗어나지는 않을까, 하는 거야. 걔들은 날 위해 뭐든지 해. 내가 언니를 위해 뭐든지 하는 것처럼. 그 성격이 나쁜 방향으로 작용하지는 않을까 걱정이 이만저만 아니야.

기왕 죽을 바에는 걔들이 실컷 울었으면 좋겠네. 그 정도 욕심은 부려도 되잖아. 하지만 너무 오래 내 죽음에 얽매이지 말고 금방 일어서서 자신의 인생을 나아가길 바라. 내가 하지 못했던 일을 실컷 하고, 별것 아닌 일로 웃고, 마음 편히 즐겁게 살면서 지금까지 고생했던 걸 훌훌 털어 버리는 거야. 그래도 힘이 남는다면, 아주 조금만 동생들을 도와주면 좋겠어. 하지만 그러지 못해도 괜찮아. 둘에게 물려주고 남은 유산은 고아원에 기부할 예정이니까.

그런데 언니는 어떻게 할 거야? 아이들은 이미 어른이 됐지만, 무슨 일이 있어도 루카와 안나를 흡혈귀로 만들고 싶지는 않겠지

이걸 물어보는 것도 이번이 마지막이야, 언니. 전에도 말했듯이 내 저택에서 살 생각은 없어? 지금처럼 놀러 오는 거 말고, 가족으로서 함께 지내는 거야. 자이온은 매일 밤 어디선가 사람을 죽이고, 그 시체를 처리하느라 애먹지. 내가 인맥을 활용해서 사들이면 피는 간단히 구할 수 있어. 아니면, 의사를 매수해서 혈액제제를 빼돌리는 건 아직 어렵겠지만 규제가 느슨한 국외에서 밀수할 수 없을지 흥정해 봐도 되고. 방법이라면 얼마든지 있고, 이제 내게는 그걸 실현할 힘과 돈도 있어. 언니를 위해서라면 아낌없이 쓸게.

그래도 안 돼? 원하기만 하면 지금까지처럼 모두 함께 살 수 있어. 언니, 정말로 마음을 바꿀 생각 없어?

Dopo il Tramonto

……그래, 이미 결심했구나.

저기, 언니. 프란체스카 언니의 소원은 내가 이루어 줄게. 다른 사람도 아니고 경애하는 언니의 단 한 번뿐인 부탁인걸. 만사 제쳐 놓고 들어줄게.

대신에 언니의 피는 나한테 줘.

루카와 안나의 손에 넘어가지 않게 하려면 그게 제일이야.

난 또 미움받는 역할을 해야 할 모양이지만, 언니와 언니의 아이들을 위해서인걸. 아무렇지도 않아. 언니가 세상을 떠난 후의 일도 맡겨 둬. 걔들에게 나쁜 인간이 접근하지 못하도록 잘 지켜볼게. 전 세계를 여행하는 언니를 찾아내서 이렇게 또 함께 차를 마실 정도니까, 두 사람을 놓치지 않고 감시하는 건 식은 죽 먹기지. 그 누구를 적으로 돌리더라도 약속을 지킬게.

그리고 이건 우리만의 비밀로 하자. 아무한테도 말하면 안 돼. 언니가 자살을 계획했다는 사실이 드러나면, 걔들은 자신들한테서 이유를 찾겠지. 어떤 유서가 남아 있더라도 언니를 말리지 못한 걸 후회할 거야. 위니프레드가 죽었을 때 내가 그랬거든.

……나, 누가 봐도 타살이라는 걸 알 수 있도록 언니를 죽일게. 언니가 무섭지 않도록, 아무 조짐도 없이 그리 멀지 않은 어느 날 갑자기.

그런데 뭔가 찜찜한 예감이 드네.

저기, 언니.

나, 잘 해낼 수 있을까.

# 제6장
# 양달로

# Tornare a Casa
집으로 돌아간다

그 훌륭한 정문으로 침입하기는 불가능할 줄 알았는데, 결과만 말하자면 가능했다.

비앙카가 사는 저택의 높은 담장 안쪽에는 보라색 고급차가 타다 버린 것처럼 주차돼 있었다. 분명 비앙카가 루카를 태우고 온 차다. 건물 주변은 인적 없이 조용했다. 안나에게 다가간 고용인은 모두 죽었다는 비앙카의 이야기가 떠올랐다. 요 부근 부잣집이 흔히 그렇듯, 1층 창문에는 방범용 쇠창살을 설치해 놓았다. 하늘을 올려다보니 어느새 하늘은 회색 구름에 뒤덮였고, 그림자도 생기지 않을 만큼 해도 가려졌다. 가느다란 구름이 바람을 타고 옆으로 흘러갔다.

저택의 정면 현관문은 열려 있었다.

안으로 들어가자 가극장처럼 어마어마한 장식이 눈에 들어왔다. 2층까지 뻥 뚫린 현관홀의 벽은 아기 천사와 벌거벗은 여인 등이 그려진 종교화로 가득했다.

정면 계단의 왼쪽에 위치한 방에서 참극의 냄새가 풍겼다. 달콤한 과자 같은 냄새도 희미하게 섞여 있었다. 볶은 나무 열매와 버터를 듬뿍 끓여서 녹인 당밀 냄새. 비스코티다.

발을 들여놓자 가구의 종류와 그 배치로 응접실임을 알 수 있었다. 빨간 융단 위에는 가죽을 씌운 호화로운 의자와 웅장한 원목 테이블이 있었다. 커다란 도자기 꽃병에는 거리에서 모은 듯한 노란색 미모사가 수많이 꽂혀 있었다.

"실례합니다, 하고 양해는 구했어?"

목소리가 들린 쪽을 돌아보자 캔디가 피 묻은 손도끼를 들고 서 있었다. 난 놈의 뺨에 눈물 자국이 있다는 걸 알아차렸다.

그 옆에서 테디가 훌쩍훌쩍 울며 날 노려보았다. "늦었잖아, 이 굼벵이 새끼야. 왜 누님이 죽기 전에 오지 않았어?"

"죽었다니?" 난 깜짝 놀라서 미간에 주름을 잡은 채 그 말이 무슨 뜻인지 이해하려고 잠시 애썼다. 너무 갑작스러워서 무슨 비유인가 싶었다. 하지만 출입구를 막은 두 사람을 보면 볼수록 그렇지 않다는 게 확실해졌다. "시뇨라 비앙카가?"

두 사람은 좌우의 의수로 방 안쪽을 가리켰다. 그쪽으로 시선을 돌리자 창문의 가림막이 펄럭이고 있었지만, 예상과 달리 찬바람이 불어 들지는 않았다. 송풍기 돌아가는 소리가 어렴풋이 들렸다.

난 다가가서 빨간 천을 걷었다. 주변이 약간 밝아졌다. 활짝 열린 커다란 창문은 밖에서 봤던 유리온실로 이어지는 듯했다. 옴브렐로의 냉동실보다 십수 배는 널찍한 식물용 온실이다. 미적지근한 공기로 가득한 투명한 네모 상자에는 녹색 식물이 무성했다. 처음 보는 꽃과 향초에 둘러싸인 온실 한복판에는 세련된 유백색 테이블과 의자가 있었다.

그 의자에 금발을 길게 기른 흡혈귀가 혼자 앉아 있었다. 손끝과 입 주변이 빨갰다. 왼쪽 팔꿈치부터 앞부분이 없는 다운재킷에서 뻗어 나온 하얗고 가느다란 팔이 보였다. 스스로 잘라 내서 재로 변했을 그녀의 왼팔은 손톱 끝까지 완벽한 형태로 재생됐다.

그리고 피 웅덩이.

안나의 발 옆에는 물결치는 듯한 머리의 여자가 검붉은 액체에 잠긴 듯이 푹 엎드려 있었다. 여자는 미동도 하지 않았다.

아주 옛날부터 알고 있었는데도, 생명이 너무나 가볍게 스러진다는 사실에 깜짝 놀랐다. 덧없었다. 비앙카를 덧없이 죽인 건 누구지?

"오스발도로군요." 흡혈귀가 나를 보았다. 예쁜 파란색 눈동자였다. "당신에 대해서는 오빠한테 들었어요. 여기는 뭐 하러 왔죠?"

"거기 쓰러진 사람은 시뇨라 비앙카가 틀림없나?"

난 한 발짝 앞으로 나섰다.

그러자 "오지 말아요." 하고 목소리가 날아들었다. 안나는 에베리스의 칼을 아직 가지고 있었다. 칼끝이 차갑게 빛났고, 칼 몸에 흡혈귀의 모습은 비치지 않았다.

"이 사람이 나한테 뭐랬는지 알아요? 자기가 기르는 애완동물이 돼서 여기 살든가, 자기를 죽이든가 둘 중 하나를 선택하라고 했어요. 선택하지 않으면 오빠를 가만두지 않겠다면서요."

안나는 변명이라도 하듯 호소했다.

"시뇨라 비앙카는 대체 뭘 하고 싶었던 걸까."

"이 살인자가!" 한숨을 내쉬는 내 뒤에서 캔디가 중얼거렸다. "누님이 그런 자살 같은 짓을 할 리 없어! 이 흡혈귀는 누님을—"

"절대로 용서하지 않겠어." 테디도 동조했다. "반드시 대가를 치르게 해 주마."

난 어느 쪽도 편들 생각이 없었지만 이 말에는 "먼저 손을 쓴 건 그쪽이잖아." 하고 끼어들었다. "반격당할 거라는 생각도 없이 사람을 죽인 건가?"

"안 죽였어." 캔디가 반박했다. "우리는 죽이지 않았는데, 왜 우리에게서 누님을 빼앗은 건데?"

"우리 엄마를 죽였잖아." 안나가 소리쳤다. "설마 누가 누구의 명령으로 그랬는지 모른다고 하지는 않겠지?"

"시뇨라 프란체스카를 죽인 건 누님이야. 우리가 아무리 부탁해도 누님은 피를 운반하는 역할밖에 맡기지 않았어. 이건 자기가 할 일이니까 참견하지 말라면서."

후가 죽은 건 어떻게 변명할 거냐고 내가 묻자 “우리가 해쳤다고 생각하는 거야? 그 영감탱이는 자기 멋대로 죽은 거라고.” 하고 테디는 발뺌했다.

그제야 난 알아차렸다. “루카는 어쨌어? 이봐, 녀석을 어디로 보낸 거야?”

안나가 내 등 뒤를 가리켰다.

“거기 두 사람이 데려갔어요. 내가 말을 안 들으면 오빠의 목숨은 없대요.”

내가 고개를 돌리자 캔디가 어깨에 도끼를 딱 들이댔다. “아까 우리가 저년의 오빠를 끌어서 옮기는 틈에 누님은 살해당했어.”

테디가 꼼짝도 못 하는 내 옆에 서서 산탄총을 꺼내 들고 안나를 조준했다.

그리고 망설임 없이 단번에 방아쇠를 당겼다.

안나는 피하려는 의지가 없어 보였다. 요란한 소리와 함께 튕겨 나가는 것처럼 의자에서 굴러떨어졌다.

하지만 몇 초 후, 무릎에 손을 짚고 천천히 일어섰다.

알고 있는데도 도저히 믿기지 않았다.

산탄이 안나의 가슴부터 목까지 넓은 부위에 명중했는지 멀리서 봐도 눈에 띌 만큼 피가 많이 흘렀다.

안나는 쇄골 언저리에 손바닥을 댔다가 바로 내렸다.

그러자 닦아 낸 피 밑의, 찢어진 피부가 완전히 회복

됐다. 상처가 사라졌다.

"헛수고라는 거 알잖아."

콜록거리던 안나기 테디에게 말한 후, 칼을 겨누며 도발적인 시선을 던졌다.

"죽여 버리겠어." 하고 씩씩거리는 테디를 캔디가 제지했다. "가까이 가면 누님처럼 돼."

교착상태가 이어졌다.

아름다운 온실이 한없는 증오로 가득 차서 도무지 수습될 것 같지 않았다.

난 숨을 작게 내쉬었다.

어깨 안쪽에 닿은 날카로운 도끼날이 느껴졌다. 캔디는 중심을 낮춘 자세로 도끼 자루를 꽉 쥐고 있었다. 하지만 이 상태에서는 무리다. 휘두르지 않으면 내게 치명상을 입힐 수 없다.

그 사실을 깨달은 순간, 난 재빨리 팔을 뒤로 빼며 상반신을 비틀었다. 도끼날이 닿은 피부가 얕게 찢어지는 감촉이 느껴졌다. 피가 흐르는 것도 아랑곳없이 팔꿈치로 바로 뒤에 있는 캔디의 코를 때렸다. 전기가 흐른 것처럼 새끼손가락 끝부분에 저릿함이 전해졌다.

테디가 허둥지둥 산탄총을 겨누기 전에 난 성큼 다가가서 총신을 붙잡고 힘껏 옆으로 흔들었다. 미처 산탄총을 놓지 못한 테디가 휘청하며 나가떨어졌다. 난 산탄총을 놈에게서 조금 떨어진 바닥에 내던졌다.

안나가 칼을 고쳐 잡는 모습이 시야 가장자리에 비쳤다. 이쪽으로 뛰어오려는 낌새길래 나는 재빨리 외투 호주머니에 손을 넣었다. 얇고 차갑고 동그란 금속 조각, 즉 은화를 잔뜩 꺼내서 흡혈귀에게 내던졌다. 안나가 짧은 비명을 지르며 뒤로 물러났다. 얼굴을 보호하려고 쳐들었을 때 은화에 닿았는지, 안나의 손에서 연기가 약간 피어올랐다. 왼손 손등에 산성 액체를 끼얹은 것처럼 문드러진 자국이 아주 작게 생겼다.

"야, 이 자식들아, 얌전히 있어!"

난 크게 고함을 지르자마자 응접실 쪽으로 돌아갔다.

서로 결정타를 날릴 수 없는 이때라면 자리를 비워도 사망자가 늘어나지 않으리라고 예상했다. 일단 거리를 벌리면 안나에게서 눈을 뗄 수 없는 캔디와 테디는 쫓아오지 않을 것이다. 루카를 찾으러 갈 기회는 지금밖에 없다. 각오는 이미 굳혔다.

끌어서 옮겼다는 캔디의 말처럼 응접실의 털이 긴 융단에는 표면을 문지른 듯한 흔적이 남아 있었다. 따라가면 목적지가 어느 방향인지 대강 알 수 있을 듯했다. 현관홀의 바닥은 대리석이었지만 거기에도 신발 밑창을 문댄 것 같은 검은 자국이 이어졌다. 천장에 매달린 거대한 전등 아래를 비스듬히 가로질러 나아가, 욕실 문을 열자 멀리서 흐느껴 우는 듯한 소리가 들렸다.

"루카! 대답해. 어디 있어?"

난 허공에 대고 소리쳤다.

옆으로 줄지은 세면대 세 개 앞을 지나가자 제일 안쪽에 욕실이 보였다.

"오스발도?" 루카의 가냘픈 목소리가 들렸다.

욕실 끝에 곡선을 강조한 흰색 욕조가 있었다. 호화 저택답게 이 집에는 샤워기뿐만 아니라 욕조까지 설치해 놓았다.

루카는 욕조에 기댄 자세로 다리를 아무렇게나 뻗은 채 축 늘어져 있었다. 자세히 보니 오른손에 수갑을 채워서 욕조 손잡이에 고정해 두었다.

"야…… 이 상처는 뭐야?"

난 달려가서 루카의 오른쪽 어깨를 만졌다. 칼에 베인 것처럼 옷과 함께 살이 쫙 벌어졌다. 피는 이미 반쯤 굳었지만 나름대로 깊은 상처였다.

"캔디가." 당장이라도 죽을 것 같은 표정으로 루카가 가늘게 숨을 내쉬었다. "그들을 만났어?"

캔디가 내게 들이댄 도끼에 피가 묻어 있었다는 사실이 떠올랐다. "야, 정신 똑바로 차려. 이런 상처는 꿰매면 괜찮아."

"힘이 안 들어가는데."

“난 의사였다고 했잖아. 의사가 괜찮다면 괜찮은 거야. 의심하지 마.”

난 고개를 돌려 주변 상황을 살폈다. 귀를 기울여도 그 쌍둥이가 다가오는 듯한 발소리는 들리지 않았다.

“오스발도, 왜 다쳤어? 안나는?”

“일단 본인 걱정이나 해. 그 수갑은 못 풀어?”

루카는 몸을 조금 일으켜서 오른쪽 손목에 시선을 주었다. “열쇠는 캔디가 가져갔어. 그러니까…… 뭔가 뾰족한 물건 없어?”

“뾰족한 물건?”

난 욕실을 빙 둘러보았지만, 그럴싸한 물건은 전혀 눈에 띄지 않았다.

어쩔 수 없이 조금 떨어진 곳에 있는 벽걸이 시계를 떼어 내서 문자반을 덮은 방풍 유리가 아래로 가도록 들고 바닥에 내팽개쳤다. 뒤판의 나사를 풀어서 분해할 여유는 없었다. 바깥 틀을 잡고 들어 올려서 유리 끄트머리에 손이 베이지 않도록 조심하며 중앙의 축에서 금속 초침을 빼냈다. 시각은 오후 5시 15분을 지난 무렵이었다.

다가가서 초침을 내밀자 루카는 고맙다고 하기는커녕 “난폭한 인간 같으니.” 하고 작은 목소리로 나를 비난했다. “시끄러운 소리를 내면 들켜.” 하고 불평하면서도 시곗바늘을 솜씨 좋게 수갑의 열쇠 구멍에 쑤셔 넣었다.

"얼마나 걸려?" 내 물음에 "1분만 줘."라는 대답이 돌아왔다.

"야, 왜 이런 곳에서 질질 짜고 있었던 거야?"

내가 온 힘을 다해 비아냥거리자 루카는 싫어하는 티를 팍팍 내며 대답했다.

"……이 집에 도착하자마자 온실에서 비앙카가 인간의 피라면 준비해 줄 수 있으니 여기서 자기들과 같이 살지 않겠느냐고 하더군. 대체 무슨 꿍꿍이인지 모르겠더라고. 나더러 안나를 그렇게 설득해 달래. 그래서 둘이 상의하는 척했지만, 진전이 없으니까 나만 여기로 끌고 와서 가뒀어. 그리고 잠시 후에 캔디가 달려와서 느닷없이 도끼를 휘둘렀지. 내 탓에 무슨 일이 생겼다는 듯이 말했는데, 무슨 소린지 잘 모르겠어. 저기, 안나는 무사하지?"

"걔는. 하지만 시뇨라 비앙카가 죽었어."

찰칵, 하는 소리와 함께 수갑이 풀렸다.

루카는 말없이 손목을 문지르더니 오른손을 쥐었다 폈다 하며 잘 움직이는지 확인했다. 잠시 후 "그럼 동생을 데리러 가야겠다." 하고 중얼거렸다.

"그렇게 쉽지는 않을 것 같아. 캔디와 테디는 주인이

살해당해서 미친 듯이 화가 났어. 안나도 나머지 둘까지 죽일 듯한 기세고. 이번에는 동생을 설득할 수 있겠어?”

“오스발도, 내가 뭘 어쩌길 바라는 거야?”

“넌 시뇨라 비앙카의 쌍둥이에 대해 어떻게 생각해? ……즉, 동생이 시뇨라 비앙카를 죽여서 어머니의 원수를 갚은 지금, 아직도 그 둘을 원망하느냐는 거야.”

루카는 눈을 깜박이며 내 얼굴을 빤히 바라보았다. “원망하지. 모르겠어? 살인귀는 모르겠구나. 오스발도에게 사람의 죽음은 사소한 일일지도 모르지만, 나랑 인니에게는 인생이 망가질 만한 일이었다고.”

“목숨은 가벼워. 그건 명백한 사실이잖아.”

“그렇게 생각한다면 여기는 왜 왔어? 우리가 어떻게 되든 내버려두면 되는데.”

루카가 일어섰다. 어깨의 상처가 아픈지 왼손으로 누르고 인상을 찡그렸다.

“캔디와 테디가 죽으면 만족하겠어?”

긴 전쟁을 거치는 동안 사람의 목숨은 예전 같은 무게감을 잃었다. 거기에 어떻게 저항하면 될까?

완벽한 끝맺음에 대해 생각해 본 적 있느냐고 비앙카가 내게 말했다. “앞으로 내 본연의 모습은 달라지겠지만.” 하고. 아까까지 난 비앙카가 사악한 욕망인 줄 알면서도 안나에게서 피를 빼앗아 흡혈귀가 된다는 미래를 상상했다. 하지만 지금 생각해 보면 그 말은 완전히 유언이었다.

정말 성질 난다. 자기는 멋대로 죽어 놓고 내게는 '선량한 어른'으로 살라니. 하지만 확실히 비앙카는 수많은 고아를 위해 헌신함으로써 이미 충분할 만큼 자신의 사명을 다했고, 이제 남을 위해 살아가는 인생에서 해방돼도 될 시기였으리라. 그래서 내게 다음 역할을 맡겼다고는 생각할 수 없을까.

"저기, 오스발도. 내가 만족할 만한 결과는 나오지 않아. 앞으로 사태가 어떻게 굴러가든 우리 부모님이 죽고 동생이 살인을 저질렀다는 사실은 뒤집히지 않으니까. 처음부터, 우리가 태어나기 전부터, 어머니가 흡혈귀로 변한 시점에 이런 운명이 결정된 거지. 아직 늦지 않은 일이 있다면 안나가 그 쌍둥이를 어떻게든 하기 전에 내가 그 역할을 맡는 것 정도야. 원래는 비앙카도 내가—"

"죽였어야 했다?" 난 도중에 녀석의 말을 빼앗았다. 발치에 어질러진 유리 조각에 비치는 금발 청년을 바라보았다. "원래고 나발이고 도리를 중시한다면 분별 없는 소리 하지 마, 이 가짜 흡혈귀야. 난 너희 중 누구도 더는 살생하길 바라지 않아. 지금까지 어땠는지는 상관없어."

"양보한 쪽이 희생당하지. 모두가 구원받는 길은 없어."

"최면술이든 뭐든 사용해서 동생이 칼을 내려놓게 해. 그 흡혈귀는 불사신이니까 무기가 없어도 이 저택을 떠날 수 있을 거야."

"나도 그렇게 말했어. 이런 짓은 그만두고 집에 돌아가자고. 하지만 안나는 동의하지 않았어. 복수에 홀렸다고."

"그야 시뇨라 비앙카에 대해서겠지. 그 쌍둥이는 별개야. 분명 네 동생도 망설이고 있을걸."

"오스발도는 누구 편이야?"

루카는 그렇게 말하더니 나를 밀치듯이 옆을 빠져나가 현관홀 쪽으로 걸어갔다.

나도 허둥지둥 그 뒤를 쫓았다.

"어쩌려고?" 물어도 대답은 돌아오지 않았다. 어쩔 생각이냐고, 입 밖에는 내지 않고 한 번 더 스스로에게 물었다. "이런 망할!"

루카는 재빨리 대리석이 깔린 현관홀을 지나 응접실 문에 왼손을 대고 체중을 실어서 밀었다.

그와 동시에 문 뒤편에서 뻗어 나온 금속 팔이 루카의 멱살을 잡았다. 루카의 몸이 옆으로 크게 흔들렸다. 큰일났다고 생각한 순간, 문이 닫혔다.

얼른 동그란 문고리를 돌리려 했지만 안쪽에서 잠

갔는지 꿈쩍도 하지 않았다.

"일부러 여기까지 오느라 고생했군." 굳게 닫힌 문 너머에서 목소리가 들렸다. "안 그래도 모시러 가려던 참이었는데."

난 주먹으로 문을 두드렸다. "이봐, 캔디! 캔디지? 문 열어!"

"꺼져, 오스발도. 지금 돌아가겠다면 그냥 보내 줄게."

"누가 보내 달래? 루카를 어쩌려는 거야?"

"네가 뭔 상관인데?"

문밖에서 불러도 더는 대답이 없었다.

몇 발짝 물러나서 현관홀을 둘러보았다. 이렇게 묵직한 문을 걸어차서 열려고 하면 의족이 또 망가질 게 뻔했다. 근처 선반 위에 있던 이동식 전등을 집었다. 놋쇠 받침대가 듬직하니 무게감이 있었다.

난 전등의 기둥을 붙잡고 받침대로 문의 잠금쇠가 있는 부분을 힘껏 내리쳤다. 쿵, 하고 울리는 듯한 감촉과 함께 문이 살짝 기울었다. 난 전등을 내던지고 문 아래쪽을 걸어찼다. 문이 힘차게 열렸다.

겨드랑이 밑으로 양팔을 넣어 루카를 제압한 캔디의 모습이 먼저 눈에 들어왔다. 그 뒤쪽 온실에서는 안나가 테디의 등 뒤로 돌아가서 놈의 목에 칼을 대고 있었다.

네 사람의 시선이 일제히 나를 향했다. 하지만 "왜 이렇게 된 거야?"라는 내 한탄은 무시했다.

"마지막 경고야. 테디를 놔줘." 캔디가 안나에게 외쳤다.

루카도 풀려나려고 몸부림을 쳤지만 힘으로는 캔디를 당해 낼 수 없는 듯했다.

"그 자식을 해치워, 캔디!" 금방이라도 찌를 듯 목에 칼이 닿아 있는데도 테디가 고함을 질렀다.

다음 순간 캔디가 빨간 융단에 루카를 떠밀치고 바닥의 손도끼를 주워서 쳐들었다.

난 두 사람 쪽으로 뛰어가려다 신발에 뭔가가 닿는 느낌이 나서 시선을 내렸다. 어지러이 흩어진 은화 여러 개와 함께 테디의 개조 산탄총이 떨어져 있었다. 내가 아까 내던진 것이었다.

재빨리 그걸 주워서 겨누었다. 방아쇠에 얹은 손가락에서 감각이 사라졌다.

네 명 다 지켜야 한다. 루카를 살리기 위해 캔디를 죽였다. 나 자신이 사라지는 게 무서워서 동료였던 군의관을 칼로 찔렀다. 얼마든지 그런 식으로 정당화할 수 있지만, 결과적으로 그렇게 되는 것과 애초에 포기하고 희생을 계산에 넣는 건 완전히 다르다.

난 총구를 위로 살짝 틀었다. 내 팔과 총알이 장전돼

있으리라는 걸 믿고 격발했다.

공기를 찢어발기는 듯한 파열음과 함께 화약 냄새가 피어올랐다. 캔디의 의수가 튕겨 나가는 것처럼 밀려났고, 도끼를 떨어뜨렸다.

지척에서 발사된 산탄은 그다지 흩어지지 않고 캔디의 오른손에 명중한 듯했다.

난 한숨 돌릴 틈도 없이, 어쩔 줄 모르는 캔디에게 두 발짝 만에 달려가서 그대로 놈의 옷깃을 붙잡고 내던졌다. 상상했던 것보다 훨씬 가벼웠다.

바닥에 쓰러진 루카 옆에 캔디가 쿵 떨어졌다. 내팽개쳐진 놈의 팔에서 기계 부품이 우수수 쏟아졌다.

"여기서 넷이 사이좋게 죽을 작정이었나?"

나는 일어나려는 캔디를 한 방 더 때리려다 그만뒀다. 대신에 놈의 도끼를 주웠다.

"방해하지 마!" 온실 입구에서 테디가 악을 썼다. "너도 같은 죄야. 다 뒈져 버려라!"

안나는 칼을 움켜쥔 채 소동이 벌어지는 꼴을 지켜보고 있었다. 그 틈에 테디를 찔러 죽일 수도 있었으리라. 그러니까 아직 갈등하는 것이 분명했다.

그 녀석을 놔주지 않겠느냐고 밀져야 본전이라는 생각으로 말하자, 안나는 조용히 고개만 저었다.

"자포자기하는 심정은 이해해. 하지만—"

“네가 뭘 안다는 거야?” 캔디는 이제 뭐가 어찌 되든 상관없다는 듯한 태도였다. 상반신만 일으키고 망가져서 움직이지 않는 의수를 다른 손으로 눌렀다. 코피가 턱을 타고 목까지 흘러내렸다. “우리는 그저, 언제까지나 누님 곁에 있고 싶었을 뿐이야. 누님의 잠든 얼굴을 볼 때마다 앞으로 얼마나 더 같이 지낼 수 있을지를 거꾸로 헤아려 왔어. 영원히 죽지 않고 우리를 지켜봐 주지 않을까 했는데. 누님이 없으면 우리는 살아 봤자 아무 의미도 없다고.”

내가 내민 손을 잡고 루카가 일어섰다.

“……그 사람의 뭐가 그렇게 좋았던 거야?” 루카가 물었다.

유리온실 내부는 응접실과 온실의 경계에 선 테디와 안나의 모습에 가려졌다. 보이지 않는 비앙카의 시신을 투시하듯 캔디는 눈을 가늘게 뜨고 “은인이었어.” 하고 말했다. “고아원밖에 머물 곳이 없는 어린애가 전쟁 통에 무슨 꼴을 당했을지 생각해 봐. 몸이 튼튼하면 증기선에 태워져서 화부 노릇을 하지. 보일러를 담당한 어린애가 어떤 최후를 맞는지 알아? 재투성이가 돼서 한겨울에 열사병으로 죽어. 온종일 고함 소리에 시달리며 석탄을 푸는 삽으로 얻어맞고, 죽어도 고향으로 돌아가지도 못해.”

"얼굴이 반반하게 생겼으면 더 비참하지." 테디가 끼어들었다. "소독약 냄새가 풍기는 지저분한 집에서 역겨운 아저씨들을 상대로 신음 소리를 내야 해. 영혼을 판 대가는 누구 손에 넘어갈까? 그 시설에서는 학교에도 보내 주지 않았고, 열두 살이 되면 누구나 똑같은 꼴을 당했어. 어린애니까 싸게 부려 먹을 수 있지. 어린애니까 도망칠 곳도 없어. 어린애니까 쓰레기 같은 어른의 말도 잘 들어. 누님뿐이었어. 누님만이 우리를 원장에게서 사들였어. 돈을 받을 수 있는 일거리를 줬지. 상하지 않은 밥과 살 곳도 줬어. 밤에 잘 때 아무도 들어오지 않는 방은 처음이었지. 누님은 사람을 팔아먹는 원장이 붙인 더러운 이름은 버려도 된다고 했어. 긍지를 품고 살라며 대가도 요구하지 않고 특별 주문해서 튼튼한 팔을 만들어 줬지. 읽고 쓸 줄 모르는 우리에게 그림책을 읽어 줬어. 생일에는 꽃다발도 선물해 줬다고. 어떤 귀족이나 위정자보다도 오래 살아야 할 사람이었는데—"

"그 '누님'이 사람을 죽이는 모습을 너희는 잠자코 보고만 있었던 거로군." 안나가 테디를 싸늘하게 내려다보았다. "우리 엄마도, 그렇게."

"아니야. 너도 흡혈귀라면 알 텐데. 아무도 흡혈귀를 죽일 순 없어. 피를 전부 뽑힐 때까지 얌전히 기다리는 멍청이가 어디 있겠어? 너희 어머니는 우리에게, 누님에게 죽기를 바랐던 거야.”

“그럴 리 없어. 보나 마나 우리를 인질로 삼아 협박한 거겠지.”

“시뇨라 프란체스카에게 그런 짓은 한 적 없어.”

하늘에 맹세하지, 하고 캔디도 딱 잘라 말했다.

“⋯⋯이 녀석들 말은 거짓말이 아니야.”

루카는 그렇게 말하며 안나 쪽으로 걸어갔다.

안나가 몸을 움찔 떨었다. “하지만—”

“어머니가 죽을 리 없다는 걸 니도 에전부터 알고 있었어. 아무래도 이상하잖아. 마음만 먹으면 어떤 상처라도 치료할 수 있는 흡혈귀인데, 시신에 외상이 남아 있었다니. 안나도 실은 알고 있었던 거 아니야? 우리는 알면서도 다른 이유를 찾았어. 어머니가 죽음을 바랐다는 걸 인정하고 싶지 않았으니까.”

루카는 손을 뻗으면 닿을 만한 거리까지 다가가서 “테디를 놔줘.” 하고 고개를 끄덕였다.

난 이때 처음으로 루카와 안나가 정말로 쌍둥이구나, 하고 느꼈다. 분명 두 사람에게 말은 신호에 불과하고, 말을 꺼내기 훨씬 전부터 서로의 마음을 알 수 있는 것이리라.

“놔줘.” 루카가 한 번 더 말하자 안나는 오랜 망설임

끝에 체념한 듯 테디의 목을 감고 있던 팔을 힘없이 내렸다.

하지만 그때를 기다렸다는 듯 테디가 재빨리 몸을 구부렸다.

단숨에 안나의 손에서 칼을 빼앗고 금속 왼손으로 안나의 가슴을 힘껏 때린 후, 바닥을 박차고 루카에게 덤벼들었다.

머리보다 먼저 입이 움직여서 나는 고함을 질렀다. "멈춰."인지 뭔지 그런 소리를 했던 것 같다.

아주 약간 동요한 표정으로 테디가 날 보았다. 길 잃은 어린애같이 불안에 젖은 검은 눈동자로.

그 틈에 이번에는 루카가 테디에게 몸을 날렸다. 테디를 깔아뭉개면서 그대로 융단 위에 쓰러졌다. 루카는 바닥에 떨어진 칼을 잽싸게 주워서 거꾸로 잡았다.

이때 그가 발휘한 용기를 난 어떤 식으로 받아들여야 했을까.

동생에게만 어머니의 피를 마시게 한 걸, 동생 손으로 비앙카를 죽이게 한 걸 후회하는 녀석이 다음으로 무슨 짓을 하려는지 정도는 예상이 가고도 남았다.

"결국 이렇게 되는군." 루카는 테디의 배를 무릎으로 꽉 누른 채 떨리는 목소리로 중얼거렸다. "어차피 되돌릴 수 없다면 처음부터 전부 내가—"

“이제 그만해.” 나는 그렇게 말했다. 전의를 상실한 듯한 캔디와 머리를 흔들며 일어서려는 안나에게도 “움직이지 마.” 하고 각각 주의를 주었다. “잘 들어, 루카. 이 녀석을 죽인 후에 어쩔 작정이야? 흡혈귀 동생과 함께 경찰과 헌병대를 피해 다닐 건가? 아니면 자수하려고? 딱히 나한테 말하지 않아도 돼. 하지만 솔직한 마음으로 잘 생각해 봐.”

“어차피 곧 전부 다 끝나겠지.”

“끝나지 않아, 알겠어? 너희도 마찬가지야, 캔디, 테디, 그리고 흡혈귀도. 끝은 그렇게 미침맞게 찾아오지 않는다고.”

“오스발도는 참 운이 좋았어.” 끈질기게 날뛰는 테디를 짓누르듯 루카는 칼을 쥔 쪽의 팔로 테디를 밀어냈다. “사람을 죽여도 고용해 주는 가게와 일거리가 있어서 아무렇지도 않은 얼굴로 살아가지. 하지만 우리는 그렇지 않아. 길에서 벗어나면 원래대로 돌아갈 수 없어.”

루카는 웃는 듯한 표정으로 테디를 찌르기 직전이었다. 부릅뜬 눈에 꽂히려는 칼끝을 테디가 의수로 간신히 막아 내고 있었다.

힘으로는 당해 낼 수 없겠다고 생각했는지 루카가 일단 칼을 거두었다.

호흡을 가다듬는 듯한 아주 짧은 그 틈에, 난 “부탁

이야." 하고 힘주어 말을 꺼냈다.

"내 말 좀 들어 봐. ……난 말이야, 루카."

참회라면 질릴 만큼 했다. 난 내가 저지른 가장 큰 잘못을, 회한을, 이 이야기를, 신 말고는 누구에게도 밝히지 않고 무덤까지 가져갈 작정이었으므로 내 마음이 변한 게 당혹스럽기도 했다. 하지만 지금 말하지 않으면 다시는 말할 기회가 없을지도 모른다. 그건 당신에 대해서도 마찬가지다.

심호흡한 후 내가 너 정도 나이일 적에, 하고 말을 이었다. "의사가 된 지 얼마 지나지 않아 군에 소집됐어. 부상병을 치료하고 돌보기 위해 전선으로 보내졌지. 당시는 나라면 사람들의 목숨을 구할 수 있다고 순수하게 믿었어. 이런 세상에서 모든 걸 걸 만한 가치가 있는 일은 그것뿐이라고 생각했지."

루카가 날 가만히 올려다보았다.

난 루카 바로 옆에 쪼그려 앉아 눈높이를 맞췄다. 옛날에 소아과의 지인이 그러라고 했기 때문이다. 알루미늄으로 만든 왼쪽 다리의 관절이 삐걱거리는 듯했지만, 통증은 어디에도 느껴지지 않았다.

"내가 속한 거점에는 다른 의사 한 명과 위생병이 다섯 명 있었지. 나도 아직 젊었는데, 주변에는 더 풋내나는 녀석들뿐이었어. 실려 오는 환자도 포함해서 말이야. 우리는 어떻게든 그들을 후방의 야전병원으로 보내려고 분주하게 뛰어다녔어. 하지만 전황이 점점 불리해졌고, 어느 날 마침내 본대에 버림받았지. 보급이 끊겼고 우리는 습지 한복판에 고립됐어. 자기 힘으로 걸을 수 없는 부상자가 여러 명이라 철수도 쉽지 않았지. 얼마 후 중상자는 쇠약해져서 숨을 거뒀어. 주변은 온통 진창이라 묻을 곳도 마땅치 않았지. 의료 물자고 식량이고 부족해서 다들 굶주렸어. 난 다른 의사와 상의해서 시체를 해체하기로 했어. 그렇게 내가 구하시 못해서 죽은 아홉 명의 고기를 스물여섯 명의 병사들에게 먹였지. 아니, 우리도 포함하면 스물여덟 명인가. 썩기 시작한 아홉 명의 시체를 인육인지 모르도록 잘 저며서 소금물에 익혔어. 삶아서 회색이 된 고기를 상상할 수 있겠어? 거기 그런 식자재가 있을 리 없다는 건 뻔했으니까 다들 알면서 모르는 척했을 거야. 추궁해 봤자 상황은 변하지 않으니까. 먹느냐 죽느냐 양자택일이었지."

네가 말을 꺼내지 않았다면, 하고 동료 의사의 절규가 귓속에 되살아났다. 그렇다. 죽은 사람을 먹자고 내가 제안하지 않았다면, 우리는 이런 고통을 겪지 않고 모두 함께 같은 곳에 받아들여졌으리라.

젖은 전투화의 무게와 찝찝한 감촉. 전투복에 들러

붙어 체온에 말라 버린 진흙이 피부를 스치는 통증. 주변에 가득한 고름과 소독약 냄새. 문득 찾아오는 죽음의 유혹. 그 유혹에 몸을 맡기지 않고 버틴 이유. 의사가 되기로 결심했던 날의 막막함과 고양감.

루카는 아무 대꾸도 하지 않았다. 칼은 여전히 테디의 목을 노리고 있었다.

나는 숨을 한 번 고른 후 말을 이었다.

"그 후로 병사들은 식량을 일절 입에 대지 못하게 됐어. 장내 세균총이 비정상적으로 한쪽에 치우친 결과였지. 체질에 맞지 않는데도 무리하게 인육을 먹여서 적응시키려 한 탓에 보통 음식물을 분해하지도 흡수하지도 못하게 된 거야. 적병이 복귀하면서 놔두고 간 약간의 휴대 보존식도, 통조림도, 물조차 토하는 지경이었지. 모두가 그런 꼴이라 영양제 수액도 금방 다 떨어졌어. 전해질 수액이 부족해지자 심각한 탈수 상태에 빠져서 장기 부전으로 차례차례 쓰러져 죽어 갔지. 물자고 뭐고 다 떨어져서 손쓸 방도가 없었어. 아군 서른일곱 명 중에 남은 건 나와 또 다른 군의관뿐. 그 녀석도 전선에서 귀환한 후 자신이 저지른 짓을 견디지 못하고 파멸했지. 그래도 난 죽지 못했고."

루카는 아무 말 없이 입술을 깨물었다. 테디는 이제 저항을 그만뒀다.

"후회해요?" 안나가 물었다. "혼자 남았는데도 살아 가는 건 어떤 기분이죠?"

"최악이야. 지금도 이따금 빨리 끝내고 싶다는 마음 이 솟구쳐. 하지만 내 앞에서 죽어 간 녀석 중 하나가 살아만 있으면 삶은 좋은 방향으로 바뀐다는 자세로 지냈거든. 허울이든 겉치레든 그런 마음가짐이 중요 해. 실제로 그때부터 오늘까지 살아오는 동안 나쁘지 않게 느껴지는 날도 있었고 말이지."

그렇게 여길 권리가 내게 있는지 없는지는 모르겠 지만, 확실히 그랬다. 버팀목으로 삼아서 살아갈 수 있 을 만큼 강렬하고 행복한 추억은 얻지 못했지만, 절망 적인 나날 속에서도 냉철하다고 생각했던 여자애에게 고향의 아름다운 별 이야기를 듣거나, 의리 있는 남자 가 나를 위해 상사에게 대드는 모습을 보기도 했다.

당신에게도 반드시 그런 행운이 일어날 것이다.

"왜 진실을 주변에 말하지 않는 거지?" 루카가 눈총 을 쏘듯 나를 보았다. "살인귀가 아니잖아."

그 지적에 나는 긍정도 부정도 하지 않고 그냥 "될 대로 되라는 심정이었어."라고만 답했다. "참 꼴사나운 이야기지. 전선에서 버려진 후 지금까지 아무도 구해 주지 않으니까 삐친 거야. 정부의 높으신 분들과도 전 쟁으로 졸부가 된 자들과도 공존하지 못하고, 자기 자신을 애처로워하며 내게는 이 비참한 삶이 딱 어울린다고 여겼지.”

난 일어서서 옷 아래 감춰진 의족에 대해 생각했다.

남에게서 빼앗은 것을 가벼이 여기기 위해, 일부러 악하게 행동하며 생명을 하찮게 대했다. 그건 인정하지 않을 수 없으리라.

“우리도 똑같다고 하고 싶은 거야?”

“이대로 가면 나와 똑같은 길을 나아가게 되겠지만, 지금이라면 아직 궤도를 수정할 수 있어. 언젠가 네가 말했던 대로야, 루카. 무의미한 짓을 반복하고 있었던 거지. 제대로 살려고 마음먹었으면 다시 시작할 기회가 얼마든지 있었는데, 난 시궁창에서 빠져나올 노력을 하지 않았어. 괜히 장래에 기대했다가 배신당하는 게 싫었던 거야.”

하지만 이제는 그런 걱정은 아무 의미도 없다고 확실히 말할 수 있다. 꿍하니 마음을 닫고 있는 한 도움은 찾아오지 않으며, 거짓말이라도 희망찬 미래가 있다고 믿고서 나아가는 수밖에 없다는 걸 이해했기 때문이다. 그리고 1년이나 5년 후, 10년 후의 자신을 구하고 싶다면 현재의 자신이 애쓰는 수밖에 없다는 것도.

“난 그걸 깨달을 때까지 시간을 낭비했지만, 너희는 그런 어리석은 짓을 따라 할 필요 없어. 과거에서 배우는 사람은 현명한 사람이야. ……그렇지?"

잠시 후 안나는 "그래요." 하고 입술을 움직였다. "……이제 됐어, 오빠. 그만하자."

들리지 않을 만큼 작은 목소리였지만, 역시 루카에게는 통한 듯 녀석은 주저하면서도 천천히 칼을 내리고 테디 위에서 물러났다.

풀려난 테디 곁으로 캔디가 냉큼 뛰어갔다. 두 사람은 검은 머리칼에 가려진 눈으로 시선만 교환했을 뿐, 서로 무사한 걸 기뻐하는 말은 나누지 않았다.

루기는 만년필을 꺼내 잘린 옷소매 밑으로 드러난 안나의 왼팔 안쪽에 '집으로 돌아간다 Tornare a casa.'라고 적었다. 자기 쪽에서는 거꾸로 보이도록 적는데도 유려한 필기체였다. 나나 후의 악필과는 완전히 딴판이었다.

안나는 그 글씨를 보며 "집으로 돌아간다." 하고 확인하듯 말한 후, 기도하듯 심장에 팔을 댔다.

안나의 뒤편이 주홍색으로 물들었다. 어느 틈엔가 구름이 걷혔는지 석양이 유리온실을 비췄다.

그 순간 불길한 예감이 들어서 가슴이 술렁거렸다.

"잠깐만, 흡혈귀―"

내가 손을 뻗으며 한 발짝 다가서자 안나도 온실 쪽으로 한 발짝 물러났다.

Tornare a Casa

석양이 흉악하게 비쳐 들어서 그늘이 있는 곳은 이제 거기뿐이었다.

"안나." 루카도 동생의 의도를 알아차렸는지 안색이 바뀌었다. "안 돼, 안나. 어째서."

"난 이 나라에서는 연쇄살인범이고, 베오그라드에 가도 다른 흡혈귀는 없어. 스스로 인간을 죽여서 피를 빼앗는 것밖에 살아갈 방법이 없다고. 하지만 그러면 안 된다는 것도 알아. 오빠랑 다른 사람들은 여기서 방향키를 돌리면 돼. 하지만 난, 나만큼은—"

내가 쫓아가려 하자 캔디가 내 왼팔을 잡았다. 전날 총에 맞은 위팔이 아파서 뿌리치려고 해도 힘이 들어가지 않았다. 루카를 보자 녀석도 테디에게 붙잡혀 있었다.

"기뻤어. 오빠가 쫓아와 줘서." 안나는 사랑스럽다는 듯이 루카를 바라보다가 다정하게 미소 짓고는 우리에게 등을 돌렸다. "좀 더 일찍 이래야 했어. 많은 사람을 끌어들여서 미안하네. 엄마도 그렇게 말했었지. ……그러니까 저주받은 흡혈귀의 역사는 여기서 끝이야."

주홍색 햇살 속으로 안나가 몸을 던졌다.

난 어떻게도 할 수가 없었다.

압축된 침묵의 주머니에 구멍이 뚫린 것 같았다. 귀울림이 커졌고, 태양을 똑바로 쳐다보았을 때처럼 눈이 아팠다. 한순간에 온갖 일이 벌어진 듯한 혼란이 비통하게 부르짖는 루카의 목소리를 지웠다.

그 모든 것을 박살 내듯 등 뒤에서 총소리가 들렸다.

천둥처럼 연달아 다섯 발.

미처 돌아보기도 전에 바람이 불었다. 등나무 꽃 냄새가 나는 바람이었다. 질풍은 커다란 기척을 내는 무언가와 함께 우리 바로 옆을 빠져나갔다.

총알에 맞았는지 상자 같은 온실의 유리 벽과 천장에 거미줄 모양으로 금이 가더니 전체가 폭발하듯 산산이 깨졌다. 서양이 강렬하게 비치는 가운데, 반짝반짝 빛을 반사하며 유리 조각이 떨어져 내렸다.

그 아래, 검은 형체가 빛 속으로 떨어져 내리려 하는 안나의 상의를 붙잡았다. 햇볕에 닿기 직전에 응접실 쪽으로 끌어냈다.

그런가 싶더니 뒤쪽에서 네발로 뛰는 발소리와 함께 짐승이 짖는 소리가 나고, 캔디와 테디의 비명이 들렸다. 응접실로 뛰어든 검은색 대형견 두 마리가 쌍둥이의 다리를 물고 늘어졌다.

“연쇄 흡혈 살인범을 헌병대에 넘기겠어.”

나지막하게 선언하는 듯한 여자 목소리에 고개를 들자 한 손으로 안나의 팔을 붙잡은 에베리스의 모습이 눈에 들어왔다. 변함없이 검고 긴 외투에 하얀 머리가 잘 어울렸다.

안나는 목과 다리에서 피를 흘렸지만, 얼마 지나지 않아 내가 보는 앞에서 피가 멎었다.

"와 주셨군요, 시뇨리나."

얼어붙을 듯한 바람과 함께 바슬바슬한 모래처럼 자잘한 유리 조각이 응접실로 날아들었다. 위험해서 앞을 제대로 볼 수 없었다.

에베리스가 손가락을 튕기자 군견 두 마리는 의수를 착용한 쌍둥이에게서 떨어져 그녀 옆에 예의 바르게 앉았다. 늑대처럼 털이 길고 귀를 쫑긋 세운 용맹한 개다.

"저건 비앙카인가?" 에베리스는 깨진 유리에 파묻힌 자주색 외투를 가리키며 내게 물었다.

"마녀는 죽었습니다."

"……그렇군." 에베리스는 낙심하는 기색 없이 비앙카의 쌍둥이에게 시선을 주었다. "고인에게 작별 선물 하는 셈 치고 소니아를 방패로 삼은 건 눈감아 주마. 내 총에 맞기 싫으면 빨리 여기서 사라져. 두 번째는 없어."

캔디와 테디는 얼굴을 마주 보더니 개에게 물린 다리를 끌며 현관홀 쪽으로 도망쳤다. 엇갈리듯 낯익은 두 사람이 문을 열고 다가왔다.

"여기는 어떻게 안 거야, 소니아? 그리고 마우리치

오도!"

소니아는 나와 루카를 보고 안도한 듯 숨을 푹 내쉬더니 의미심장하게 웃으며 에베리스 곁으로 걸어갔다.

"자기는 매일 그 난리를 쳐 놓고, 위험하니까 우리더러는 숨어 있으라고? 네가 뭐라도 되는 줄 알아?"

마우리치오가 그렇게 말하며 성큼성큼 다가와서 내 어깨를 떠밀었다.

하지만 내가 과장되게 비틀거리자 당황한 듯 사과했다.

"소니아에게 들었나? 미안해. 설마 시뇨리나 에베리스와 같이 올 줄은 몰라서—"

시선을 돌리자 소니아가 에베리스의 팔을 잡아당기며 발돋움해서 그녀의 뺨에 입을 맞췄다.

"앗." 마우리치오가 목소리를 높이더니, 몹시 당황한 표정으로 굳어 버린 나를 툭 쳤다. "보지 마, 실례야." 마우리치오가 호들갑을 떨며 방해해서 에베리스가 입맞춤에 어떻게 반응했는지는 보지 못했다.

그 후 "대장, 국외에서 가게를 열 마음은 없어?" 하고 내가 말했다. 그저 번쩍 떠오른 생각을 입 밖에 꺼내 본 거지만, 꽤 진심이기도 했다. 시궁창에서 벗어나려면, 이 녀석들을 불행의 계곡에서 끌어 올리려면 지금뿐이라는 생각이었다. 지금까지처럼 기회를 놓칠 수는 없었다.

"옴브렐로는 어쩌고?" 마우리치오가 주방장답게 나지막한 목소리로 진지하게 걱정했다. "피에르마르코가 모레부터 영업을 재개하라고 명령했잖아."

"그러니까 내일 여자친구를 다른 병원으로 옮겨. 뇌물로 쓸 돈이 모자라면 빌려줄게. 왕실 전속 요리사가 왜 그렇게 저속한 손님들을 위해 평생을 바쳐야 하는데? 자이온 놈들의 눈이 닿지 않는 곳에서 가게를 다시 시작하는 거야. 나랑 여기 '싹싹하고 한 번에 접시 두 개와 와인 잔 다섯 개를 옮길 수 있는' 종업원도 따라갈게."

난 멍하니 서 있는 루카의 어깨를 잡고 마우리치오 앞으로 밀었다.

"난 간다고 안 했어." 루카가 깜짝 놀라서 항의했다.

하지만 마우리치오는 의외로 마음이 내키는지 "이 자는 안 줄 거야." 하고 턱을 까딱했다.

"좋아." 난 웃음으로 답했다. "넌 평범한 삶을 살고 싶다고 했지, 루카. 그럼 세상을 덧없이 여기거나 냉소하지 말고, 좀 더 사람들과 교류하며 땀내 나는 경험을 쌓아. 학자로 돌아가더라도 둘러 간 게 완전히 헛일은 아닐 거야. 우리랑 같이 가자."

"……느닷없이 고결한 신부님 같은 소리 하지 마." 루카는 눈을 이리저리 돌리며 잠시 할 말을 찾다가 완전히 자신을 잃은 것처럼 고개를 떨구었다. "이제 와서 대체 무슨 꿍꿍이야?"

"'선량한 어른'이 되려는 수작이지." 난 발치에 흩어진 은화 하나를 주웠다. "네 아버지도 그랬잖아. 할 수 있는 일을 할 수 있는 만큼 하고, 할 수 없는 일도 기를 쓰고 해 보라고."

루카는 내게 뭐라고 말대꾸하려 했지만, 족히 5초는 망설인 후 입을 꾹 다물고 고개를 보일 듯 말 듯 끄덕였다.

저 멀리서 헌병대의 호각 소리가 들려와서 우리는 현실로 되돌아왔다.

"체포되고 싶은 녀석만 남아."

에베리스는 우리에게 그렇게 말하고 아쉬운 듯 소니아를 바라보았다.

소니아는 같이 놀던 에베리스의 개에게 손을 살짝 흔들고 빨간 머리를 휘날리며 이쪽으로 달려왔다.

루카는 그늘 속에 서 있는 안나를 가만히 바라본 후, 에베리스에게 조심스레 물었다.

"자이온은 아직 헌병대와 연줄이 있잖아. 꼭 동생을 데려가야겠어?"

"난 그러려고 온 거야. 다만 보수에 따라서는 자이온도 방침을 바꿀지 모르지. 그때는 결정에 따를 뿐이고.

내 뜻은 조직의 뜻과 일치해.”

“……답답하네.”

결의를 굳힌 듯 루카는 한 발짝 앞으로 나섰다. 숨을 크게 들이마시고 검지로 허공에 옆으로 줄을 그었다.

에베리스의 시선이 루카의 손끝으로 빨려들었다.

“당신이 말하면 마피아도 흡혈귀 편을 들 텐데.”

최면술이라는 걸 깨달았지만, 이 상황에서 에베리스를 조종하려는 건 무모한 짓임을 분명 루카 본인도 알고 있을 터였다.

에베리스는 적의를 감추지 않고 조용히 루카를 노려보며 검은 외투 호주머니에 손을 넣었다.

“그만둬.” 마우리치오가 루카의 어깨를 잡았다. “승산 없는 승부야. 너도 알잖아!”

루카는 마우리치오의 손을 뿌리치고 에베리스에게 외쳤다. “자이온에게 이번 일에서 손을 떼라고 명령해. 그러면 우리는—”

이미 최면술이 아니라 정면 돌파를 노린 애원이었다.

“내가 뭣 때문에 그런 짓을 해야 하는데?” 에베리스가 말했다.

그러자 소니아가 예전 왕이 살아 있었다면 분명, 하고 중얼거렸다. 누구 편을 들려는 것도 아니라 뜬금없이. “붙잡은 흡혈귀를 끌고 전국을 돌아다니며 구경시킨 후 대대적으로 처형했겠지.”

그 말을 듣자 에베리스의 녹색 눈동자가 희미하게 흔들렸다.

“이제 이 나라에 사형 제도는 없어. 하지만 마흔 명이나 죽인 이상, 종신형은 못 면하겠지.”

“흡혈귀를 인간의 법률로 처벌하겠다는 거야?”

미련이 남은 듯한 모습으로 팔을 내린 루카의 표정이 흐려졌다. 분명 나도 마찬가지였으리라.

하지만 정작 안나는 씐 것이 떨어져 나간 듯 초연하게 "흡혈귀에게 종신은 없어." 하고 중얼거렸다. 암시가 걸린 왼팔을 꼭 쥐고서. 그리고 난감하다는 듯 아름다운 눈썹을 살짝 내렸다. “걱정하지 마, 오빠. 난 ‘집으로 돌아갈’ 거야.”

한순간 울음을 터뜨릴 것처럼 루카의 표정이 흔들렸다. 그러고 나서 길게 숨을 내쉬더니 “알았어.” 하고 어색하게 웃었다. “……그럼 난 안나가 안심하고 돌아올 수 있는 집을 마련할게. 그러니까 조금만 기다려 줘. 흡혈귀는 둘이서 하나잖아. 전부 혼자 끌어안으려고 하지 마. 반드시 또 데리러 갈게.”

머리를 차갑게 식힐 듯한 바람이 응접실로 흘러들자, 유리가 눈보라 치듯 발 언저리에 뒤얽혔다.

“이봐, 흡혈귀.” 난 드디어 마음을 가라앉히고 해야

할 말을 떠올렸다. "아까부터 이야기에 나온 자이온이라는 조직에 대해 얼마나 알지? 시뇨리나 에베리스도 그 조직의 일원인데, 그들의 창고에는 시체가 널렸어. 신선하지는 않겠지만 새로이 누군가를 죽이지 않아도 언제든지 피를 손에 넣을 수 있는 곳이야. 그런데 소문에 따르면 오래 일했던 시체 처리 담당이 곧 그만둔다더군." 사실 그 사람은 나지만, 에베리스의 눈치가 보여서 적당히 얼버무렸다. "결원이 생기면 사람을 모집하겠지. 육체노동을 할 수 있고 입이 무거우면 누구든지 환영할 거야. 말 그대로 인간이든 흡혈귀든 상관없다는 뜻이지. 다만 밀고자만큼은 조심해. 흡혈귀에게는 현상금이 걸려 있으니까."

"저더러 거기서 일하라고요?" 안나가 미심쩍어했다. "곧 체포될 테니 한참 걸리겠죠. 더구나 조직은 헌병대와 동맹 관계잖아요. 관계가 껄끄럽게 될 위험을 감수하면서까지 절 고용하지는 않을걸요."

"자이온은 헌병대에게 빚을 지우기 위해 일시적으로 손을 잡았을 뿐이야." 에베리스가 보기 드물게 복잡한 표정으로 이건 혼잣말이다만, 하고 쉽지 않은 이야기라는 듯 안나를 보았다. "그걸 웃도는 이익이 생기면, 다시 말해 흡혈귀를 아래에 거느릴 수 있다면 나라를 배신하고 헌병대와 맺은 관계도 파기하겠지."

루카가 고개를 번쩍 들었다. "안나를 도와주겠다는 뜻?"

"……소니아. 난 어떻게 해야 할까."

에베리스가 지목해서 의견을 요구하자 소니아는 "마음 내키는 대로 하면 되잖아." 하고 쌀쌀맞은 태도를 유지했다. "불법 이민자와 흡혈귀는 비슷한 존재잖아. 국가를 바로 잡기 위해 안나를 체포하겠다면, 나도 단속해야 마땅하겠지."

난 무심코 쓴웃음을 지었다. 에베리스를 상대로 이런 흥정을 할 수 있는 사람은 소니아뿐이고, 그렇기에 에베리스는 소니아를 놓아주지 못하는 것이리라.

아니나 다를까 에베리스는 당황해서 소니아에게 한 번 더 똑같은 질문을 했지만 "알아서 결정해." 하고 핀잔만 받았다.

완전히 지쳐서 결단하기를 포기한 인간에게도 언젠가 또 의사를 표명할 기회가 돌아오는 법이다. 중요한 건 그때 자신의 의지를 되찾으려고 하느냐 마느냐다.

"시뇨리나. 당신은 제게 스스로를 버리지 말라고 하셨죠. 하지만 시뇨리나께서도 자기 자신에게만 기대를 걸고 살아오지는 않으셨을 겁니다. 지금 당신 곁에 소니아가 있듯이, 루카에게도 안나가 필요해요. 이 녀석들에게 한 번만 더 다시 시작할 기회를 주십시오."

제발, 하고 나는 거듭 간청했다.

에베리스는 이쪽을 힐끗 보고 나서 잠시 소니아를 바라보더니, 아무 말 없이 호주머니에서 손을 꺼내 곁에 있는 개의 머리를 쓰다듬었다.

"각오는 했어." 하고 혼자 심각한 표정으로 에베리스를 올려다보는 안나에게 나는 다시 말을 걸었다.

"포기하지 마. 너희 어머니는 오랫동안 인간에게 의지하며 아무도 죽이지 않고 잘 처신한 것 같았어. 흡혈귀에게도 협력자 정도는 있어도 되겠지. 이 나라에도 네가 머물 곳은 있어. 거기가 마음에 안 들면 다른 곳에 만들면 되고. 똑똑한 오빠가 국외에서 찾아낼지도 모르지. 불로불사인 만큼 네게는 망설일 시간이 넉넉할 거야. 그러니까 잘 생각해서 이용할 수 있는 건 전부 이용하고, 다시는 아무도 죽이지 말고 최대한 착하게 살아. 나도 그러도록 노력할 테니까."

다시 호각 소리가 들렸다. 아까보다 좀 더 가까워졌다.

우리는 에베리스에게 감사를 표한 후 응접실에서 나가려고 했다.

스쳐 지나갈 때 에베리스가 루카의 어깨에 손을 얹더니, 망설이듯 뜸을 들이다가 루카의 귀에 얼굴을 가까이 대고 속삭였다.

"이제 헌병에게 흡혈귀의 신병을 넘기면 내 할 일은

끝난다. 헌병대가 호송 중에 범인을 놓칠지도 모르지만, 그건 내 알 바 아니지. 진실의 눈은 항상 트여 있어. 그냥 '하늘의 계시'로 받아들여."

루카가 고개를 홱 돌리고 뭔가 물어보려 하길래 난 검지를 입술 앞에 세워서 말을 막았다.

그런 연유로 우리는 이 나라와 작별하기로 한 거야.

마우리치오에게는 나중에 출발하겠다는 연락을 받았고, 루카와는 이 역에서 만나기로 약속했지. 다음 열차로 항구에 가면, 봐, 말이 끝나기가 무섭게 왔네. 저기서 두리번거리는 금발 남자야. 결국 약속 시간보다 2시간 늦었군. 그늘도 없는 곳에서 남을 기다리게 하다니. 저 녀석, 그래도 절대로 사과 안 할 거야.

소니아에게도 제안했지만 개를 보러 에베리스의 집에 가야 하니까 우리랑 같이 떠나지는 않겠대. 늑대같이 커다랗고 시커먼 개 두 마리가 마음에 들었나 봐. 어쨌든 에베리스가 있는 한 피에르마르코나 자이온도 손은 대지 못할 테고, 어딘가에서 또 소니아와 만날 날이 있겠지. 메나그라의 좌표를 잊어버리지 않는다면 분명 언젠가는.

고생해서 도착했을 텐데 이런 이야기를 해서 미안해. 하지만 이 나라가 정말로 돼먹지 못한 곳이라는 걸

Tornare a Casa

잘 알았지? 마피아며 괴물이 아무렇지도 않게 설친다니까. 당신은 아주 별나 보이지만, 그래도 영주할 나라를 찾는다면 다른 곳을 권할게.

꼭 머물고 싶다면 밤에는 조심해야 해. 베오그라드에서는 완전히 사라진 모양이지만, 밀라노 쪽에는 지금도 흡혈귀가 있다고 들었어. 어젯밤에 눈이 파란 젊은 흡혈귀가 어느 유치장에서 달아난 모양이야. 감시가 미흡했다고 생각해? 하지만 영상 감시 장치나 감시용 거울을 아무리 설치해 본들 거기에 흡혈귀의 모습이 비칠 리 없다는 걸 나와 당신은 잘 알잖아.

자, 철도 파업도 끝난 모양이니 난 이만 가 봐야겠어. 오랫동안 함께 시간을 보내 줘서 고마워. 이 거리를 떠나기 전에 당신을 만나서 다행이야.

여전히 돈은 없고, 앞으로 어떻게 하느냐는 불안이 없다면 거짓말이지만, 내일 우리가 사라진 걸 알고 피에르마르코가 어떤 표정을 지을지 상상하니 조금은 속이 후련하군. 간부인 아버지에게 울며 매달리면 자이온의 제재를 면할 수 있겠지만, 놈도 이번 일을 계기로 마피아를 때려치우면 좋겠네. 놈이 머리를 조아린다면 우리의 새로운 가게에 고용해 줄 수도…… 아니, 역시 그건 싫어. 뭐, 놈은 놈 나름대로 잘할 테니까 괜찮겠지.

아 참, 다음 가게의 이름은 뭐라고 할까? 생각해 봤

는데 리스토란테 '밤피리'라고 하는 건 어때? 그쪽 나라에서는 뱀파이어라고 한댔나? 사소한 부분은 아무래도 상관없어. 중요한 건 당신들에게 뜻이 전해지느냐 마느냐야. 초대받지 않으면 집에 들어갈 수 없는 흡혈귀라도 가게 이름을 알면 안심하고 예약 전화를 걸 수 있을 테니까.

아아, 잠깐만. 마지막으로 비장의 주문을 알려 줄게. 당신에게만 특별 대우해 주는 거야. 잘 들어, 영혼이 썩어 버릴 것 같으면 이 주문을 떠올려. 다섯부터 시작해서 넷, 셋, 둘, 하나…… 지금이야. 지금 아침이 온다. 이러쿵저러쿵 잡생각 하지 말고 가야 할 곳으로 달려가. 당신은 뭔가 바꾸려고 여기 온 거잖아. 그건 정답이야. 숫자를 헤아리다가 0이 되면 신호를 믿고 앞으로 나아가.

당신의 여로에 행운이 있기를 바랄게. 당신도 우리가 무사하길 기원해 줘. 그리고 흡혈귀에게 물리면 병원에 가서 정맥주사로 항생제를 맞도록 해. '저주' 같은 시시한 말에 휘둘리지 말고. 알았지? 그럼, 잘 있어.

Tornare a Casa

**뱀파이어 레스토랑**
ⓒ 니레 이츠키

초판 1쇄 인쇄 2026년 2월 10일
초판 1쇄 발행 2026년 2월 20일

지은이 니레 이츠키 | 옮긴이 김은모
기획실 정진우 정재우
책임편집 이예준 | 편집 김혜원 이다영 | 디자인 강희철
디지털콘텐츠 구지영 | 제작 관리 윤준수 고은정 이원희
제작처 영신사 | 표지 본문 디자인 상록

펴낸곳 열림원 | 펴낸이 정중모 방선영
출판등록 1980년 5월 19일(제406-2000-000204호)
주소 경기도 파주시 회동길 152
전화 031-955-0700 | 팩스 031-955-0661
홈페이지 www.yolimwon.com | 이메일 editor@yolimwon.com
페이스북 /yolimwon | 트위터 @yolimwon | 인스타그램 @yolimwon

ISBN 979-11-7040-372-2  03830